Viola Roggenkamp

TOCHTER UND VATER

Roman

S. Fischer

© S. Fischer Verlag GmbH, Frankfurt am Main 2011
Satz: Druckerei C. H. Beck, Nördlingen
Druck und Bindung: CPI – Clausen & Bosse, Leck
Printed in Germany
ISBN 978-3-10-066067-1

I.

Ihr Vater war kurzsichtig und weitsichtig. Er konnte hellsehen und sah meistens schwarz. Niemals eilte er jemandem voraus. Dazu war er zu bequem. Er war vorauseilend in seiner Besorgnis. Beim Gehen hielt er den Kopf gesenkt und setzte seine Fußspitzen weit nach außen, wie um jedes Eindringen in anderer Leute Raum zu vermeiden. Aber seit Wochen ging er nicht mehr spazieren, er trat inzwischen nicht einmal mehr ans Fenster. Zu Hause, im Pyjama, in seinen Ohrensessel zurückgelehnt und dermaßen geschwächt, daß er seine eigenen Knochen nicht mehr zu tragen vermochte, bat er seine Tochter, ihm aus dem Schlafzimmer vom Nachttisch seine Brieftasche zu holen. Entschuldige, daß ich sitzen bleibe. Sie beugte sich über ihn. Er war unrasiert, und das war ihm unangenehm. Du wirst dich aufkratzen. Er betastete ihre Wange. Deine schöne Haut. Sie mochte ihn unrasiert. Sie mochte seine stoppelig kratzende, seine eigene Art an ihrem Gesicht. Er würde sich nicht mehr rasieren vor dem Sterben.

Ihre Schritte von ihm fort und aus dem Zimmer, über den Flur, jede ihrer Bewegungen entfernte ihn von ihr. Sie sah sich nach ihm um. Er nickte ihr zu. Sie öffnete die Tür zum Schlafzimmer ihrer Eltern. Auf dem linken Nachttisch wartete seine Brieftasche darauf, von ihr geholt zu werden. Dunkles Leder, abgewetzt und ausgebessert an den Nähten. Sie sah in das ungemachte Doppelbett und eilte zurück über den Flur. Wieder an seiner Seite, erkannte sie, daß er sich unaufhaltsam davonmachte.

Sie gab ihm die Brieftasche. Sein weißes, großes Taschentuch, das gebügelt und zu einem kleinen Quadrat zusammengefaltet neben seinem zerwühlten Kopfkissen gelegen hatte, steckte jetzt in ihrer Rocktasche. Sie hatte es an sich genommen, nicht ohne zu zögern, dann schnell. Ein Vorgriff auf die Zeit nach seinem Dasein. Es beschlich sie deshalb ein Schuldgefühl. Sie konnte ihn fragen, und er würde es ihr geben. Sie sah seine knochigen Schultern, sie sah seinen eingefallenen Hals. Und sie behielt es für sich.

Alma war fortgegangen. Er hätte seine Tochter nicht ins Schlafzimmer geschickt, wäre seine Frau dagewesen. Kauf uns etwas Schönes zu essen, hatte er zu Alma gesagt. Er konnte nichts mehr essen, nur Astronautenkost, farbloser Glibber in winzigen Metalldöschen. Und Alma war gegangen. Für ihn hatte sie sich schön gemacht, hatte ihr Parfum aufgetragen, jeweils einen Tropfen hinters Ohrläppchen. Dann war sie auf Pumps hinausgeschwebt, nach draußen, in die Sonne.

Ihr Vater saß über seine Brieftasche gebeugt und fingerte ein Adreßbuch daraus hervor. Es war schmal und klein, wie für eine Damenhandtasche gemacht. Sein Bruder und dessen Frau sollten nicht zur Beerdigung kommen. Besser für Alma, du kannst ihn später benachrichtigen, laß eine Woche vergehen. Er befeuchtete seinen Zeigefinger, tippte und tappte mit der Fingerkuppe gegen seine schlaff hängende Unterlippe und blätterte sich durch Verwandte und Freunde. Auf keinen Fall Leimann und Misch. Auch Leimann und Misch würden Alma zu sehr aufregen. Das sah er voraus. Um mehrere Namen zog er einen Kreis, legte den so Bezeichneten die Rotstiftfessel an, und seine Tochter versprach, nach seinem Wunsch zu handeln. Von Leimann und Misch hatte sie noch nie gehört. Gib keine Anzeige auf, sonst wird womöglich doch jemand kommen, der nicht dabei sein soll.

Vielleicht wollte ihre Mutter ein bißchen Gesellschaft im Krematorium haben? Er nahm seine Brille ab, er schüttelte den Kopf, er putzte die Gläser mit seinem großen, weißen Taschentuch. Genau so ein Taschentuch, wie sie es jetzt bei sich trug. Wenn es in meiner Macht stünde, sagte er, würde ich Alma das alles ersparen. Und bitte keine Reden. Sie nickte. So schnell wie möglich über die Bühne damit. Was zu sagen wäre, könne sowieso nicht gesagt werden. Sorge dafür, daß mein Sarg nicht vor Almas Augen zum Verbrennungsofen abgesenkt wird. Das darf nicht geschehen. Versprich es mir. Sie nickte.

Wer sind Leimann und Misch?

Er grinste. Er verzog seine Lippen auf eine Weise, wie seine Tochter es nie zuvor an ihrem Vater gesehen hatte. Ihr Vater pflegte zu lächeln. Und hob er dabei ein wenig den linken Mundwinkel, lag darin ein Hauch von Resignation. Dieser Vater hier im Sessel, dürr, fast vollständig vertrocknet, grinste breit. Bis zu seinen großen Ohren zerschnitt der Mund das ausgemergelte Gesicht. Wangenknochen und Jochbeine traten hervor, und über dem eckigen Kinn spannte sich die Haut, daß aus den Gelenkgruben des Unterkiefers die Bartstoppeln auferstanden.

Er zögerte, ihr zu sagen, wer Leimann und Misch waren. Er war von seinem Tod noch so weit entfernt, sich diesen

Umweg zerrinnender Zeit leisten zu können. Er schob die Brille auf seine große Nase und öffnete das Zigarettenetui, in dessen Deckel Alma eingeklebt war, Alma, ausgeschnitten mit der Nagelschere, Teufelshörner in den dunklen Locken, ein Maskenball vor dreißig Jahren. Gib deinem Vater mal Feuer. Also, Leimann und Misch. Blaugrauer Rauch trat ihm vor Mund und Nase. Leimann und Misch sind alte Kameraden. Ja, da staunst du. Die haben mich vor ein paar Jahren aufgestöbert, haben mich eingeladen, und ich bin zweimal hingefahren, vielleicht auch dreimal.

Ihr Vater und Kameradentreffen? Das war ihr peinlich. Welche Kriegsgeschichten konnte ihr Vater mit solchen Männern teilen? Deine Mutter ist mitgefahren. Ihre Mutter war mitgefahren, um auf ihren Mann aufzupassen. Sie kannte ihre Mutter. Alma war dabeigewesen, um sein Reden im Sog der Erinnerung am Ausschweifen zu hindern, um zwischen Buttercremetorte und Bohnenkaffee bei erster Gelegenheit sein Wort in gemütlicher Runde abzuwürgen. Nein, Paul, laß mich mal, du erzählst es ja völlig falsch. Und er würde vor den alten Kameraden und deren guten Ehefrauen aufgelacht und gleich darauf geschwiegen haben. Während Alma die Version für sogenannte Freunde zum Besten gegeben hatte, sah seine Tochter ihn hinunterlächeln, was er wußte, was er für sich behielt, den linken Mundwinkel resigniert verzogen, und er würde wieder Tritt gefaßt haben auf dem offiziellen Erzählpfad.

Später, im Auto, auf der Heimfahrt über die Landstraße, Alma auf dem Beifahrersitz ihn fixierend: Paul, wie konntest du nur. Vor diesen Leuten! Und er am Steuer, beschämt über die Verletzung, ihm zugefügt von seiner Frau vor den Augen der anderen Männer, was er hätte voraussehen können, er kannte doch Alma, abgeschnitten sein Wort, ausgerechnet vor diesen Leuten, aber gerade vor diesen Leuten hatte er endlich mal etwas zeigen wollen, am Steuer seines Autos rang er darum, ihren Vorwurf der Unvorsichtigkeit von sich abzuwenden. Diese Zeiten waren schließlich vorbei. Das haben die bestimmt nicht kapiert. Und Alma: Was siehst du mich an? Sieh nach vorn. Du fährst viel zu dicht auf. Er blinkte nach links, gab Gas, die Lippen zusammengepreßt überholte er, reihte sich wieder ein, atmete durch, sprach weiter. Du weißt doch, wie die sind. Was damals war, davon wissen die heute nichts mehr. Damals hatte er Alma weggesperrt. Er mußte es tun, zu ihrer Sicherheit, es ging ja nicht anders. Alma war natürlich dennoch auf die Straße gegangen, in der Handtasche die von ihm gefälschte Kennkarte, das arische Papier. Was willst du? Ich bin jetzt eine verheiratete Frau, mein Mann ist ein guter Deutscher, dann kann ich mich auch gleich selbst umbringen, und wer weiß, wie lange wir noch leben. Wie schön sie aussah, seine jüdische Geliebte, und wie leicht konnte sie verhaftet werden. Das wäre ihr Ende gewesen, für sie alle drei. Für Alma, für ihn, für Almas Mutter. Auf dem Marktplatz in Krakau war Alma von SS-Männern auf einen Lastwagen gezerrt worden. Partisanen hatten zwei Nazis getötet. Oh Jubel und Furcht vor dem, was unweigerlich folgte. Razzia. Eingezwängt zwischen Frauen, Kindern, Männern, durchwühlte Alma ihre Handtasche nach dem von Paul gefälschten Papier, ihr falscher Geburtsname, schön arisch,

und der Zusatz: ausgebombt in Hamburg, was ein sehr
dürftiges und lediglich vorläufiges Legitimationspapier
war, sie hatte es nicht bei sich, mein Gott, verzeih mir, oh,
mein Gott, Paul, ich bin an allem schuld. Nein, doch
nicht, da steckte es zwischen Puderdose und Portemonnaie. Hallo, hier, ich bin eine verheiratete Frau! Was ja
nicht stimmte. Sie hielt die vermeintliche Kennkarte, vorsorglich von Paul in eine kleine Klarsichthülle gesteckt,
weil die dünne Papierqualität sie verraten hätte, hielt die
Fälschung dem SS-Mann entgegen, mußte aufpassen,
nicht zu fallen, immer mehr Menschen wurden von Wehr-
machtssoldaten und SS-Männern auf die Ladefläche ge-
prügelt, mußte aufpassen, nicht nach hinten abgedrängt
zu werden, alles schrie, weinte, zappelte, und dazwischen
Alma, fuchtelte mit ihrem arischen Papier dem Betonge-
sicht vor der Nase herum, schrie, sie sei keine Polin, schrie,
sie sei keine Jüdin, sie sei eine deutsche Frau. Und da ließ
der SS-Mann sie gehen, hob sie vom Lastwagen oder ließ
sie hinunterklettern und griff sich eine andere Frau, einen
anderen Mann, ein Kind, bloß um eine bestimmte Zahl
beieinander zu haben.

Sein gelb gerauchter Zeigefinger blätterte sich bis
Misch zurück. Er sah zu seiner Tochter auf. Fritz Misch
aus W. in der Lüneburger Heide. Von dem Ort wußte sie,
er lag an der Eisenbahnstrecke, die ihr Vater von Polen
gekommen war, allein unter der Plane eines Lastwagens
hockend, verladen auf einen offenen Güterwaggon, September 1944. Gebeugt über seine Schulter, las sie Name
und Adresse, um sich Misch zu merken. Dann fiel ihr ein,
daß sie sein kleines Adreßbuch in ein paar Tagen würde

an sich nehmen können. Nichts wußte sie von den langen Stunden dieser Reise. Nichts hatte er jemals davon erzählt. Er war allein unterwegs gewesen. Ohne Alma. Der Zug ging nach Westen. Alma hatte mit ihrer Mutter im Osten zurückbleiben müssen. Alma hochschwanger und kurz vor der Entbindung in umkämpftem Gebiet, zwischen Roter Armee und deutscher Wehrmacht. Dein Vater hat uns da herausgeholt. Er ist zu uns zurückgekommen, in den Osten.

Jedoch vorher. Von Polen Richtung Westen in die Lüneburger Heide. War sonst niemand im Zug gewesen? Nur er im Lastwagen auf diesem Waggon, und alle anderen Waggons leer? Dieser mit seinem Sterben beschäftigte Mann war immer noch ihr Vater, obgleich er sich durch den ihm nähertretenden Tod aus der ihr vertrauten Väterlichkeit zu verflüchtigen schien.

Wenn sie ihn jetzt in den Zug und auf den Waggon zurückbrachte, konnte ihn das übermäßig anstrengen. Aber reden würde er. Schwach genug war er. Sie würde ihn zum Reden bringen können. Und Alma erwarteten sie erst in ein paar Stunden. Sie prüfte sein Gesicht. Es war von Heiterkeit durchwebt. Sie beobachtete seine Hände. Seine langen, knochigen Finger entleerten die Brieftasche. Sein Paß, sein Führerschein, mehrere Briefe, zusammengefaltet, dazwischen zwei Geldscheine, ein grünlicher Ein-Złoty-Schein und eine grünliche Ein-Dollar-Note. Ihre Eltern hatten nach der Befreiung ins gelobte Land gehen wollen. Für Alma war das Israel gewesen, für Paul Amerika, ein halbes Jahrhundert war das her. Sein gesamtes Bargeld, ein paar Fünfziger, Zwanziger und Zehner, hatte er gestern abend aus der Brieftasche genommen und seiner Frau gegeben. Beide hatten dabei geweint und gelacht und Anspielungen gemacht auf Almas leichtsinnige Kauflust und Pauls ängstlich vorsorgende Sparsamkeit. Sie war ihren Eltern Zuschauerin gewesen und Zeugin. Noch gab es das Paar Alma und Paul, das verliebte Paar, genau wie damals. Sie hatten überlebt, was so viele umbrachte.

Dieser Tod jedoch, der einfach kam, vor diesem Tod gab es keinen Ausweg. Was eigentlich hatten sie alles überlebt? Im großen und ganzen wußte sie es. Ihre Eltern hatten viel erzählt, phantastische Geschichten, wahnwitzige Geschichten, immer dieselben Geschichten. Geschafft, entkommen, entwischt. Atemlos hatten sie erzählt, und atemlos hatte sie zugehört. Diese Zugfahrt von Polen in die Lüneburger Heide war nie geschildert worden, und sie erschien ihr jetzt als eine Möglichkeit, innezuhalten. Ihm war es damals vielleicht ebenso gegangen. Er hatte festgesessen in diesem Lastwagen, auf diesem Waggon, in diesem Zug.

Ein kleiner Brustbeutel kam zum Vorschein. Ihr Vater zog ihn aus einem Seitenfach der Brieftasche. Schwärzlich verschwitzt, einstmals helles Leder. Sie hatte ihn nie zuvor gesehen. In vergilbtes Rechenpapier eingefaltet lag eine schwarze Haarlocke. Deine Mutter, da war Alma keine Zwanzig, und du wirst vierzig im kommenden Jahr. Er sah zu seiner Tochter auf. Im kommenden Jahr gab es ihn nicht mehr. Versprich mir, daß du dir eine Nebelleuchte kaufen wirst. Sie nickte. Du hast es also noch nicht getan. Wieder nickte sie. Dein Auto ist so klein, und die Leute fahren viel zu dicht auf. Ich werde dir keine Ruhe lassen.

Er drohte ihr scherzhaft, und sie sah ihm an, er hielt es für durchaus möglich, ihr aus dem Jenseits mit seiner Vorsorge hinterhereilen zu können. Sie versprach, gleich morgen oder übermorgen, nein, morgen, fiel er ihr ins Wort, also gut, gleich morgen wollte sie zur Autowerkstatt fahren. Er streichelte ihr Gesicht. Seit Tagen war er ohne Nahrung und ohne Hunger. Was ihn schwächte, belebte ihn. Euphorisch liebte er jeden Augenblick. Ich bin so glücklich, sagte er.

Wie lange warst du im Zug unterwegs?

Eine Woche, viel länger als gedacht. Rund 1200 Kilometer. Das wären normalerweise in einem D-Zug allerhöchstens zwanzig Stunden gewesen. Ich habe etwas für dich. Nimm das zu dir. Bei dir ist es gut aufgehoben.

Ohne erfassen zu können, was es war, sah sie auf das, was er aus dem Brustbeutel zog. Ein zweimal schmal Zusammengefaltetes. Ein grauweißlich Blankgewetztes. Er trage es seit damals bei sich. Sie nahm es zwischen ihre Finger. Es war ein Stück Haut, harte, alte Haut. Sie erkannte darauf einen hebräischen Buchstaben, geschrieben mit schwarzer Tinte, und sie erschrak. Das gehörte in eine Mesusa, in eine Kapsel, angenagelt neben die Wohnungstür frommer Juden. Schadai stand darauf. Das durfte er nicht haben. Das durfte niemand einfach so in die Hand nehmen. Schadai. Das Zeichen Gottes.

II.

In dem Schaufenster waren vor einem grauen Vorhang Deckelgefäße in unterschiedlichen Brauntönen dekoriert. Noch auf der Straße und bevor sie mit ihrer Mutter das Geschäft betrat, sagte Alma zu ihrer Tochter, sie solle nur alles ihr überlassen. Und wenn dem Beerdigungsunternehmer etwas an unseren Heiratspapieren komisch vorkommt, sagst du nichts. Du sagst überhaupt nichts. Hinter ihnen staute sich der morgendliche Berufsverkehr.

Im Gesicht ihrer Mutter war der Kummer über seinen Tod durchzogen von Empörung darüber, daß man ihn ihr genommen hatte. Und andere Männer waren einfach noch am Leben. Leimann und Misch beispielsweise, und dieser und jener Politiker, und dieser und jener Unternehmer, und dieser und jener auf der Straße, Männer in seinem Alter, schätzungsweise sogar älter als er. Und alles wegen damals. Das hat ihn kaputtgemacht. Alma trauerte nicht, sie klagte an, und beinahe zürnte sie sogar Paul, daß er schon gegangen war, da sie noch lebte.

Ihre Mutter war geschminkt wie immer. Dunkelroter Mund, etwas Rouge auf den bleichen Wangen, die Augenbrauen nachgezogen. Soll ich mir etwa nicht die Lippen anmalen? Nur, weil die Leute das jetzt von mir erwarten? Sämtlichen Schmuck hatte Alma angelegt, den Paul ihr in beinah fünfzig Jahren Ehe geschenkt hatte. Eine einreihige Perlenkette, es waren Zuchtperlen. Dein Vater hätte mir echte gekauft, wenn wir das Geld gehabt hätten. Er hat sich betrügen lassen, von diesem Fabrikanten, du weißt schon. Sie wußte schon. Paul hat dem vertraut, weil der aus der Tschechoslowakei kam, und ich habe zu ihm gesagt, Paul, das ist ein Sudetendeutscher, der bescheißt uns, und als der uns pfänden lassen wollte, da habe ich bei dem angerufen, Paul wollte erst nicht, doch ich habe mich nicht von ihm, und am Telefon war die Frau, da habe ich gesagt, geben Sie mir sofort Ihren Mann, und dann habe ich zu dem, wenn Sie glauben, daß Sie uns, dann schicke ich Ihnen morgen die Steuerfahndung ins Haus. Den Armreif aus Weißgold hatte Paul seiner Frau zur Silberhochzeit geschenkt, darin eingefaßt war ein kleiner Aquamarin, flankiert von zwei Diamantsplittern. Und den Ehering selbstverständlich. Alma nahm ihn niemals ab, nicht beim Waschen ihrer Hände und bei keiner Arbeit, was sie stets betonte, sobald in irgendeiner Weise und bloß allgemein von Eheringen die Rede war. Sie trage ihn seit dem Tag, an dem Paul ihr den Ring aufgesteckt habe. An einem Septembertag, genauso schön wie heute. Aber ich will jetzt nicht weinen. Und Almas Stimme erstickte.

Versuchte sie sich vorzustellen, wie ihr Vater ihrer Mutter den Ehering aufgesteckt hatte, kamen die elterlichen Hände nicht zusammen, und gelang es dem väterlichen Daumen und Zeigefinger, den goldenen Ring über den rotlackierten mütterlichen Fingernagel zu schieben, fehlten zu den Händen die beiden Menschen. Sie nahm die Hand ihrer Mutter und drückte sie fest. Alma wehrte sich gegen den Trost. Laß mich. Alma lehnte stets jede Hilfe ab. Es geht schon. Und den Ehering hatte sie sich damals an jenem Septembertag selbst aufgesteckt. Denn ihre Mutter war allein gewesen. Das wußte sie allerdings erst seit ein paar Tagen. Sie tastete in ihrer Jackentasche nach seinem Taschentuch und schwieg.

Der September in diesem Jahr präsentierte sich als ein kaum von Herbstluft durchzogener Spätsommer. Dessen ungeachtet trug Alma ihren Nutriapelz. Den Mantel hatte sie Paul vor Jahrzehnten abgeschmeichelt, bitte, Paul, nur ein kleines Nutriajäckchen, dazu schwarze Lacklederpumps, und zwei Tropfen von dem Parfum, welches er nie versäumt hatte, ihr zu kaufen: Je Reviens. Der würzig schwere Duft seines Versprechens wiederzukommen. Du brauchst neues Parfum von mir. Paul stand in der Tür zum Schlafzimmer, und Alma balancierte auf der Trittleiter, um in der Deckenlampe die Glühbirne auszuwechseln. Hab ich es denn aufgebraucht? Ihm wäre da oben schwindelig geworden. Er hob den kleinen Flakon zu ihr in die Höhe und hielt ihn gegen das Licht. Fast leer.

Sie öffnete ihrer Mutter die Ladentür. Ein dumpfer Glockenton schlug an. Hinter einem Schreibtisch erhob sich eine Frau, die Beerdigungen zu verkaufen hatte. Eine Frau in grauem Kostüm und mittleren Jahren. Alma hielt die schwarze Handtasche aus Nappaleder an sich gepreßt. Darin brachte sie die erforderlichen Dokumente, Totenschein, Geburtsurkunde und das Heiratspapier. Der amtliche Nachweis, daß der Tote ihr Mann war. Und mein Mann bleibt er. Sie sei keine Witwe, sie sei eine verheiratete Frau, hatte Alma zu ihrer Tochter heute morgen gesagt. Selbst wenn er jetzt nicht mehr bei ihr sei, sei er immer bei ihr.

Von dem besonderen Inhalt des elterlichen Trauscheins wußte sie. Gesehen hatte sie das Dokument nie. Auf jeden Fall kein Trauschein, wie ihn andere Frauen im Alter ihrer Mutter aus dieser Zeit besaßen und selbstverständlich vorzulegen vermochten, Trauscheine mit damals amtlichem Hakenkreuz, wie sie noch heute in den Familienpapieren zu finden waren. Bei Paul und Alma nicht. Und daß es so war, bezeugte seine Heldentat. Seine Heldentaten.

Acht Jahre lang täglich, alltäglich ein Held. Das Wort paßte nicht zu ihrem Vater. Mit gebeugtem Rücken und krummen Knien knickte der Held darunter ein. Daß er nicht mehr da war, begriff sie vielleicht in diesem Augenblick zum ersten Mal, da sie ihre Mutter sich ausweisen sah. Vor dieser Frau. Deren Mitarbeiter ihn abgeholt hatten. In einem Zinksarg. Die Almas Hand ergriff. Eine schmale, schwarze Wildlederhand. Alma hatte ihren langen Handschuh nicht abgestreift. Die Almas Blick begegnete. Unter schweren Lidern dunkler Schmerz. Und nun kam es. Aus berufsbedingt tiefen Mundwinkeln ließ die Beerdigungsunternehmerin die kleine Redewendung in dieser Angelegenheit hervorschlüpfen.

Zu ihrer Überraschung hörte sie ihre Mutter danke murmeln. An Beischlaf oder Beilager erinnerte sie das Wort. Je nach Geschäftsverlauf entrichtete diese Frau ihr tief empfundenes Beileid mehrfach am Tag, und unausweichlich jeden Moment ihr, der Tochter. Sie mußte ihre Hand dazu hergeben. Auf keinen Fall wollte sie etwas erwidern. Da war es passiert und vorbei.

Aus der Handschuhhand ihrer Mutter glitt die Hei-

17

ratsurkunde vom 14. Juli 1945, deutlich abgestempelt mit einem Reichsadler, dem man das Hakenkreuz abgeschnitten hatte. Und daneben das besondere Ehepapier. Beide Dokumente lagen auf dem nackten Schreibtisch. Kopfüber tastete sie sich die Zeilen entlang, Schreibmaschinenschrift auf einem halben Briefbogen.

Nahezu mühelos erfaßte sie den Text des Dokuments. Darin war sie geübt. Morgens am Steuer ihres Autos, auf dem Weg in die Anwaltskanzlei Brümmel & Partner, überflog sie die Schlagzeilen und Leitartikel der Tageszeitungen, die auf dem Beifahrersitz neben ihr lagen und die sie jeden Morgen mitzubringen hatte. Rechtsanwalt Konrad Brümmel abonnierte keine Zeitungen, da man Abonnements nicht von der Steuer absetzen konnte. Sie entzifferte vor dem Schreibtisch ihres Chefs sitzend, kopfüber dessen handschriftlich vorformulierte Sätze, während er sich den Anschein gab, ihr seine Briefe und Aktennotizen aus freiem Gedankenfluß ins Stenogramm zu diktieren.

Gemäß Paragraph 1 Absatz 2 des Gesetzes über die Anerkennung freier Ehen rassisch und politisch Verfolgter war die, so las sie, am 14. Juli 1945 geschlossene Ehe ihrer Eltern schon als am 6. September 1939 eingetreten geltend zu machen. Ausgestellt im Auftrag der Justizverwaltung, abgestempelt und unterzeichnet, Dr. Leimann, Oberregierungsrat.

Auch die Beerdigungsunternehmerin las, und da die fremde Frau nach Almas Gefühl viel zu lange auf ihrem Ehedokument herumirrte, hörte sie ihre Mutter neben sich sagen, es habe alles seine Richtigkeit. Die Frau schob die amtlich beglaubigten Kopien wortlos zwischen zwei

Aktendeckel. Und nehmen Sie doch bitte Platz. Hastig faltete ihre Mutter die Originale zusammen, sie ließ sie unter dem Knipsverschluß ihrer Nappalederhandtasche verschwinden. Mehrmals war ihnen angeboten worden, es sich bequem zu machen. Musterbücher wurden aufgeschlagen, sie setzten sich in graugrüne Cocktailsessel, Alma nur auf die Kante.

Welcher Sarg, welches Holz, welche Sarggriffe, ob der Samt für das Sarginnere von dunklem Lila sein solle oder schwarz oder rot oder grün. Die Wahl fiel zwischen dem, was er Alma aufgetragen hatte zu nehmen, es werde sowieso alles verbrannt, und dem, wozu der Kummer ihre Mutter verleiten wollte. Ein Kissen für seinen Kopf soll er haben. Wenn es auch nur dieser Beerdigungsunternehmerin zugute kommen würde, die sich eben bei Alma erkundigte, welchen Anzug man ihm anziehen solle, dem lieben Verstorbenen.

Sie kannten meinen Mann doch überhaupt nicht!

Nach einer halben Stunde standen sie wieder auf der Straße.

Ob dieser Leimann auf dem Eheanerkennungspapier jener Leimann sei, fragte sie ihre Mutter. Alma wurde sofort mißtrauisch. Hat Paul mit dir über Leimann gesprochen?

Und wenngleich ihr Vater nun tot war, verriet sie ihn nicht. Sie versuchte, einfach zu schweigen, was neben ihrer Mutter nicht einfach war. Als ginge es um ein Stück Paul, zerrte Alma an ihr. Nun sag schon. Warum sagst du nichts? Ich weiß sowieso alles. Irgend etwas wird er dir doch gesagt haben.

Daß ihr Leimann mal besucht habt dort in W., Leimann und Misch. Mehr gab sie nicht heraus.

Alma nickte wortlos.

Ob der Oberregierungsrat Dr. Leimann jener Kurt Leimann sei?

Alma putzte sich die Nase, stopfte ihr mit Spitzen umhäkeltes Taschentuch in die Handtasche, und sie hörte dabei ihre Mutter seufzend sagen, aus solchen Leuten werde eben immer etwas.

Als sie am Morgen kurz vor acht Uhr in ihr altes Auto stieg, um zum Gericht zu fahren, sie sollte während einer Verhandlung die Aussage eines Zeugen stenographieren, der Mann war Mandant bei Brümmel & Partner und saß zur Zeit in Untersuchungshaft, hielt sie auf einmal in der Bewegung inne und schob sich wieder aus dem Wagen heraus.

Sie ging zurück ins Haus, die fünf Stockwerke hoch und in ihre Wohnung, um sein Taschentuch zu holen. Es lag unter ihrem Kopfkissen. Sie hatte nur vier Stunden geschlafen und war noch immer berauscht von der Durchlässigkeit, die ihr Vater in seinen letzten Tagen verströmt hatte.

Auf dem kurzen Stück Weg zurück zum Auto schien alles auf sie einzustürmen, Straßenbäume, Menschen, das Pflaster, einzelne Pflastersteine, zu ihren Füßen ein verspäteter Marienkäfer. Besonders mußte sie alles lesen. Parkschein hier lösen. Brot des Monats. Damen und Herren Elite-Friseur. 8 bis 18 Uhr auf dem Seitenstreifen. Ihr Wagen stand neben einer Litfaßsäule. Von oben bis unten mit Wörtern beklebt. Sie biß die Zähne zusammen, stieg in ihr Auto, lockerte die Handbremse, startete. Der Wagen vor ihr kam aus K wie Köln und der hinter ihr war aus Hamburg. Die Quersummen beider Autonummernschilder addiert ergab eine Zahl, deren Quadratwurzel sie errechnete. Buchstabierend und rechnend rollte sie aus der Parklücke, wie sie am Abend zuvor rückwärts hineingerollt war. Das ging ja gut, sehr gut ging das, und sie beklopfte dreimal ihre Stirn, weil ein Krankenwagen mit grellem Sirenengeheul herankam und sie überholte.

Sie dachte daran, gleich morgen die Nebelleuchte für ihren Wagen zu kaufen, hielt am Zeitungskiosk, verlangte die seriösen und die weniger seriösen Tageszeitungen, ließ sich eine Quittung geben, las beim Weiterfahren: Internationaler Waffenhändler packt aus. Deutsche Gasbomben für Irak und Libyen gegen Israel. Heute Kronzeuge. Das war ihr Termin.

Im Strafjustizgebäude scharfe Kontrollen. Besucher und Journalisten wurden durch den Keller eingelassen. Dort unten kam ihre Handtasche in ein Stahlschließfach. Fremde Hände tasteten ihren Körper ab. Stenoblock, Bleistift und Anspitzer konnte sie mitnehmen. Sie eilte die breiten Treppenstufen hinauf in den zweiten Stock. Der alte Gerichtskasten umschloß einen großen quadratischen Innenhof. Die Strafkammer tagte in dem Saal auf der Stirnseite. Journalisten und Prozeßzuschauer wurden nach rechts geleitet. Um den Verhandlungsraum möglichst vor dem großen Ansturm zu erreichen, lief sie den linken Korridor auf dem gegenüberliegenden Flügel entlang. Das durfte sie. Sie war die Chefsekretärin der Anwaltskanzlei

Brümmel & Partner. Rechts drängelte die Masse Mensch dem spektakulären Prozeß entgegen. Sie war im linken Flur allein. Auf hellbraunem Linoleum zäh kriechende Stille. Jede Tür geschlossen. Neben jeder Tür ein Namensschild. Die Amtszimmer der Justizverwaltung. Hier roch es aggressiv süßlich. Wahrscheinlich ein giftiges Putzmittel, und nur diese Leute waren dagegen unempfindlich. Vorübereilend suchte sie nach Leimann. Natürlich war er längst pensioniert, und sowieso gab es keinen Grund, ihn im Justizgebäude zu vermuten. Es war bloß ein Spiel mit Buchstaben, ein Spiel mit ihrer Wahrnehmungsfähigkeit. Sie tastete nach seinem Taschentuch.

Wenn er wollte, würde er ihr bei der Suche helfen. Alma durfte nichts davon wissen. Sie mußten Alma hintergehen. Ihm würde das schwerfallen. Ihr nicht. Er hatte stets zu Alma gehalten. Die große Liebesgeschichte. Paul hielt zu Alma. Nichts reichte an diese große Liebesgeschichte heran. Rhett Butler hatte am Ende Scarlett O'Hara verlassen. Warum war Paul nicht davongelaufen? Zum Beispiel, um sein Leben zu retten? Er war jung gewesen. Anfang Zwanzig. In diesem Alter verliebte man sich und trennte sich und verliebte sich aufs neue. Warum ihr Vater nicht? Sah so ein Held aus? Schlaffe Oberarme und noch immer oder wieder müde, wenn sie als Kind vor ihm gestanden hatte. Spiel doch mal mit mir. Was denn? Fußball. Kann ich nicht. Federball. Kann ich auch nicht. Für sie reichte seine Kraft nicht mehr.

Sonnenlicht durchflutete den Korridor. Menschen drängten herzu. Blitzlicht flammte auf. Die beiden Anwälte des Angeklagten flatterten an ihr vorüber. Der Ge-

richtsdiener grüßte, und sie trat ein. Panzerglas decken-
hoch. Die durchsichtige Trennwand sollte Richter, Zeuge
und Angeklagten abschirmen vor möglichen Scharfschüt-
zen im Publikum. Punkt neun Uhr erschien das Gericht.
Im Saal erhob man sich von den Plätzen.

Brümmels Mandant wurde hereingeführt. Man nahm
ihm die Handschellen ab. Er drehte sich zum Publikum,
suchte nach bekannten Gesichtern, verzog keine Miene.
Seine Aussage sollte zum Nachteil des Angeklagten bele-
gen, daß Millionenbeträge, erwirtschaftet durch die Arbeit von Prostituierten, in den internationalen Waffenhandel geschleust worden waren. Er hatte, wie sie aus den
Akten wußte, selbst dabei gut kassiert und konnte als
Hauptbelastungszeuge die ihm drohende Freiheitsstrafe
womöglich auf Bewährung verringern. Name? Alter?
Wohnhaft? Zur Zeit Holstenglacis 3, Untersuchungshaft-
anstalt.

Sie hatte diese Adresse vor wenigen Tagen schon einmal notiert. Ihr Vater hatte sie genannt. Alma und Paul in
der grünen Minna auf dem Weg vom Konzentrationslager
Fuhlsbüttel ins Untersuchungsgefängnis Holstenglacis 3.
Getrennt im Wageninnern durch ein engmaschiges Stahl-
gitter. Nach wochenlanger Gefangenschaft ein flüchtiges
Wiedersehen. Verhaftet wegen Rassenschande. Sie hatten
mit ihrer Lust den deutschen Volkskörper geschändet. Er
würde deshalb vor Gericht gestellt werden. Sie nicht. Sie
war als Jüdin in dieser Sache überhaupt nicht prozeß-
würdig. Man behielt sie einfach. Man konnte sie vielleicht
noch gebrauchen. Ihm drohte, je nach Tageslaune seiner
Richter, Genickschuß, Galgen, Fallbeil oder der Marsch-

befehl Richtung Ostfront. Almas kleiner Finger schob sich durch den engen Draht zu ihm hindurch, und weil die drei Männer vorn in der Fahrerkabine miteinander sprachen, konnte er unentdeckt diesen kleinen Finger küssen. Weshalb brachte man sie vom Konzentrationslager Fuhlsbüttel ins Untersuchungsgefängnis? Man sagte es ihnen nicht. An seinem Ohr spürte er ihren Atem. Mutti entlassen, flüsterte Alma.

Wieso denn Hedwig?

Wieso, hatte sie ihren Vater gefragt, war Almas Mutter von der Gestapo freigelassen worden? Er konnte es ihr nicht erklären. So war es eben. Nichts war logisch gewesen in diesem System.

In ihm schoß eine wilde Hoffnung auf. Wenn sie die Jüdin Hedwig Glitzer herausgelassen hatten, dann würde man ihn freigeben, ihn doch bestimmt, er war kein Jude. Und dann, das wußte er, dann mußte er sich von Alma trennen. Das würde die Gestapo von ihm verlangen, und er würde es tun. Sie würden einander nicht mehr wiedersehen dürfen. Er mußte sich damit abfinden. Nur so konnte er sein Leben retten. Das würde Alma einsehen. Es war ja nicht sein freier Entschluß. Nie würde er sich von ihr getrennt haben wollen. Das waren diese Verbrecher. Sie mußten sich dem unterwerfen. Es mußte sein. Wenn wir uns, buchstabierte er sich ins Hirn, als schriebe er an sie, wenn wir uns einer in diesem Land noch so fragwürdigen Freiheit wieder erfreuen können wollen, dann müssen wir es tun. Er konnte am Leben bleiben, wenn er den Verbrechern gehorchte. Er wollte leben. Wenn nicht anders möglich, dann ohne Alma. Er würde es ihr sagen. Nicht jetzt. Wenn er freikäme. Und vielleicht auch sie. Dann wollte er es ihr sagen. Und sie würde ihn verstehen.

Sein vom Dahinsterben gezeichnetes Gesicht hatte sich verklärt. Ihr war es jedenfalls so vorgekommen. Ihm waren Tränen in die Wangenhöhlen gelaufen.

Würde Alma das verstanden haben?

Sofort hatte er zu weinen aufgehört.

Sie mußte sich konzentrieren. Brümmels Mandant wurde vom Gericht vernommen. Sie notierte: Der vorsitzende Richter stiernackig mit Glatze, Schmisse auf der linken Wange. Der Zeuge muskulös, gepflegter Pferdeschwanz, Dreitagebart.

Zeuge: Dann hab ich ihm meine Frau verkauft. Für zwanzig Riesen. (Blick zum Angeklagten). Er hat sie dann bei sich ins Fenster gestellt.

Richter: Sie haben was?

Zeuge: Hab ich doch gesagt.

Richter: Also, das muß ich erstmal in philologische Zusammenhänge bringen.

Zeuge: Ich dachte, ich soll hier aussagen.

Sie hatte nicht gefrühstückt, nicht einmal Kaffee hatte sie getrunken, bloß ein Glas Wasser. Ihr war schwindelig. Und ihr Vater in der wilden Hoffnung, freizukommen. Er. Nur er. Alma und ihre Mutter Hedwig würden deportiert werden. Das war eine herankriechende Unabänderlichkeit, das konnte morgen oder bald sein, und das zu denken, es bis zum Ende auszudenken, das war wie Mitmachen, denn er dachte es und mußte sich davon sofort abwenden. Selbstverständlich würden sie Hedwig wieder abholen. Alle Juden wurden abgeholt. Doch wenn sie Hedwig jetzt hatten gehen lassen, warum nicht ebenfalls Alma? Und wenn man sie beide zusammen freiließ, würde er es ihr ins Gesicht sagen können? Vielleicht würde man ihn vor Alma entlassen? Er konnte ihr schreiben, ins Gefängnis. Er würde es Hedwig erklären, und Hedwig würde es Alma sagen, wenn er bereits fort war.

Eine Viertelstunde Unterbrechung. Der Mann neben ihr stieß sie an. Sie erhob sich, er folgte ihr. Auf dem Gang draußen blieb er bei ihr stehen. Er sei Gerichtsreporter. Was hier eigentlich vorgehe?

Der Mann packte seine mitgebrachten Stullen aus. Gegen ein Brot mit Käse gab sie Auskunft, biß ab, kaute, schluckte, sprach, ging mit dem Journalisten auf und ab. Und erzählte. Und wurde nervös. Und versuchte, sich zu bremsen, fragte, was er denn wisse, und ohne die Antwort abzuwarten, schilderte sie den Fall, detailgetreu und ausschweifend, genau wie ihr Vater, darin festgebunden und fesselnd. Raus, raus, schnell, schnell. Alma und er waren aus dem Gefängniswagen geklettert. Beide in Handschellen. Schußwaffen waren auf sie gerichtet. Getrennt wurden sie abgeführt. Hinter uns schlossen sich schwere Tore für eine sicher längere Zeit, denn die Gerichte waren überlastet mit Denunziationen. Wann würde man sich mit uns befassen?

Sie hatte den starken Wunsch, sich niederzulegen, sofort und hier auf die Zuschauerbank im Gerichtssaal. Vom Untersuchungsgefängnis Holstenglacis 3 waren Alma und Paul wieder nach Fuhlsbüttel gebracht worden. Alma behielten sie dort, und ihn ließen sie frei. Er kehrte zurück

26

zu Hedwig Glitzer. Zu wem sonst hätte er gehen können? An ihm klebte die Rassenschande. Einmal pro Woche brachte er frische Unterwäsche zur Haftanstalt Fuhlsbüttel. Für Alma. Und dort erhielt er ihre getragenen Seidenhöschen ausgehändigt.

III.

Sie beschloß, auf seiner Beerdigung zu sprechen. Sie würde eine Rede auf ihren Vater halten. Vorher wollte sie zu Misch nach W. fahren, und dafür mußte sie Pauls Aufzeichnungen lesen. Sie besaß Aufzeichnungen von ihm. Alma hatte sie ihr überlassen. Gefunden in seinem Schreibtisch, in einem braunen, großen Briefumschlag. 55 Seiten geschrieben auf dem Dachboden bei Misch, geschrieben in W. in den letzten Tagen und Nächten vor der Befreiung. Ohne zu wissen, wie viele letzte Tage noch, wie viele Nächte. Wann endlich würde der deutsche Zusammenbruch kommen? Hannover war in englischer Hand. Wir waren so müde, las sie. Alma, Hedwig und er. Und fieberten abends dem Zeitpunkt entgegen, da sie die Dachbodentür mit Lumpen abdichteten und zusammen unter einer Wolldecke hockend das dumpfe Klopfzeichen der vier Paukentöne erwarteten. Drei kurze und ein längerer vierter Schlag. Dann die Stimme eines Mannes, dem Ohr vertraut, seit langem ein Verbündeter draußen in der Welt. Hier spricht London. Hier spricht London. British Broadcasting Corporation, BBC London. Daß man von ihnen dort wußte, war Hoffnung und war Verzweiflung, denn vielleicht waren sie ja doch noch rettungslos verloren. Wenige Jahre später standen ihre Eltern vor dieser Stimme. In der Künstlergarderobe eines Hamburger Theaters. Absurd zu denken. Wenige Jahre später.

Ein Zeitraum, unwahrscheinlich groß oder auch unwahrscheinlich klein. Nach diesen wenigen Jahren, hörte sie ihren Vater sagen, sah Westdeutschland aus, als habe man hier den Krieg gewonnen.

Die Stimme aus London war ein britischer Schauspieler, er war mit seiner Frau, einer deutschen Jüdin, seit Wochen auf Tournee durch die junge Bundesrepublik. Alma hatte Paul hinter sich hergezogen, und Paul, der gute Deutsche, sträubte sich. Ich weiß nicht. Meinst du wirklich? Alma aber, in der Freiheit angekommen, war nun an der Reihe, ihren Paul an die Hand zu nehmen, ihn zu schützen vor Juden, vor Rettern, vor Verbündeten, die in ihm den üblichen Deutschen sahen. Ihr Paul, ausgerechnet er! Natürlich gehen wir zu ihm, wir wollen uns bei ihm bedanken, und dem Theaterpförtner, halt! hier dürfen Sie nicht durch! hatte Alma, in der Sekunde tief erschrocken, dann jedoch mit aufwallendem Triumph kurzerhand beschieden, sie sei eine Cousine der Ehefrau des Engländers. Der Pförtner, mit Augenklappe links und ohne rechten Arm, stutzte, musterte Alma, schwarzes Haar, dunkle Augen, schwere Lider, ja, konnte hinkommen, er legte zwei Finger der linken Hand an seine Pförtnermütze, selbstverständlich, gnädige Frau, und gab den Weg frei. Links den Gang runter, zweite Tür. Alle vier hatten sie Tränen in den Augen gehabt. Sie beide, sagte der fremde Gentleman mit seiner aus vielen Nächten vertrauten Stimme zu Paul, sind die ersten, die zu mir in die Garderobe gekommen sind.

Über dem treudeutschen Bauernhaus der Familie Misch rauschten abends die Wellen von Radio England. Nur wenige Kilometer entfernt war das Konzentrationslager Bergen-Belsen. Wenn der Wind entsprechend stand, war die frühlingsfrohe Aprilluft durchzogen vom süßlichen Verwesungsgestank der Hunderte, der Tausende. Und noch jeder Tag und jede Nacht konnte ihr Ende bringen. Sollten SS und Volkssturm, die sich im Dorf verschanzt hatten, auf Paul aufmerksam werden, würde ihn nichts mehr retten können. Paul in Zivil, groß und schlank und jung, Paul gemäß seines roten Ausmusterungsscheins untauglich für die Front mit einem vorgetäuschten chronischen Magen-Darm-Geschwür, das zählte nicht mehr, Paul mit gefälschtem Transportbefehl in der Brieftasche, Paul mit zwei Jüdinnen an seiner Seite, im Transportbefehl als seine Transportbegleiter ausgewiesen, und der eine jüdische Transportbegleiter war inzwischen Mutter geworden.

Mit unruhigem Blick fiel sie fliehend ein in die Seiten seiner Aufzeichnungen. In allem, wovon sie wußte, trug sie den dreien den gewaltsamen Tod heran. Er hatte geschrieben: Ich durfte mich nicht blicken lassen. Würden die Idioten auch dieses Dorf verteidigen wollen? Dann mußte ich ja mittun. Sie schüttelte den Kopf, sie wußte es heute besser. Die hätten ihn nicht mittun lassen, die hätten ihn am nächsten Baum aufgehängt. Hedwig, Alma und ihr Baby wären nach Bergen-Belsen geschickt worden. Wahrscheinlich hätten sie nicht überlebt. Paul und das Baby sicher nicht. Alma und ihre Mutter Hedwig vielleicht.

Er, der da schrieb, war jünger als sie heute. Sie konnte ihn nicht Satz um Satz erzählen lassen, sie mußte ihn un-

30

terbrechen, mußte ihm widersprechen. Es bedrohten sie Ereignisse und Zusammenhänge, die über das von ihm Niedergeschriebene hinausreichten, Vergangenes und in der Vergangenheit Kommendes. Am 27. Januar 1945 wird Auschwitz von der Roten Armee befreit. Erfuhren sie davon in ihrer Dachkammer? Befreit, so sagte man heute. Es ist ein Sonnabend, Schabbes. Die Befreiten sind tot oder fast tot. Sie sind von den Deutschen zurückgelassen worden in dem Glauben, es lohne die kleine Mühe des Mordens nicht mehr. Frauen, Männer, Kinder, die noch laufen können oder mitgeschleppt werden, treibt die SS vor sich her nach Westen, nach Bergen-Belsen. Kamen sie durch das Dorf W. auf ihrem Todesmarsch? Am 14. April 1945 telegrafiert Heinrich Himmler an alle Lagerkommandanten, kein Häftling dürfe in die Hände des Feindes fallen. Warum machen die SS-Männer nicht einfach kurzen Prozeß? Sie sind viele, sie sind schwer bewaffnet, und sie lassen die Juden nicht aus den Augen. Können die SS-Männer Juden vorwärtstreiben und bewachen, müssen sie nicht an die Front.

Ihr Vater trug eine Waffe bei sich. Wenn sie kommen. Wenn es keinen Ausweg mehr gibt für uns. Alma und Hedwig wurden seit ihrem Verschwinden aus Hamburg von der Gestapo gesucht. Viele Flaschen Wodka hatte die Pistole ihn gekostet. Der Mann in Krakau, ein Pole, machte Geschäfte mit Nazis und mit Widerstandskämpfern. Er hatte Paul eine Waffe angedreht, die manipuliert war. Sie ging nach hinten los. Davon hatte Paul keine Ahnung. Der erste Schuß würde ihn selbst getötet haben. Aber schießen hätte ihr Vater gekonnt. Diese Vorstellung beglückte sie. Ihr Vater hätte geschossen. Die deutsche Wehrmacht hatte es ihm schließlich beigebracht.

Sie schob sich von ihm fort. Es kam noch viel. Sie dehnte und reckte sich. Es ging ihr gerade so gut. Sie steckte sein Taschentuch zu sich, klopfte von außen mit der Hand auf die Hosentasche. So hatte er es immer gemacht. Sie sah auf ihre Hand. Sie wiederholte die Geste. Und nun war es seine Hand. Was wollte sie eben? Sie mußte in die Kanzlei, das Stenogramm der Zeugenaussage abschreiben.

In den drei Büroräumen, Vorzimmer, ihr Zimmer und Brümmels Zimmer, stand die Luft vom gestrigen Abend. Brümmels Aschenbecher quoll über. Sie machte sich einen Kaffee, setzte sich an ihren Schreibtisch und nahm ihren Stenoblock aus der Handtasche. Aber das Bedürfnis, sich legen zu müssen, fiel sie an und drückte sie zu Boden. Vor dem Aktenschrank streckte sie sich auf dem Parkett aus. Über ihr Ordner meterweise, beschriftet von ihrer Hand, angefüllt mit Brümmels Fällen. Beine, Rücken, Hinterkopf geerdet, wurde ihr klar, daß sie keinesfalls ohnmächtig zu werden drohte. Sie war hellwach und von Flutlicht durchzittert. In Israel würde man deinem Vater einen Baum gepflanzt haben in der Allee der Gerechten. Wahrscheinlich. Aber wie sollte man, da sie dort nichts von ihm wußten. Alma hielt die ganze Geschichte unter Verschluß.

Was machen Sie da unten?

Konrad Brümmel stand über sie gebeugt, Aktenkoffer in der Hand, schwarze Lederjacke überm Arm.

Ist Ihnen nicht gut?

Mein Vater war ein Deserteur. Er hat zwei Jüdinnen das Leben gerettet, meiner Mutter und meiner Großmutter. Gegenüber anderen war sie dankbar, ihn vorzeigen zu können. Bloß gab es dazu keine Gelegenheiten. Über Väter, die nach Geburtsdatum hatten mitmachen können, wurde nicht gesprochen, nur gestöhnt. Sie hätte auch gern gestöhnt, doch fürchtete sie, man würde ihren Vater dann in eine Reihe stellen neben die anderen Väter. Das durfte sie ihm nicht antun. Er war zu schwach nach alledem. Er war vielleicht auch vor alledem nicht besonders stark gewesen. Weil er uns gerettet hat, deine Mutter und deine Großmutter. Jedes Versagen seinerseits hatte Alma damit entschuldigt. Jedem Magenanfall, jeder Geschäftspleite, jedem Ruhebedürfnis, jeder seiner Unfähigkeiten wurde das zugrunde gelegt. Sie wäre gern auch mal von ihm gerettet worden. Leider hatten die beiden Frauen alles aufgebraucht. Brümmel half ihr hoch, faßte ihre Hand und griff unter ihren Arm. Das war ihr schon zu viel. Vielleicht wäre sie lieber am Boden geblieben.

Er drängte sie in seinen Schreibtischstuhl. Ich halte hier manchmal Mittagsschlaf. Er stellte die Rückenlehne zurück. Ihr wurde schwindelig. Er öffnete das Fenster, er entleerte seinen Aschenbecher in den Papierkorb. Eine Wolke feiner Aschestäubchen stieg auf. So ist es besser, nicht wahr? Er nahm sich einen Zigarillo.

Sie sah ihn besorgt um sie, und sie mußte ihn angreifen. Was hat eigentlich Ihr Vater gemacht?

Mein Vater? Wieso?

In der Nazizeit.

Er legte den Zigarillo aus der Hand. Mein Vater war

im Lager. Er sah sie prüfend an. Soll ich einen Notarzt kommen lassen?

Sie schüttelte den Kopf. Im Lager war Ihr Vater?

Er nickte und sie lächelte. Und in welchem Kazett war Ihr Vater?

Mein Vater? Mein Vater ist nie in einem Kazett gewesen. Ich weiß nicht einmal, ob er überhaupt davon wußte. In Kriegsgefangenschaft war er.

Das hatte sie erwartet. Kriegsgefangenschaft hieß bei den anderen stets Lager. Ihren Chef zu fragen, warum er nicht wisse, ob sein Vater gewußt habe, unterließ sie. In seinem Schreibtischstuhl, halb liegend und unter seinen besorgten Blicken mit ihm zu diskutieren, sozusagen von Kind zu Kind über die Väter, das war ihr jetzt zuviel, sie wurde unruhig, sie vermied es, ihn anzusehen.

Stalingrad, hörte sie Konrad Brümmel sagen, muß furchtbar gewesen sein, danach Kriegsgefangenschaft. Aber ihm ging es nicht schlecht bei den Russen. Sein Vater habe dort Russisch gelernt. Spricht er heute noch recht gut. Mein Vater hat die Russen bewundert und gehaßt.

Und die Juden?

Ja, ja, die auch. Sofort gehen Sie nach Hause. Sie fühlte seine Hand auf ihrer Stirn. Und schlafen Sie sich mal richtig aus.

Wozu? Sie war nicht müde. Abends nach Büroschluß fuhr sie zu ihrer Mutter, aß mit Alma eine Kleinigkeit, fuhr gegen Mitternacht zurück nach Hause und ging mit Büchern über die Nazizeit ins Bett, las, strich Wörter an, Sätze, Absätze, schlief ein, ließ aber die Lampe brennen und stand gegen sechs Uhr auf. Sie brauchte nur wenig

Schlaf. Noch nie hatte sie so wenig Schlaf gebraucht. Sie triumphierte über die Schläfer. Sie war wach. Alle waren verdächtig. Was hatte man in den Büchern weggelassen, weil man es für nicht so wichtig hielt? Was wußten die Autoren solcher Bücher über die eigenen Eltern? Hinter uns schlossen sich schwere Tore für eine sicher längere Zeit, denn die Gerichte waren überlastet mit Denunziationen. Wann würde man sich mit uns befassen? Hedwigs Nachbarn? Almas arische Freundinnen? Pauls Familie? Das Liebespaar war bei der Gestapo angezeigt worden.

Sie hatte die Aufzeichnungen ihres Vaters fotokopiert und das Original in den Schrank, zwischen die Bettwäsche gelegt. Die Kopien konnte sie unbefangener lesen. Wie viel er ausgelassen hatte. Sein Wunsch war es gewesen, aufzuschreiben. Sie entdeckte Auslassungen auf jeder Seite. Alles wollte sie wissen. Er schrieb von Verhören durch die Gestapo im Konzentrationslager Fuhlsbüttel, Tag und Nacht Verhöre. Was hatten die ihn gefragt? Was hatte er geantwortet? War er geschlagen worden? Nichts von dem, was sie las, war ihr erschöpfend genug. Sie wollte mehr und immer mehr. Sie konnte Akteneinsicht beantragen, jetzt, da er gestorben war. Strafsache wegen Verstoß gegen das Gesetz zum Schutz des deutschen Blutes und der deutschen Ehre. Es gab seine Akte in irgendeinem Keller der deutschen Justiz. Man würde ihr eine Kopie vorlegen. Sämtliche Namen würden geschwärzt sein. Senatspräsident Dr. M. als Vorsitzender, Oberlandesgerichtsrat Dr. H., Oberlandesgerichtsrat Dr. G. als beisitzende Richter, Staatsanwalt F. als Beamter der Staatsanwaltschaft. Sämtliche Namen der Zeugen, drei Beamte Xyz der Geheimen

Staatspolizei sowie Frau F., seine damalige Chefin, die Denunziantin. Unleserlich alle, um diese Leute heute zu schützen. Allein der Name des Verurteilten würde zu lesen sein. Der Name ihres Vaters.

Alma wußte alle Namen, und hatte sie wieder und wieder genannt und würde sie wieder und wieder nennen. Sie mußte sich die Namen nicht merken. Was willst du denn von Misch? Und wo Leimann lebt und ob er überhaupt noch lebt, weiß ich nicht. Alma wachte über ihr Wissen. Alma blieb Gefangene ihrer Gefangenen. Was hast du mit unserer Vergangenheit zu tun? Sei froh, daß du das nicht erlebt hast. Leb dein Leben. Alma zu fragen war eher hinderlich. Sie würde danach nicht mehr wissen, ob sie als Tochter überhaupt ein Recht hatte, zu Misch in die Lüneburger Heide zu fahren.

Vier Jahre vor seinem Tod, von dessen zeitlicher Nähe ihr Vater nichts gewußt hatte, war von ihm ein zweites Mal seine und Almas Geschichte in die Schreibmaschine getippt worden. Es fehlten seine Monate in der Strafkompanie. Es war die Version Unsere Geschichte. Jahre und Worte hatten Erlebtes geschliffen, und Flügelschläge der Erinnerung führten über kratertiefe Abgründe. Dann warst du auf einmal da, ich hatte dich unten gehört und gedacht, jetzt kommen sie, aber du warst es, mein Gott. Ja, ich war es.

Seite um Seite verglich sie seine beiden Aufzeichnungen. Im längeren ersten Text hatte er nachträglich vieles durchgestrichen, wiewohl nicht unleserlich gemacht. Lange Bleistiftstriche über größere Absätze. Daß ihm die Angst die Nerven zerfraß, hatte er gestrichen. Gestrichen

Alma, die ihre Mutter angefleht hatte, Paul nicht zu verraten, daß sie Juden waren. Hedwig sagte es ihm dennoch. Sie fand, seine Unwissenheit sei gefährlich, sie fand, er müsse sich entscheiden können. Wie hätte ich mich anders entscheiden können als für Dich! las sie unterm Bleistiftstrich. Und doch, wer weiß, wie meine Entscheidung ausgefallen wäre, hätte ich damals schon ermessen können, was dieser Schritt für mich bedeutete. Gestrichen der schwere Stein, der sich auf ihn legte, die gewissen Hemmungen, jetzt verstand er die Blicke der Menschen zu deuten, die Nachbarn, die von Euch wußten und uns beide zusammen sahen. Wer wie ich bei Juden wohnte, trug das Kainszeichen bereits im Gesicht. Wie oft, mein Liebstes, mußt Du Angst um meine Liebe zu Dir gehabt haben? Durchgestrichen. Es waren Sätze, in denen die andere Möglichkeit durchschimmerte, seine Möglichkeit zu gehen, sich loszureißen von den beiden Jüdinnen. Noch wäre Zeit dazu gewesen, und war die Zeit nicht immer eine Einflüsterin geblieben, diesen Schritt zu tun, ihn tun zu müssen, um sich selbst zu retten?

Zwischen den Seiten lagen in Klarsichthüllen die von ihrem Vater gefälschten Papiere, die Originale seiner Courage. Das französische Wort, wie es im deutschen Sprachzusammenhang existierte, schien ihr am besten zu ihm zu passen. Denn tollkühn, mutig, heldenhaft war ihr Vater gewiß nicht gewesen und schon gar nicht unerschrocken oder furchtlos. Eher beherzt. Er war von Angst gequält, er war oft mutlos gewesen, und dann hatte ihn weiter getrieben, was getan werden mußte im Leben, im Alltag. Und jederzeit und überall Kontrollen, weshalb Paul oft Papiere benötigte, die ihn zu etwas berechtigten, wozu er nicht berechtigt war. Auf der gefälschten amtlichen Abschrift einer Heiratsurkunde der Standesamtsbehörde Kreishauptmannschaft Tarnopol hatte sich ihre Mutter um ein Jahr jünger gemacht. Alma und Paul waren nie in Tarnopol gewesen. Tarnopol nur deshalb, weil Tarnopol inzwischen wieder russisch war und die Deutschen keine Nachforschungen anstellen konnten. Der Unterzeichner, Oberstleutnant u. Abt.-Chef Wernicke, führte in seinem eckigen Namen die mit Tintenstift gezogenen und für die Augen der Tochter unverkennbaren Schlaufen des Vaters. Seine Hand. Und neben seiner Hand der Hakenkreuzadler. Generalgouvernement Distrikt Krakau. Polen hieß Generalgouvernement. Der Name Polen sollte ausgelöscht sein. Räumungs- und Marschbefehl des Kreishauptmanns Krakau-Land im Generalgouvernement, unterzeichnet Oberinspektor Fass. Sein F, sein kleines a, seine kleinen ss. Wie mochten er und Alma über den Namen Fass gelacht haben. Jahrzehnte später hatte ihr Vater auf der Rückseite notiert: Echt ist nur das Formular und der gestempelte Hakenkreuzadler, für einige Minuten von mir in der Behörde entwendet und auf das Formular gedrückt.

Für einige Minuten entwendet. Vom Wodka leicht angehoben, mit strahlender Tenorstimme. Ich habe eine Überraschung für Sie. Für mich? Zum Geburtstag. Ich habe heute nicht Geburtstag. Die Sekretärin im Vorzimmer des Kreishauptmanns Krakau-Land will eigentlich Mittagspause machen. Die anderen sind bereits gegangen. Er lächelt sie an. Sie lächelt zurück. Sie kennt den großen jungen Mann kaum. Er sieht gut aus. Dann tun wir so. Ich mache Ihnen einen kleinen Gabentisch. Aber nicht gucken! Er trank viel Wodka damals. Der Wodka half ihm, sich leicht zu machen, und seine Angst, die hochprozentiger war, kontrollierte seinen alkoholisierten Mut. Soll ich meine Augen fest zumachen? Nein, das gilt nicht, Sie blinzeln ja, ich hab es genau gesehen. Ganz bestimmt nicht. Doch, doch, gehen Sie hinaus, bitte, und erst wenn ich rufe, dürfen Sie hereinkommen. Seine blanken Schaftstiefel gefallen ihr, er trägt eine Reithose, weißes Oberhemd, braungraugrünes Jackett. Sie hat ihn bisher nie in Uniform gesehen. Nicht einmal ein Parteiabzeichen trägt er am Revers. Wahrscheinlich ein hohes Tier. Seit zwei Wochen macht er ihr den Hof. Alma weiß nichts davon. War sie hübsch? Hübsch blond? Alma darf nichts davon wissen. Alma ist mindestens so eifersüchtig wie er, und empfindlich ist sie geworden, schrecklich empfindlich. Du liebe Zeit, war er eifersüchtig, als sie sich in Hamburg kennenlernten. Er keinen Pfennig auf der Naht, und sie so schön und so lebenshungrig. Und nun gehörte ihm Alma allein, ihr Überleben ist von ihm abhängig. Mehrmals in den vergangenen zwei Wochen ist er an diesem Vorzimmer vorbeigegangen, hat so getan, als hätte er auf dem Amt des Kreishauptmanns Krakau-Land etwas zu tun, hat freundlich gegrüßt, hat den Kopf hereingesteckt auf ein Schwätzchen. Worüber hatte er mit der gesprochen? Über Juden? Nein, nicht über Juden. Ihm hätte man etwas angemerkt. Über die Butterpreise. Und im Reich glauben die Volksgenossen, wir hier hätten es besser. Man muß zusammenhalten. Sag ich doch. Er hat eine prallgefüllte Aktenmappe unterm Arm. Kichernd verläßt sie den Raum. Seidenstrümpfe, Schokolade, Seife. Alles besorgt von polnischen Schleichhändlern für Pan Amerykański, so nennen sie Paul, der am liebsten amerikanische Zigaretten raucht. Mit fliegenden Fingern zieht er eine Schublade auf, Kohlepapier, Büroklammern, Briefmarken, schließt sie, nichts Brauchbares. Die nächste darunter. Papier, Briefpapier mit dem Briefkopf des Kreishauptmanns Krakau-Land, Generalgouvernement Distrikt Krakau, Formulare der Regierung des Generalgouvernements, Hauptabteilung Wirtschaft. Er nimmt mehrere Bögen heraus, er klappt das Stempelkissen auf, sucht im Stempelkarussell nach dem runden Stempel, findet ihn endlich, drückt ihn viermal, fünfmal, siebenmal, sieben ist seine Glückszahl, siebenmal drückt er den Hakenkreuzadler unten links auf einen der Blankobögen, legt Seidenpapier dazwischen, damit die frische Stempelfarbe nicht verwischt, läßt die sieben Bögen in seiner Aktenmappe verschwinden, legt die übrigen zurück in die Schublade und ruft: Bescherung! Die Sekretärin kommt herein. Sein Gesicht ist gerötet und verschwitzt. Das findet sie nicht verwunderlich. Sie ist selbst aufgeregt.

Konrad Brümmel hatte ihr ein Glas Wasser gebracht und setzte sich auf die Fensterbank. Sie trank.

Schon besser?

Sie nickte.

Halten Sie es für möglich, daß unser Mandant Kontakt zur rechten Szene hat? Ich meine, saßen da irgendwelche Glatzköpfe im Zuschauerraum? Ist Ihnen da im Gericht etwas aufgefallen?

Nur der Richter.

Gehen Sie am besten gleich zu meiner Ärztin. Brümmel gab ihr einen Zettel, auf den er Name, Telefonnummer und Adresse notiert hatte. Und nehmen Sie sich ein Taxi. Quittung nicht vergessen!

Und mein Auto?

Das bleibt hier stehen.

Er brachte sie zur Tür. Lassen Sie sich ein, zwei Wochen krank schreiben.

IV.

Sie war eingeschlafen und fuhr hoch. Ihr Portemonnaie! Sämtliche Scheckkarten fehlten, auch die Geldscheine. Nur den Führerschein hatten sie ihr nicht genommen, er steckte in dem kleinen Seitenfach. Sie waren zusammen gewesen, irgendwo, und während sie gemeinsam über etwas gelacht hatten und weil das Lachen nicht enden wollte, es schmerzten ihr bereits die Kinnbacken, war Unruhe aufgestiegen in ihr, ob man sie inzwischen bestohlen hatte. Sie sah unter ihr Kopfkissen. Neben seinem Taschentuch lag ihr Portemonnaie. Es war noch alles darin. Sie atmete auf.

Einer der Briefe, die ihr Vater bis zuletzt in seiner Brieftasche bei sich getragen hatte, war ein Brief von ihr gewesen. Schamvolles Erinnern. Völlig vergessen. Eine fünfseitige Unterwerfung. Sie erkannte sich darin als eine Fremde, zurückgeschlichen unter ihre Haut. Sie hatte diesen Brief geschrieben. Der Sommer in dem Jahr nach ihrem Auszug. Endlich ausgezogen bei den Eltern. Sie hatten sie nicht gehen lassen wollen, Alma nicht wegen Paul, und Paul nicht wegen Alma, du hast doch hier alles, was du brauchst. Beide brauchten sie, denn es gab nur sie, der sie davon erzählen konnten. Die wenigen jüdischen Freunde hasteten durch eigene Grabkammern, und drängte unter schweren Steinplatten Gewesenes nach oben, verstummten ihre Eltern. Kein Wort wagte hervorzutreten. Vor diesen Schrecken war das Gesetz der Vergänglichkeit machtlos. Später, wenn die Freunde gegangen waren, wenn die Schatten ihrer Schatten über die Wände krochen, weinten Paul und Alma. Unfaßbares war geschehen, ohne sie mitgerissen zu haben. Es gab keinen Gott, dem sie dafür dankbar sein konnten.

Erzählten ihre Eltern von jener Zeit, dann beim Essen. Sie saß mit ihnen am Tisch, sah auf übervolle Teller und hatte selbst nichts zu beißen. Die Geschichte der unglaublichen Rettung. Paul mußte seinen Hosenbund öffnen, weil er Magenschmerzen bekam, Alma aß viel zu hastig und rauchte mehrere Zigaretten gegen die aufsteigende Migräne. Draußen versuchte sie manchmal, ihre Freunde mit Einzelheiten aus der Vergangenheit ihrer Eltern zu erschlagen. Was hatte sie davon? Weniger Freunde und ein schlechtes Gewissen. Sie durfte draußen nichts verraten.

Als sie von der Gynäkologin kam, die Abtreibung war ohne Komplikationen verlaufen, war sie angefüllt mit Bedeutung, mit durchlebter Angst, Trauer und mit Erleichterung. Ihren Eltern hatte sie nichts erzählt. Am Tag danach versäumte sie die Vorlesung. Ihr Dozent wußte ja, weshalb. Sie blieb zu Hause, schlief lange, und als sie endlich mittags noch im Bademantel ins Wohnzimmer kam, saßen dort ihre Eltern nebeneinander auf dem Sofa, Hand in Hand, die Augen stumm gegen sie gerichtet. Am frühen Morgen hatte die Sprechstundenhilfe angerufen. Ihr Vater, sonst stets im Sessel verharrend und sich bei Alma erkundigend, wer es denn gewesen sei, war am Apparat gewesen. Meine Tochter schläft noch. Worum geht es denn? Nur ein Routineanruf. Vorsorglich und der Ordnung halber. Irgendeine Sprechstundenhilfe, jung, unerfahren, und Paul, alarmiert und darin geübt, in jedem System mit subalternen Bedeutungsträgern umzugehen, ich bin der Vater, ich weiß Bescheid, seine Stimme einfühlsam, mir können Sie ruhig alles sagen, hörte, ob die Nacht nach dem Abortus gut verlaufen sei, und wurde blaß, sagte ja, legte auf. Seine Tochter, und auf einmal eine Frau. Zu wesentlich mehr kam er nicht in seinem Innern, denn schwerer als alles andere wog die Tatsache, daß Alma, beim Klingeln des Telefons mit allem rechnend, selbstverständlich herbeigeeilt war und neben ihm stand. Nun war es an ihm, seiner Frau sagen zu müssen, was ihrer beider Tochter getan hatte.

Sie mußte ausziehen. Alma klagte und trauerte um ein verlorenes jüdisches Kind, und ihre Tochter war die Täterin. Was hast du getan? Ich hätte es großgezogen. Du kannst uns doch alles sagen. Daß ihre Mutter diesen abgetriebenen Fötus als eine Versündigung ihrer Tochter den sechs Millionen entgegenhielt, ertrug sie recht gelassen. Auf einmal wußte sie, weshalb sie sich nicht vorher ihrer Mutter anvertraut hatte. Das von ihr abgetriebene Kind blieb nun auf immer ihr Kind und würde ihr nicht mehr genommen werden können.

Über Almas Kopf hinweg gab ihr Vater seiner Tochter zu verstehen, sie solle so schnell wie möglich gehen, ausziehen, am besten sofort.

Das kränkte sie. Es kränkte sie, daß ihr Vater ihr zürnte, obgleich er eigentlich überhaupt nicht wütend auf sie war. Sie sah es in seinem Blick. Ihn beschäftigte, was er vor

Alma verbarg. Daß seine Tochter zur Frau geworden war. Statt dessen der Appell, mit ihm gemeinsam alles zu tun, um Alma zu schonen. Und sie sollte sich nicht blicken lassen, bis er Alma beruhigt hatte.

Ihr Auszug ging erstaunlich schnell. Sie war, stellte sie fest, längst gepackt und bereit gewesen zu gehen. Sogar Freude erfaßte sie. Und drei Tage danach traf sie sich mit Paul. Heimlich. Alma wußte nichts davon. Er wollte wissen, ob die Freundin, bei der sie eingezogen war, ein vertrauenswürdiger Mensch sei. Er wollte ihre Beruhigung, und sie gab sie ihm. Danach Atempause. Sie zog in eine Wohngemeinschaft, richtete ihr Dasein ein, freute sich an ihrem kleinen Zimmer. Eine Matratze, eine Fächerpalme, ein Bücherbord, mehr nicht. Sie wollte es übersichtlich haben. Längst hatten ihre Eltern sie wieder sehen wollen, stets hatte sie etwas vorgeschoben, Semesterarbeiten, Vorbereitungen aufs Diplom. In der Zwischenzeit telefonierten sie, und jedesmal war es Paul, der anrief und nach einigen Sätzen den Hörer an Alma weitergab. Deine Mutter möchte dich sprechen. Das war noch nicht einmal sicher. Er wollte hören und erleben, daß Mutter und Tochter wieder miteinander sprachen, als wäre nichts zwischen ihnen vorgefallen, nichts Zertrennendes. Sie hatte damals erkannt, daß ihr Vater zu keiner Zeit, und auch diesmal nicht, Trennung überlebt haben würde.

Sie saß auf dem Fußboden zwischen Pauls gefälschten Papieren mit echtem Hakenkreuz. Drei Tage Bettruhe hatte ihr Brümmels Hausärztin verordnet. Sie konnte nicht im Bett bleiben. Totaler Erschöpfungszustand, dabei hochgereizt. Konditionell sind Sie völlig unten. In dem langen Korridor ihrer Praxis war die Ärztin auf schnellen Füßen unterwegs, eilte von Zimmerchen zu Zimmerchen, in jedem saß ein Krankenschein. Auf diese Weise kam die Ärztin mehrmals zu ihr, jeweils für eine halbe Minute. Und sie, auf der Behandlungsliege hockend, mit den Beinen baumelnd, überprüfte derweil, ob so eine mitgemacht hätte. Sie verdächtigte niemanden. Sie ging einfach davon aus. Ganz normale Deutsche. Treiben Sie Sport, am besten in einer Mannschaft, spielen Sie Volleyball. Unter Dauerwelle eisernes Lächeln, blätterte dabei in ausgedruckten Befunden, EKG, EEG. Nichts Organisches, wohl nicht einmal der Kreislauf, nickte ihr aufmunternd zu. Nur psychisch. Drückte ihr ein Rezept in die Hand. Sie las 100 Stück. Dann müssen Sie nicht so oft kommen. Zweimal täglich, morgens und mittags eine Tablette, abends spätestens um zehn Uhr zu Bett gehen. Und werden Sie Mitglied in einem Sportverein!

Die Pillen würden ihr überreiztes Hirn lahmlegen. Das wollte sie nicht. Sie wollte wach bleiben. Sie glaubte, ihrem Vater wie nie zuvor in ihrem Leben nahe zu sein. Wenn sie an ihn dachte, und sie dachte an ihn, verzog sich sein Gesicht traurig schmerzlich. Er weinte. Sie konnte diese Erinnerung, die vielleicht nicht einmal eine Erinnerung war, sondern kindlich Erspürtes, jederzeit beleben, um sich davon gequält zu fühlen.

Im Sommer danach luden Alma und Paul zu einem Gartenfest ein, befreundete Ehepaare, und sie hatte eingewilligt zu kommen. Ihr Vater wollte, daß sie kam. Du kannst Alma zur Hand gehen. Ihrer Mutter war das nicht wichtig gewesen. Sie müsse nicht kommen, wenn sie nicht wolle, Ehepaare, Leute in unserem Alter, du wirst dich langweilen. Er aber hatte darauf bestanden. Sie wußte, warum. Er wollte seine Tochter bei sich haben. Der Akademiker mit Gattin würde kommen. Und Paul ohne Abitur. Zwar war der Akademiker zwei Köpfe kleiner als ihr Vater, jedoch war das bloß die Realität. In Wahrheit sah er zu dem auf, neidisch und bewundernd. Der hatte Karriere gemacht, der hatte Geld, der war schlagfertig, der war krachend gesund. Sie mochte den Mann nicht. Dieser Mann entsprach genau dem Wehrmachtsoffizier, den ihre Eltern ihr ins Hirn gezeichnet hatten. Wieso ladet ihr die überhaupt immer wieder ein? Weil sie Nachbarn sind, die Leute haben uns doch nichts getan, und man sieht sich täglich. Der Akademiker fuhr Mercedes und wählte die Partei, die ihre Eltern nie im Leben wählen würden. Nur eines hatte der nicht. Pauls Tochter. Dem troff das Maul vor Begierde, wenn Pauls Tochter um die Ecke bog. Und Pauls Tochter ließ den zappeln. Pauls Tochter führte mit dem Akademiker Wortgefechte, und der unterwarf sich hechelnd ihren Seitenhieben. Zurückgelehnt in seinen Sessel wollte ihr Vater dem zusehen können, die Beine übereinandergeschlagen, in der aufgestützten Rechten lässig die brennende Zigarette, den linken Mundwinkel ein wenig angehoben.

Sie sah zum Fenster. Draußen war es dunkel geworden. Oder war es noch dunkel? In ihrem Traum hatte es keine Tageszeit gegeben. Sie erinnerte eine Nachtzeit, während der gelebt wurde wie am Tag, ein Gartenlokal an einem Sommertag in nächtlicher Dunkelheit. Dein Vater trank viel Wodka damals, und einmal hat er in einem Lokal eine leere Flasche auf das Führerbild geworfen, das dort an der Wand hing. Er hat sogar getroffen. Niemand sagte ein Wort, und nach einer Schrecksekunde taten alle so, als sei nichts gewesen. Offenbar waren keine Deutschen unter den polnischen Gästen. Das war sein Glück.

Woher wußte Alma davon? Sie war nicht dabei gewesen. Paul hatte es ihr erzählt. Alma, ich habe den Führer getroffen. Wo? Er hing an der Wand. Wahrscheinlich hatte er tagelang gefürchtet, sie kommen und holen ihn. Was ist mit dir, Paul? Mir geht es heute nicht so gut. Du trinkst zu viel, dein Magen. Ich weiß, mach dir keine Sorgen. Du mußt in die Firma, die dürfen nichts merken. Ich muß in die Firma, die werden nichts merken.

Gewiß hatte er es für sich behalten. Um sie zu schonen und um sich zu schonen vor ihrer Wut über ihre Ohnmacht. Daß Alma nicht daran erstickt war, ihm alles überlassen zu müssen, war fast ebenso unfaßbar, wie daß sie überhaupt diese Zeit lebend überstanden hatten. Wenn er von draußen kam und den beiden Frauen mit leiser Stimme erzählte, tigerte Alma zwischen seinen Worten hin und her, sprang ihn an, warum hast du nicht? ich hätte dem! weinte darüber, entschuldigte sich, und er schwieg. Hedwig versuchte zu beschwichtigen. Er tut so viel, sein Leben gibt er für uns. Alma begehrte auf. Er ist mein Mann, nicht deiner. Und ihre Mutter verstummte. Wäre Hedwig in Hamburg geblieben, hätte man sie inzwischen nach Theresienstadt deportiert, und das Liebespaar wäre vielleicht ins Ausland entkommen, irgendwohin. Laß Hedwig in Ruhe, sagte Paul, und Alma fuhr wütend herum, nie werde sie ihre Mutter im Stich lassen.

Er war grün im Gesicht, er flüsterte, du hast ja keine Ahnung. Alma starrte ihn an. Was soll das heißen, ich habe keine Ahnung? Aus seinem Mund troff Speichel, die Arme vorm Magen, krümmte er sich vor Schmerzen. Und endlich erzählte er, was er gesehen hatte.

Mit einem Lastwagen der Hamburger Firma Weltburg waren sie im Lager gewesen, er und Misch. Komm doch mal mit, Paul, das mußt du dir ansehen, das glaubst du nicht, was da an Pack zusammenkommt in Birkenau. Und an diesem Morgen war er noch einmal hineingefahren, allein, durch das Tor, in das riesige Konzentrationslager, endlos lange Reihen von Baracken. Er hatte mehrere Päckchen Zigaretten bei sich und die Hoffnung, vielleicht mit einem der Gefangenen ein paar Worte sprechen zu können. Angetrieben von SS-Männern mit Peitschen, Hunden, Flüchen, beluden Häftlinge den Lastwagen der Firma Weltburg & Co. Groß- und Außenhandel. Pelzmäntel, Schuhe, paarweise aneinandergebunden, Säcke vollgestopft mit ausgezogenen Sachen zum Anziehen für die Deutschen im Generalgouvernement und im Reich. Herrenanzüge, Damengarderobe, Kinderkleidung. Das Hamburger Speditionsunternehmen besaß inzwischen Filialen in Antwerpen, in Krakau und Bochnia, in der galizischen Hauptstadt Lemberg, in Tarnopol, nahe der russischen Grenze.

Was geschieht hier mit euch? Hastig, leise hatte Paul einen Gefangenen gefragt. Dabei zog er aus seinen Hosentaschen Zigarettenpäckchen. Der Mann ließ sie unter seiner gestreiften Jacke verschwinden. Paul hörte ihn flüstern: Wir Juden werden alle vergast. Er machte eine Kopfbewegung zu den langen Schloten.

Sie war zum Gartenfest ihrer Eltern gekommen. Absichtlich mit Verspätung, und zwar keine kleine Verspätung, wie sie passieren konnte, sondern eine mehrstündige Verspätung. Sie hatte nicht von unterwegs angerufen. Sie hatte sich eingeredet, daß man sie überhaupt nicht zu einer bestimmten Zeit erwartete, was absurd war. Ihre Eltern gerieten wegen weniger Minuten Verspätung in Todesängste um sie, und sie kam darum immer und überall viel zu früh.

Jedoch an diesem Tag vor zwanzig Jahren war es ihr gelungen, sich durch keine innere Alarmglocke aufscheuchen zu lassen. Sie war laut singend vom Wege abgekommen, war mit ihrem alten Auto in eine Waschanlage gefahren, hatte zugesehen, wie Männer kopfunter ins Wageninnere abtauchten, unterm Beifahrersitz mit langem Saugrohr herumstocherten, den Hintern in die Höhe gereckt. Danach war sie einen Weg gefahren, den sie noch nie zu ihren Eltern genommen hatte, eine Abkürzung, und sie geriet in einen ihr völlig fremden Stadtteil. Als sie endlich an der Haustür klingelte, vorwurfsvolle Gesichter. Ihr Vater wütend. Wir haben uns Sorgen gemacht. Wieso hast du nicht angerufen? Die Gartenparty war auf ihrem Höhepunkt, lateinamerikanische Musik. Der Akademiker tanzte mit allen Frauen, auch mit Alma. Nun iß erst einmal etwas, rief ihre Mutter ihr über die Akademikerschulter zu, du hast doch bestimmt nichts gegessen, und cha-cha-cha, Kopf in den Nacken, Akademikerarm um Almas Taille. Ihr Vater saß in seinem Sessel, hatte über seinem gedrückten Magen den Hosenbund geöffnet, trank Cognac, rauchte eine Zigarette und sah an ihr vorbei.

Die Erinnerung daran verursachte ihr noch heute Beklemmung. Angst, von ihm geschlagen zu werden, hatte sie nie zu haben gebraucht. Das konnte er nicht. Aber er konnte kaputtgehen. Daß er inzwischen tot war, machte dabei keinen Unterschied. Bist du mal in Auschwitz gewesen? Sie war nicht darauf gekommen, ihn das zu fragen. Auschwitz war der Ort, von dem sie hätten eingesogen und vernichtet werden können. Nach Auschwitz mal eben herein- und wieder herauszufahren, eine solche Möglichkeit hatte es in ihrer Vorstellungswelt nicht gegeben, schon gar nicht für ihren Vater.

Sie blieb über Nacht, um ihrer Mutter am nächsten Tag beim Aufräumen zu helfen. Am Frühstückstisch setzte sie sich ihm gegenüber. Vorsichtig klopfte sie ihr Ei auf. Wütend griff er sie an. Sie habe Alma im Stich gelassen. Detailliert schilderte er, was Alma in den Tagen zuvor alles getan hatte, gekocht, gebacken, saubergemacht, alles für die Leute, natürlich, sie wolle die allerbeste Gastgeberin sein, gerade für diese Leute, er verstehe sie ja, aber immer zuviel, Alma sei völlig fertig gewesen. Das ist doch überhaupt nicht wahr, Paul. Natürlich! Migräne hattest du. Alma lasse sich nicht bremsen, am wenigsten von ihm, und da habe er seine Tochter um Hilfe gebeten, und sie habe und so weiter. Zwei Tage danach ihr Brief an ihn. Geliebte Familie, las sie, und daß sie nur deshalb auf ihren Vater so fremd gewirkt habe, so schrecklich entfremdet von der Familie, weil sie so viel lernen müsse. Das einzige Problem, hatte sie geschrieben, was allerdings überhaupt kein richtiges, kein wirkliches Problem sei, wäre bloß die Tatsache, daß sie in der Zeit, in der sie nicht wie früher alle zusammen seien, Dinge erlebe, von denen ihre Eltern eben keine Ahnung haben könnten. Es folgten mehrere Seiten angefüllt mit Anekdoten aus ihrem arbeitsreichen Dasein als erfolgreiche Jurastudentin. Ausführlich geschildert war eine Begegnung mit einem Dozenten, der auffallend dem Akademiker glich und dem sie bei passender Gelegenheit die Meinung gegeigt hätte.

Es war kein Wort wahr daran. Hervorgewürgtes für ihren Vater, um es ihm einzufüttern. Diesen Dozenten hatte es nie gegeben, und nur wenig glich er dem anderen, von dem sie kein Kind hatte haben wollen. Sie zerriß ihren Brief, sie warf die Fetzen in den Mülleimer. Sofort danach bereute sie, vernichtet zu haben, worin sie etwas über ihre eigene Vergangenheit hätte wiederfinden können, später einmal. Sie sah auf die Papierschnitzel zwischen zerbrochenen Eierschalen. Daß sie ihr Jurastudium abgebrochen hatte, lastete sie diesem Land an. Sie hatte sich nicht vorstellen können, irgend jemanden in Deutschland zu verteidigen.

V.

Bevor sie ihre Mutter anrief, las sie, was sie bisher geschrieben hatte, um sich an ihren eigenen Worten zu stärken. Ich werde auf seiner Beerdigung eine Rede halten. Alma war sofort dagegen. Vor allen Leuten? Bist du meschugge? Was zu sagen sei, könne nicht gesagt werden. Paul habe es selbst so bestimmt. Mach mir jetzt nicht noch mehr Kummer. Sie hörte ihre Mutter weinen, und wovon sie bis eben zusammengehalten worden war, zerfloß in ihr. Er war ja tot. Wozu sich dieser Anstrengung aussetzen, und obendrein gegen den Willen aller. Zurücksinken im Sessel, Alma stützen, überhaupt nicht vorkommen. Übrigens war sie eine Tochter, deren Vater vor ein paar Tagen gestorben war. Sie hatte noch keine Worte dafür. Etwas war mit ihr geschehen. An den Häusern in ihrer Straße krümmten sich bärtige Männer unter Stützpfeilern, die Balkone trugen, und in dieser Reihe unterleibsloser Muskelprotze entdeckte sie ihren Kopf, tief zerfurcht die Stirn, während über ihr das Paar an der Brüstung lehnte und lächelte.

Du mußt das nicht tun. Was verlangst du von dir? Sie habe einen Berufsredner beauftragt, sagte Alma am Telefon, einen Berufsredner von der Gewerkschaft. Der brauche nur ein paar Daten, mehr nicht. Ob sie schon beim Arzt gewesen sei?

Ja.

Und was sagt er?

Eine Ärztin. Ich brauche Ruhe.

Na, siehst du.

Sie sah auf die von ihr beschriebenen Seiten und überflog einzelne Sätze. Sie hätte erzählen wollen, worüber ihr Vater seiner Frau zuliebe sein Leben lang geschwiegen hatte. Zwei Episoden nur hätte sie schildern wollen. Alles war fade, war leer geworden. Vor den Leuten keine Reden. Was zu sagen sei, könne man sowieso nicht sagen. Darunter hatte Paul seinen Wunsch begraben, gehört zu werden von denen, zu denen er gehörte, Leute, die keine Juden waren. Sie unternahm einen halbherzigen Versuch, ihre Mutter zu überreden. Es war irgend etwas schlapp Dahingesagtes, und widerstandslos beseitigte sie die Reste ihres Begehrens. Es wird ja sowieso kaum jemand zur Beerdigung kommen. Das wenigstens wollte sie noch gesagt haben.

Mit einem schlichten Unsinn! wischte ihre Mutter weg, was Paul vorgeschwebt hatte, um über seinen Tod hinaus Alma zu schützen. Sie beabsichtige, alle zur Beerdigung einzuladen, sie wolle niemanden vor den Kopf stoßen. Das würde ja so aussehen, als hätten wir etwas zu verbergen. Wir müssen tun, was sein muß. Was nicht sein muß, lassen wir. Kein Leichenschmaus, keine Kaffeetafel. Ich werde zu Hause eine Hühnersuppe machen, und wer von seiner Familie und von den Freunden mitkommen will, bitte sehr, auf eine Tasse Brühe. Wir müssen es hinter uns bringen. Es wäre schön, wenn du die Nacht bei mir bleiben könntest.

Nachdem sie aufgelegt hatte, überfiel sie ein kurzes, heftiges Weinen. Sein Bettzeug war bereits fortgeräumt. Gestern hatte sie ihre Mutter besucht und es gesehen.

Über der flachen Doppelbetthälfte lag eine goldfarbene Überdecke und verhüllte die Amputation. Die Katastrophe war eingetreten. Alma hatte Paul verloren. Und sie mußte seinen Platz einnehmen. Sie mußte ihr Leben auf irgendwann verschieben. Ich kann das nicht, dachte sie, ich bin doch fast vierzig und habe noch überhaupt nichts vorzuweisen. Sie war nur eine kleine Sekretärin in einem mittelmäßigen Anwaltsbüro. Brümmel wollte sie zu seiner Partnerin machen, ständig bearbeitete er sie, das Studium erneut aufzunehmen. Sie suchte in ihren Taschen nach einem Taschentuch, putzte sich die Nase und sah, daß es sein Taschentuch war. Es ist nur ein Taschentuch, sagte sie laut und gefaßt. Man schneuzte sich hinein, oder man knotete es an allen vier Ecken, um es sich auf den Kopf zu legen, wenn man auf den jüdischen Friedhof ging und wie ihr Vater keine Kippa besaß.

Im Waschbecken spülte sie sein Taschentuch aus und legte es über die Heizung zum Trocknen. Bügeln würde sie es allerdings nicht. Nur einfach so zusammenfalten, wie er es gemacht hatte, zweimal in der Länge und dann zu einem kleinen Quadrat. Aber er hatte es nie so gemacht. Alma hatte es für ihn getan, gebügelt und gefaltet. Alma hatte für ihn Taschentücher und Oberhemden gebügelt, sie würde für ihn sprechen. Es würde Alma schon nicht umbringen. Sie schloß die Augen, zählte ihre Atemzüge, ging vorbei an schweren Blumenkränzen, unserem tapferen Kameraden von Leimann und Misch, in treuer Liebe dein Bruder und deine Schwägerin, mit Anteilnahme und in Verehrung grüßen ein letztes Mal der Akademiker nebst Gattin, sie ging weiter zu seinem Sarg, stellte sich neben seinen Kopf, und hielt ihr Plädoyer. Jüngstes Gericht, sehr geehrte Anwesende, mein Vater, der hier im Sarg liegt, war als ein junger Mann von 23 Jahren 1937 als Soldat in einer Strafkompanie der deutschen Wehrmacht für eine Arrestzeit von acht Monaten. In seinen Aufzeichnungen habe ich dazu diesen Satz gefunden:

Es war in vielen Dingen der Hölle der Konzentrationslager vergleichbar.

Durfte er diesen Satz schreiben? Die in eine Strafkompanie versetzten Kommunisten, Homosexuellen, Sozialdemokraten und solche wie er, sie sollten nicht wie Juden am Ende ihrer Gefangenschaft getötet werden. Er wurde nach acht Monaten in die Freiheit entlassen. Eine deutsche Strafkompanie war kein deutsches Konzentrationslager. Er wußte das. Er selbst ist später für eine Weile Kazett-Häftling in Hamburg-Fuhlsbüttel gewesen, nur ein Massengefängnis im Vergleich zu den Konzentrationslagern und deutschen Vernichtungslagern auf polnischem Boden. Ich will meinem Vater Gelegenheit geben, diesen Satz vor Ihnen zu verantworten. Ich werde eine von ihm geschilderte Situation aus der Strafkompanie Munster-Lager hier vorlesen. Warum vor Ihnen? Sie können beurteilen, ob er diesen Satz schreiben durfte. Unter Ihnen sind einige, die Konzentrationslager von innen kennen. Als Überlebende manche, und manche als Mitarbeiter und Profiteure. Mein Vater glaubte, von der Hölle der Konzentrationslager zu wissen, als er sich entschied, bei den beiden Jüdinnen zu bleiben, bei Alma und ihrer Mutter Hedwig. Sie hörte einen unterdrückten Schrei, sah ihre Mutter in der ersten Reihe ohnmächtig von der Bank sinken, was nicht zu Alma paßte, weshalb sie gleich wieder aufsprang, ihrer Tochter das Wort abschnitt und die abgeschnittene Rede hinter sich herziehend zwischen den Leuten hindurch und zum Krematorium hinauslief. Genauso hat sie es mit Paul gemacht, rief sie ihrer Mutter nach. Empörung wurde laut. Die Leute begannen, Pauls Tochter zu beschimpfen.

Sie sollte das mit den beiden Jüdinnen besser erst zum Schluß sagen. Wollte sie die Rede überhaupt halten? Sie fürchtete sich nicht bloß vor ihrer Mutter, sie fürchtete sich vor der Sentimentalität des inszenierten Rituals, vor den sich verschleppenden Orgeltönen und den riesigen Kerzen. Sehr wahrscheinlich würde ein gigantisches Kreuz an der Wand hängen, daran genagelt der sich krümmende Revolutionär und Menschheitsbeglücker. Wie lange konnte sie überhaupt sprechen? Dem Berufsredner mußte sie zuvorkommen. Sie mußte Zeit gewinnen für ihre Rede, mit der sie ihren Vater zur Ruhe bringen wollte, und hatte sie ihn endlich zur Ruhe gebracht, würde sie ihn nicht länger auf ihren Armen schleppen müssen, um ihn der nichtjüdischen und der jüdischen Weltöffentlichkeit zu präsentieren als einen guten Deutschen.

Ein volles Jahr hatte sie ihn in Israel mit sich herumgeschleppt. Sie hatte auf der Schule für Einwanderer Ivrit gelernt, Ulpan et Zion in Jeruschalajim. In ihrer Klasse war sie die einzige deutsche Jüdin gewesen. Der enge Schulraum gesteckt voll mit Frauen und Männern, die meisten von ihnen aus Frankreich. Nach der ersten Woche hatten sich die Blonden unter den französischen Jüdinnen ihre Haare schwarz gefärbt, um israelischer auszusehen. Ein russischer Jude, so alt wie ihr Vater, sagte über die Köpfe der anderen hinweg zu ihr hinüber nur dieses eine Wort: Deutschland. Immer wieder: Deutschland, Deutschland. Lange Zeit sagte niemand etwas dazu oder dagegen. Die meisten sahen betreten weg, andere, die aus dem Iran nach Israel geflohen waren, hatten das Wort nie zuvor gehört und hielten den alten Juden für meschugge. Es dauerte eine Weile, bis die Lehrerin es ihm verbot. Er hörte nicht auf, sie vor allen zu brandmarken. An manchen Tagen ein dutzendmal in der Stunde. Manchmal in keiner Stunde. Dann trug sie es in sich allein. Ich bin meines Vaters Tochter. Nach sechs Monaten wurde der Sprachkursus mit einem gemeinsamen Essen beendet. Er hatte sich am Tisch ihr gegenüber gesetzt und sprach sie ohne Umschweife an. Er sei Soldat gewesen in der Roten Armee, bei der Befreiung von Auschwitz sei er dabeigewesen. Dein deutscher Nachname ist nicht jüdisch. Ja, bestätigte sie, ihr Vater sei kein Jude. Habe ich mir gedacht, erwiderte er, hob sein Glas, lachte, na sdrowje, und wenn sie auch aus Deutschland komme, sei sie trotzdem Jüdin und eine von ihnen. Sie senkte ihren Kopf, Tränen der Wut blendeten sie. Er glaubte, sie aufrichten zu müssen, er beugte sich über den Tisch, und sie holte aus und gab ihm eine Ohrfeige. Dann ging sie. Sie war nach Israel gekommen, um vielleicht zu bleiben oder zu pendeln zwischen Hamburg und Jerusalem, in Jerusalem eine kleine Eigentumswohnung, in Hamburg zur Miete. Sie war mit ihrem Vater auf ihren Armen nach Deutschland zurückgekehrt, an der Kette, an der ihre Mutter sie führte, an der sie hing als ein Feuerworte speiendes Ungeheuer.

Sie würde über ihren Vater sprechen, sie würde nicht Almas Mann sagen, damit das klar war. Ein trauriger junger Mann war er gewesen, mager, groß, mit großer Nase und großer Brille. Er hielt sich schlecht, war unsportlich, hatte keine Freundin. Ein Unglücksrabe und verlorener Sohn. Nach der Schule, ohne eine Idee für seine Zukunft. Als Hilfsarbeiter einer Tankstelle putzte er die Windschutzscheiben von Hamburger Kaufleuten und bekam dafür ein Trinkgeld. Die paar Groschen gab er aus für Bücher. Er las viel, und er weinte gern beim Lesen. Daß er Juden kannte, wußte er nicht, und einer war so ein Hamburger Kaufmann, dessen Windschutzscheibe er putzte und von dem er regelmäßig zum Trinkgeld ein Buch bekam, manchmal zwei, und eines Tages war es eine Apfelsinenkiste voller Bücher. Der Hamburger Kaufmann sagte zu ihm, er werde in fünf Tagen mit einem Schiff nach Südamerika reisen. Paul träumte von Reisen über die Weltmeere. Er konnte auf einem Frachter anheuern, wie im Roman seine Helden. Er war nicht besonders kräftig und nicht besonders gelenkig, er würde nicht die Masten hochklettern können, ihm wurde leicht schwindelig, aber seekrank würde er nicht werden, das wußte er. Paul war als Kind mit seinem Großvater auf einer Schute die Elbe hinuntergeschippert, einmal sogar bei steifem Nordost, und ihm hatte das wilde Schaukeln durch die hart anschlagenden Bugwellen nichts anhaben können. Da er es war, dem nicht übel wurde, konnte er nichts Besonderes daran finden. Als nun Großvater Krischaan den zarten Enkel vor dessen Mutter hinstellte, hörte Paul ihn mit heiserer Stimme dröhnen, de lüttje Stiefbock werde mal einen tüchtigen Seemann abgeben. Mein Gott, Papa, hatte Pauls Mutter geflüstert, denn drinnen waren Gäste, und Großvater Krischaan und sein Enkel steckten in Gummistiefeln und rochen nach Fisch und Teer. Auf einem Frachter konnte Paul dem Smutje zur Hand gehen, er würde in der Kombüse Kartoffeln schälen, und Kaffee konnte er kochen für den Kapitän. Macht Paul den Kaffee für uns? Seine Mutter und ihre Freundinnen saßen im Salon. Er drehte die Kaffeemühle zwischen seinen Knien. Die Frauen mochten ihn, sie raschelten mit ihren Kleidern und streichelten Paul über den Kopf. Er durfte sich zu ihnen setzen, er bekam in einer hochgewölbten Meißner Untertasse etwas Kaffee mit viel Sahne, schlürfte das milchbraune, bittere Getränk in sich hinein, ohne Zucker. Die Frauen nahmen Zucker, es war Würfelzucker, sie nahmen jedes Würfelchen mit einer Zange und ließen es in den Kaffee plumpsen. Seine Mutter nahm nur ein Stück, sie tauchte es in ihren Kaffee, bis es sich vollgesogen hatte, nahm es in den Mund und verdrehte dabei genußvoll die Augen. Das genierte ihn, und dennoch konnte er den Blick nicht von ihr wenden, bis sie ihre Augen verdrehte, und dann schlug er seine nieder. Er wollte keinen Zucker, nein, danke, er schüttelte den Kopf. Mit seinen zehn Jahren verschmähte er Zucker als unmännlich. Später setzte sich seine Mutter ans Klavier, Paul stand gelehnt an den schwarzblanken Klavierkörper. Mit ihrer samtenen Altstimme sang sie Opernarien, und er durfte die Seiten umblättern. Es waren Tenorarien. Ihrer tiefen Frauenstimme kamen die Klaviersätze der schmachtenden Helden entgegen. Besonders gern sang sie die Arie des Cavaradossi, die große Liebeserklärung an la vita, das Leben, aus dem Schlußakt der Puccini-Oper Tosca. Der Komponist war vor zwei Tagen in seinem 66. Lebensjahr gestorben. Die Frauen sprachen darüber. Der attraktive Frauenheld hatte sich leider vor seinem Tod von Italiens Duce und dessen Fascismo vereinnahmen lassen. Aber auf seinen Cavaradossi lasse sie nichts kommen, sagte Pauls Mutter, und sang von dem unfreiwilligen Widerstandskämpfer, dem Auserkorenen der begehrten Diva, dem das Leben unwiderruflich genommen war, sein Todesurteil durch Erschießung würde vollzogen werden, und nur Tosca war in dem unerschütterlichen Glauben, ihn gerettet zu haben. Danach waren die Damen völlig aufgelöst, und die von Leidenschaft durchglühte Sängerin drückte ihren kleinen Sohn an sich. Pauls großer Bruder kam in dieser Welt nicht vor, und das war kein Nachteil. Ihn gab es in der Vaterwelt, auf dem Fußballplatz, am Stammtisch und beim Soldatenspiel. Vor alledem grauste Paul, und vielleicht trug er deshalb Sehnsucht in sich nach einer Männerwelt.

Der Hamburger Kaufmann sah traurig aus und nicht wie jemand, der auf einem Ozeanriesen nach Südamerika fahren durfte. Er hatte Paul diesmal Bücher gebracht, die verboten waren, ob er sie dennoch haben wolle? Paul wurde verlegen. Er überlegte, ob es wohl pornographische Romane wären. Es mußten aber doch wertvolle Werke sein, denn sie waren in Leinen und in Leder gebunden, einige sogar mit Goldschnitt. Er würde sie erst lesen und dann verkaufen, denn er brauchte Geld. Lesen Sie, sagte der Hamburger Kaufmann, verkaufen Sie die Bücher nicht. Das könnte für Sie gefährlich werden. Vergraben

Sie die Werke. Es sind Erstausgaben dabei von Schnitzler, von Feuchtwanger, von Joseph Roth. Vielleicht können Sie den Schatz irgendwann einmal heben. Paul fühlte, daß der Hamburger Kaufmann ihn mochte, und er nahm seine Brille ab und putzte sie mit dem Ledertuch für die Windschutzscheiben. Wann der Hamburger Kaufmann denn zurückkomme, fragte er, und erfuhr, daß sein fremder Gönner fortmußte für immer. Da bat er, ihn ans Schiff bringen zu dürfen und tat es fünf Tage später.

Sie ging in die Küche, dort wärmte sie sich die Gänsebrühe auf, die ihre Mutter ihr mitgegeben hatte, Gänsebrühe mit weißen Bohnen, füllte sich einen Teller und ging damit zum Tisch. Neben ihrer Serviette lagen seine Aufzeichnungen. Sie begann, die Suppe zu löffeln, und während sie dabei las, beschlich sie das Gefühl, ihn zu belauschen. Es war aber nicht sie, die ihn belauschte, sondern es war Alma mit ihrer Suppe, die Paul und seine Tochter belauschen wollte. Er lag nur einfach so da, wie die von ihm beschriebenen Seiten. Mit ihrem Teller trat sie an den Herd und goß die Gänsebrühe zurück in den Topf. Sie würde später davon essen. Auf dem Holzbrett sah sie den Laib Schwarzbrot liegen, den sie noch nicht angeschnitten hatte. Sie hob das Messer, ließ es wieder sinken und sprach den hebräischen Segen über das Brot. Es waren schlichte, wenige Worte. Eine pragmatische Würdigung. Man lobte den Ewigen, der das Brot aus der Erde hervorbrachte.

Sie war nicht fromm. Ein paar jüdische Rituale hielt sie dennoch ein. Seit ihrem Auszug. Vielleicht ein Ersatz für Familie, überlegte sie, man tat etwas, was vorgegeben war und hielt sich daran und tat es in dem Bewußtsein, etwas zu befolgen und fortzuführen, um es zu erhalten für andere, die nachkommen würden.

Sie schnitt eine Scheibe ab, bestrich sie dick mit Butter und ließ von einem Löffel Honig darauf tröpfeln, zog goldgelbe Gedankenkreise um ihn und sich. Nachmittags, nach seinem Mittagsschlaf, hatte er sich Honigbrot gemacht und dazu Tee bereitet. Sie machte sich einen Espresso. Sie durchschnitt die quadratische Brotscheibe zweimal diagonal, und glaubte, es so noch nie zuvor gemacht zu haben.

Fremdes Brot. Es würde völlig anders schmecken. Noch einmal nahm sie sich seine Aufzeichnungen vor, und jetzt hatte sein erster Satz den Schrecken für sie verloren. Er gefiel ihr sogar.

Ich bin 1935 mit einem Idealismus zum Militär eingerückt, der mir heute vollkommen unverständlich ist. Er war wie viele gewesen, er hatte geglaubt, was sein Vater ihm erzählte. Geprahlt hatte der kleine, fette Mann mit dem Zigarrenstummel im Pfeifenkopf, sich wichtig gemacht vor seinem Sohn. Tagsüber Sparkassenbuchhalter, abends Kegelbruder und Saufkumpan, spät kam er nach Hause, torkelnd, lachend, das beim Spiel gewonnene Geld warf er seiner schönen Frau in den Schoß, und die holte sich zur Nacht ihren Jüngsten ins Bett, legte Paul zwischen sich und den berauschten Mann. Ausgerechnet ihn. Ich war ein ängstliches Kind, wurde viel verspottet und lernte früh, mich meinen Quälgeistern zu entziehen. Er schützte seine Mutter vor dem schnapsselig schnarchenden Vaterkörper.

Wer kann von einem jungen Menschen in dem Alter verlangen, hatte er geschrieben, jeder Sache mit abwartendem Mißtrauen entgegenzusehen? Die nationalsozialistische Propaganda verstand es vortrefflich, uns junge Menschen in den Mittelpunkt zu stellen. Um ihn herum schwoll der Judenhaß. Ihn betraf es nicht. Er war nicht gemeint. Ihn betraf anderes. Seine Mutter war zwei Jahre zuvor gestorben. Lungenkrebs hatte ihre Brust von innen zerfressen. Paul mußte sie ins Krankenhaus bringen. Inzwischen hatte sich in der Wohnung die neue Frau seines Vaters breitgemacht, im Wohnzimmer über dem Sofa war das Rosengemälde gegen das Bild des Führers ausgetauscht. Früh am Morgen klingelte es an der Haustür. Paul, noch im Pyjama, öffnete. Eine Nachtschwester auf ihrem Heimweg vom Krankenhaus, rief unten im Hausflur zu ihm hinauf, seine Mutter sei vergangene Nacht gestorben. Da stand es für ihn fest, er mußte fort. Nur wohin? Und wovon sollte er leben? Beim Militär würde er die nächsten zwei Jahre versorgt sein, dort konnte er den Führerschein machen. Das Kasernenleben würde für ihn nicht einfach werden, doch alles würde mit der gebotenen Strenge nach Vorschrift gerecht vor sich gehen. Er überwarf sich mit seinem Vater, ihn hielt er für schuldig am frühen Tod der Mutter. Meine Mutter, die ich sehr liebte, war seit zwei Jahren gestorben. So sagte man nicht. Seit zwei Jahren gestorben. Die Mutter war, seine Worte genau genommen, nicht wirklich tot gewesen, sondern seit zwei Jahren war ihr Tod ein Zustand des Seins.

Und sie? Trug sein Taschentuch bei sich. Regelmäßig, bevor sie die Wohnung verließ, prüfte sie, ob es noch bei ihr war, und gestern hatte sie sogar zum Taschentuch gesprochen. Wegen der Nebelleuchte für ihr Auto. Ich bin noch nicht dazu gekommen.

Sie las:

Ich werde nie den Karfreitag 1937 vergessen. Ein Unteroffizier brachte mich in die Strafkompanie nach Munster. Ein Unteroffizier mit umgeschnallter Pistole, langen Stiefeln und Dienstmütze, er bewachte mich, einen einfachen Soldaten mit ziemlich bedeppertem Gesicht. Das war im tiefsten Frieden ein ungewohnter Anblick. In Uelzen stiegen wir in den Zug, und mit uns kam in das Abteil ein junges Paar: Es sind junge Leute aus dieser Gegend, die anscheinend über Ostern in die Lüneburger Heide fahren. Während der Fahrt tuscheln sie miteinander, sehen zu uns herüber. Die Frau steht auf, sucht in ihrem Gepäck etwas und überreicht mir in Gegenwart des Unteroffiziers eine volle 25er Packung guter Zigaretten. Sie sahen, daß ich unter Bewachung stand und wußten wohl, was mich erwartete.

Wie kann man nur, hatte er gesagt, wie kann man nur so blöd sein! Paul mit einer kleinen Verletzung im Lazarett, drei Tage ohne Exerzieren, und auf dem Gang Freiwillige, angetreten zur ärztlichen Untersuchung, zwei davon erst 17 Jahre alt. Wie man nur so blöd sein könne, sich freiwillig zu melden. Nebenan hatte ihn ein Feldwebel reden hören. Stand auf einmal vor ihm. Wohl wahnsinnig geworden. Gefletschte Zähne. Abgebissene Wörter. Volksverräter. Feind des Führers. Tatbericht: Wegen Verächtlichmachung der deutschen Wehrmacht Freiwilligen gegenüber. Er kam vor das Kriegsgericht. Zehn Tage verschärfter Arrest bei Wasser und Brot. Und für jede Verfehlung einen Tag mehr. Er hatte noch Glück gehabt. Die Herren Kriegsrichter wollten zum Mittagessen, und der Feldwebel, der ihn angezeigt hatte, kam zum Verhandlungstermin zu spät. Danach wurde ihm die kleinste Verfehlung schwerer ausgelegt als üblich. Bei dreißig Arresttagen konnte ein Soldat in die Strafkompanie überführt werden. Die Entscheidung darüber lag bei seinen Vorgesetzten. Dreißig Arresttage waren bald zusammen. Daraus wurden für ihn acht Monate hinter Stacheldraht.

VI.

Sie schmierte sich Butterbrote, bestreute sie mit Salz und schnitt die Klappstullen in schmale Streifen, um beim Fahren einigermaßen bequem essen zu können, um keine Zeit zu verlieren, um nicht irgendwo anhalten zu müssen, wo sie nicht hingehörte. Zwei Bananen legte sie in den Korb, zwei Tafeln Schokolade, zwei Eier, hartgekocht und gepellt, zwei Flaschen Apfelsaft sowie eine Flasche Wasser, dazu eine Straßenkarte von Niedersachsen. Die hatte sie sich aus der Kanzlei geholt. In ein paar Tagen bringe ich sie zurück. Konrad Brümmel hatte es genauer wissen wollen. Keine Ahnung, nächste Woche. Er notierte es sich auf einen Zettel. Sie beobachtete ihn dabei. Seine Pedanterie war peinlich, und als er zu ihr aufsah und sagte, sie solle lieber spazierengehen, statt mit dem Auto durch Niedersachsen zu fahren, fühlte sie sich erwischt. Im Restaurant gestern abend hatte sie auf die Vorspeise verzichtet. Junger Knoblauch in Öl angebraten.

Für wen bringen Sie dieses Opfer?

Brümmel hatte sie ins Chez Bernard zum Essen eingeladen. Er wußte, wie gern sie Knoblauch aß. Er aß ihn am liebsten gebraten oder geschmort, sie konnte Knoblauch sogar roh essen, in dünne Scheibchen geschnitten, auf Butterbrot und mit Meersalz bestreut. Bei Misch wollte sie auf keinen Fall nach Knoblauch riechen. Deshalb nahm sie Pilzsuppe.

Sie sehen ja noch schlechter aus. Mit hängenden Schultern, die schmalen Lippen verzogen, erwartete Konrad Brümmel ihre Abfuhr.

Mir geht es gut. Hören Sie auf, sich um mich Sorgen zu machen.

Sie mußte ihn zurückweisen. Als ob er sich ihr nicht nähern dürfte. Als ob sie ihn von sich fernhalten müßte. Umschreibungen trugen Verborgenes weiter. Namen gaben preis. Paul hatte Namen in seinen Aufzeichnungen vermieden. Welche Furcht, Namen zu nennen. Auch danach noch. Die Leute liefen ja frei herum. Hinter Konrad Brümmel hing ein großer Spiegel, in dem sich das Lokal verdoppelte. Darin sah sie Paare in ihr Blickfeld eintreten und sich daraus verlieren. Als sähe sie auf vergehende Zeit. Sie beugte sich über die Pilzsuppe. Misch würde wissen, wo Leimann war und ob dieser Weltburg noch lebte. Sie besaß einen Brief von Weltburg an Paul, geschrieben im November 1944, abgeschickt ausgerechnet an Pauls Bruder nach Hamburg. Paul, Alma und Hedwig waren aus Krakau verschwunden. In dem Brief drohte Weltburg mit der Gestapo. Wegen eines unterschlagenen Wagenhebers, wegen einer fehlenden Werkzeugtasche. Wegen einer Privatfahrt mit unserem Geschäftswagen nach Czorsztyn, wo Frau Hania Zusmanowa aufgegriffen worden ist, und auf die Frage, wer ihr geholfen habe, dorthin zu kommen, habe sie Pauls Namen genannt, weshalb er von der Kriminalpolizei Krakau gesucht werde. Des weiteren haben Sie aus der in dem großen Büroraum hängenden GG-Generalstabskarte Oberschlesien herausgeschnitten, und fordern wir Sie dringend auf, uns den von Ihnen entwendeten Teil bis zum 12. ds. Mts. eingeschrieben in einwandfreiem Zustand zurückzugeben, andernfalls wir uns veranlaßt sehen, auch wegen der bisherigen Unregelmäßigkeiten, die wir mit Ihnen erleben mußten. Und so fort mit Deutschem Gruß!

Paul vor Hitlers Generalgouvernement, in der Hand die große Schere. Pan Amerykański! Verboten! Der polnische Buchhalter wollte ihn aufhalten, aber Paul, übermütig, hier löst sich doch endlich alles auf, schnitt Oberschlesien heraus, und Jackiewicz hatte zugesehen, wie der Deutsche die verhaßte GG-Generalstabskarte zerstörte.

Rotwein wurde gebracht. Auf deine Gesundheit, sagte Konrad Brümmel. Duzen wir uns?

Er ruiniert seine Zähne mit diesen Zigarillos, dachte sie und hielt sich ihre Serviette vor den Mund.

Wie wäre es mit zwei Wochen Mallorca? Schwimmen, essen, schlafen. Laß dich mal verwöhnen. Könnte ich dir arrangieren. Wann ist denn die Beerdigung deines Vaters?

Sie zuckte mit den Schultern. Der Leichnam liege in der Warteschleife, erwiderte sie schroff. Unterm Tisch tastete sie in ihrer Handtasche nach dem Taschentuch. Konrads Blick wich sie aus.

Es war offenbar nicht seine Absicht, mit ihr zusammen nach Mallorca zu reisen. Sie hätte manchmal nichts dagegen, sich einen Mann an die Seite zu nehmen. Seit Jahren verbummelte sie ihre Urlaubstage, ohne zu verreisen, überall Paare. Die Welt um sie herum bestand aus Paaren, und sie wurde nie eingeladen. Paare mochten keine Singles. Paare brauchten andere Paare, um sich besser zu fühlen. Über die penetrante Präsenz von Paaren konnte sie stundenlang herziehen. Obendrein heiratete man wieder. Selbstverständlich nur aus steuerlichen Gründen. Das wurde stets betont, und die Kinder sollten später wählen können zwischen dem Nachnamen der Mutter oder des Vaters. Man gab sich viel Mühe, als Paar nicht wie die eigenen Eltern auszusehen. Daran war ihre Clique schließlich zerbröckelt. Eine nach der anderen hatte geheiratet oder trat mit dem Lebensabschnittsgefährten an der Seite doch wenigstens so auf. Es war üblich geworden, mein Mann zu sagen, ob verheiratet oder nicht. Und gerade diese Uneindeutigkeit, die ja aber als tolerant und unabhängig sich feierte, hatte sie noch stärker in die Vereinzelung abgedrängt. Paare mieden alleinstehende Frauen. So einer wie Brümmel mit seinem stinkenden Zigarillo wurde ihr vorgezogen. Sie waren sieben gewesen. Vielleicht gab es ihre Clique ja noch, und nur sie wußte nichts davon. Sieben Jurastudentinnen, alle sieben mit guten Aussichten, Karriere zu machen. Und dann hatte sie auf einmal ihr Studium abgebrochen. Keine hatte es verstehen können. Sie auch nicht. Aber sie hatte es getan und sich deshalb furchtbar geschämt. Dachte sie daran, hier, im Chez Bernard und mit Konrad Brümmel am Tisch, wurde sie gleich wieder kurzatmig. Erst die Affaire mit dem Dozenten, dann die Abtreibung, und bald danach hatte sie hingeschmissen und bei Brümmel angefangen. Sie hatte die Gruppe verraten. Quatsch. Sie war nicht die einzige gewesen. Das hatte sie später erfahren, und nach und nach hatte sich die Gruppe gewandelt in einen Club der Vermählten. Hiermit geben wir unsere Vermählung bekannt. Oder: Jetzt heiraten wir doch noch. Die Karten hatte sie zerrissen. Papierkorb. Sie war aus dieser Welt gefallen, und eigentlich hatte sie nie ganz dazugehört. Clique hatten sie sich nicht genannt, Clique hatte sie gesagt, wenn Alma fragte, wohin sie gehe. Sie sei mit der Clique verabredet, den Stoff für die Semesterarbeit durchgehen. Frauengruppe hatten sie sich genannt. Gruppe, Gruppentreffen. Dem klapperte etwas hinterher, nicht nur in Almas Ohren, auch in ihren. Sie war schließlich die Tochter ihrer Eltern. Es war nicht das Jüdische, das von ihr verlangte, sich abseits zu halten. Es war die Vermischung mit dem Deutschen, die hochempfindlich auf Unterscheidung drängte.

Brümmel hatte etwas gesagt. Sie hatte nicht mitbekommen, was es war. Sie lächelte ihm zu, füllte ihren Mund, um nichts erwidern zu müssen. Möglich, daß er seine Bemerkung wiederholte. Überall Paare, genauso hier im Restaurant. Von außen betrachtet, konnte man auch sie mit Brümmel dafür halten. Sie war einsam, und darum gingen ihr Paare auf die Nerven. Am schlimmsten war es in der Kille, in der Gemeinde. Die alten Juden machten nicht viel Worte, um zur Sache zu kommen. Warum sie nicht verheiratet sei? Ob sie keine Kinder kriegen könne? In dem Fall wüßte man für sie einen israelischen Kriegsversehrten in ihrem Alter.

Brümmel, der ja nun Konrad hieß, einfach nur Konrad, wollte wissen, ob sie mit seiner Ärztin zufrieden sei. Das also war es gewesen.

Ja, tüchtige Frau. Wahrscheinlich unverheiratet, oder?

Nee, nee. Er betupfte sich den Mund. Drei Kinder, streng ehelich zur Welt gebracht.

Die Kellnerin kam und servierte für sie Risotto mit Lauchgemüse, für ihn Rinderfilet, leicht angebraten. Sie wollte nach dem Tod ihres Vaters kein Fleisch essen. Sie hatte überlegt, sieben Trauertage für ihn zu Hause zu sitzen, auf einem niedrigen Schemel, und diese sieben Tage keine Schuhe zu tragen, kein Leder. Sie war krank geschrieben, da wäre Schiwa zu sitzen für ihren Vater in der Kanzlei nicht einmal aufgefallen. Ihr türkischer Gemüsemann hätte sie in dieser Zeit versorgt. Ich bringe Ihnen alles, kein Problem, und wenn Sie Brot brauchen oder etwas aus der Apotheke, ich bringe Ihnen alles. Paul hatte zwar eine jüdische Tochter, aber er war kein Jude gewesen. Also keine Schiwa. Sie würde im Rahmen seiner Tradition für ihn etwas tun. Sie würde das Wort für ihn ergreifen und es so lange festhalten, bis gesagt war, was zu sagen war. Brümmel, Konrad, reichte ihr einen braunen Umschlag über den Tisch.

Was ist das?

Unterlagen von der juristischen Fakultät. Du kannst dein Studium wieder aufnehmen. Darauf trinken wir.

Er hob sein Glas, und sie machte es ihm einfach nach. Er berichtete ihr das Neueste aus der Kanzlei, er brachte damit eine annehmbare Konversation zustande, wie sie zu einem Essen im Restaurant gehörte. Ihr Anteil bestand darin, halbwegs bei der Sache zu bleiben. Der Waffenhändler habe ihm eine Kiste Champagner vor die Tür stellen lassen, französischen Champagner, gleich nach seiner Entlassung aus der U-Haft, er sei auf freiem Fuß.

Ihr genügte so ein freier Fuß, um sich augenblicklich wieder abkömmlich zu machen. Was sie am Tisch mit

Konrad zurückließ, war eine freundlich unverbindliche Hülle. Paul war auf freiem Fuß. Allerdings, was nützte es ihm, da der andere Fuß zurückbleiben mußte und der Spagat, sogar wenn er bis Krakau sich streckte, ihn von Alma in Hamburg nicht losreißen konnte. Zwischen den Zeilen deiner Briefe las ich, wie sehr du dir ein Wiedersehen mit mir wünschtest. Es war gefährlich, gefährlich für beide. Unter Androhung schwerster Strafen. Sofortige Deportation für Alma und Hedwig, und für ihn die Todesstrafe. Sie hatten die Trennungsauflage bei der Gestapo unterschreiben müssen. Nie wieder durften wir einander begegnen. Er kam von Krakau und sie von Hamburg. Treffpunkt Berlin, Schlesischer Bahnhof. Und ich hatte dich doch so eindringlich in meinem letzten Brief gebeten, mir nicht um den Hals zu fallen. Wo konnten sie hin, wo konnten sie bleiben? Durch die Hotels zog die Gestapo, mit Vorliebe nachts, und kontrollierte die Betten. Im Savoy trug ich dich als meine Frau ein. Überall Uniformen in der Halle, überall Paare, überall das Herrenvolk in Champagnerlaune, in der Bar, im Restaurant, im Fahrstuhl. Paul und Alma nahmen lieber die Treppe, und gleich auf der ersten Stufe fürchteten beide, dadurch aufzufallen. Du solltest auch Champagner trinken können, und ich bestellte eine Flasche für uns. Als es an die Tür klopfte, waren wir auf unser Ende gefaßt. Es war der Etagenkellner. Eine Nacht nur. Diese Nacht gehörte uns, und in ihren traurig schönen Stunden schlossen sich unsere Seelen innig ineinander. Sie hatte im Dunkeln gestanden. Sie war hinzugetreten. Sie hatte gesehen, was die beiden miteinander bewahrten. Am nächsten Morgen fuhr

Paul zurück nach Krakau, und Alma zwei Stunden später nach Hamburg zu ihrer Mutter. Hedwig weinte über die Rückkehr ihrer Tochter.

Was willst du denn in Niedersachsen? Konrad sah sie ärgerlich an. Sei nicht so unvernünftig. Er seufzte über sie wie über eine, der nicht zu helfen war.

Ob sein Mandant tatsächlich Kontakt zur rechten Szene habe, fragte sie. Es interessierte sie nicht, es hatte sie einmal interessiert. Vor wenigen Tagen war das gewesen. Da lebte ihr Vater noch. Jetzt war er tot, und sie war beschäftigt mit seinem Leben.

Wir wollen das herausfinden, sagte Konrad Brümmel. Möglich ist es, sogar sehr wahrscheinlich. Er ist entlassen, und wir können uns an seine Fersen heften. Doch deshalb den Champagner zurückweisen, das bringe ich nicht über mich. Moët Magnum! Sechs Flaschen. Ich schicke dir zwei nach Hause. Du hast so viel Arbeit mit ihm gehabt. Willst du dich davon nicht auf Mallorca erholen, ein, zwei Wochen?

Sie lehnte ab. Vielen Dank. Sie wolle nicht neben alten deutschen Ehepaaren unter Palmen sitzen. Er protestierte. Das Hotel sei keine Rentnerherberge, sondern ein Schmuckstück, etwas Besonderes, und der Hotelbesitzer sei ein Mandant von ihm. Verrückter Kerl, Israeli, Waffenhändler, natürlich für seine Seite, die müssen sich schließlich verteidigen gegen eine arabische Übermacht. Sitzt in U-Haft. Vater in Sobibór, Mutter in Treblinka. Ich komme gerade von ihm, ein Bär von einem Mann. Konrad sprach, und sie lutschte an einem Zitronenscheibchen, ein erprobtes Mittel, um in der Gegenwart zu bleiben.

Später fuhr er sie nach Hause. An den Beifahrersitz ge-
schnallt, hatte sie sich gefragt, ob es ihr jemals gelingen würde, sich neben einem Mann entspannt zu fühlen.

Sie nahm den Korb mit ihrem Proviant darin, ihr
Portemonnaie, das Taschentuch, sie sah sich in der Wohnung um, als würde sie alles zum letzten Mal sehen, und
schloß die Tür hinter sich, drehte dreimal den Schlüssel
und ging leise die fünf Stockwerke hinunter. Mallorca!
Und wenn, dann lieber Madeira. Sie hatte ohnehin keine
Zeit. Sie mußte nach W. zu Fritz Misch fahren, um ihn
über die Zeit in Krakau auszufragen. Unten, im Hausein-
gang lagen Sonntagszeitungen. Die Stadt schlief noch. Aus
der Alster kroch durch nebligen Dunst der frühe Morgen
hervor. Am Telefon war eine Frau gewesen. Ich bin die
Frau von Herrn Misch junior. Herr Misch senior sei nicht
zu sprechen. Er habe einen Schlaganfall erlitten, er dürfe
sich nicht anstrengen.

Man wollte sie nicht zu ihm lassen. Das war ihr sofort
klar. Pauls jüdische Tochter sollte den alten Misch nicht
zur Rede stellen können. Die Stimme der Frau hatte sich
wichtig gemacht, und sie war darauf eingegangen, hatte
sich ausführlich nach den Folgen des Schlaganfalls erkun-
digt, allerdings nur Einsilbiges zu hören bekommen. Dann
hatte sie von der letzten Bitte eines ehemaligen Kameraden
gesprochen, und wenig später war der alte Misch am Apparat gewesen. Er hatte sich betrunken angehört. Wer denn
gestorben sei. Der Paul, ach, der Paul. Na ja, wir sind alle
mal dran. Jetzt hat's den Paul erwischt. Er lallte sein herz-
liches Beileid in ihr Ohr. Im Hintergrund die imperti-
nente Frauenstimme. Du mußt dich schonen, Vati.

Sie konnte gegen elf Uhr dort sein. Ruhig und sachlich vorgehen würde sie, wie bei einem Mandanten, dessen Verteidigung sie vorbereitete, distanziert, aber dennoch parteiisch und auf der Suche nach Einzelheiten zu seinen Ungunsten. Als sie am Hauptbahnhof vorüberfuhr, sah sie Paul heraustreten. Paul, jung, mager, hungrig, den Mantelkragen hochgeschlagen, denn es war kalt gewesen am 9. November 1937. Paul noch ohne Alma. Paul entlassen aus der Strafkompanie. Endlich wieder in Zivil, endlich wieder Kragen und Krawatte. Nie wieder will er so etwas erleben müssen, nie wieder in Haft kommen. Er wird sich still verhalten, Klappe zu und nichts Verbotenes tun. Er muß nachdenken. Im Wartesaal sitzen kostet zehn Groschen, also geht er durch die Straßen. Überall Hakenkreuzfahnen. Der 9. November ist Hitlers Tag. Am 9. November 1923 versuchten dreitausend Nazis die Feldherrenhalle in München zu stürmen, an ihrer Spitze Adolf Hitler, sattsam bekannt den Ermittlungsbehörden. Fünf Jahre Haft und nach neun Monaten wegen guter Führung entlassen. In jeder Zeitung heute am Kiosk ist der Leidensweg und die Auferstehung des Führers nachzulesen. Paul geht durch die Mönckebergstraße Richtung Rathaus zum Adolf-Hitler-Platz. Die hohen Kaufhausfassaden sind überdeckt vom grellroten Fahnentuch der Nazis, in der Mitte in weißem Kreis das schwarze Hakenkreuz. Er tastet mit der Hand in der linken Manteltasche nach seiner letzten Scheibe Kommißbrot, rechts hat er ein paar Zigaretten und in der Hosentasche eine Mark. Das ist sein Kapital. Mehr Geld hat er nicht. Nach zwei Jahren in Stiefeln fühlt er an diesem Novembertag jedes Steinchen unter den

76

Ledersohlen seiner Halbschuhe. Durch Hamburg kann er gehen. Er kann nicht nach Hause gehen. In seinem Elternhaus gibt es kein Zimmer für ihn. Das Führungszeugnis über seine Dienstjahre ist schlecht. In seinem Wehrpaß steht: Ausbildung mit der Waffe Gewehr 98, Karabiner 98. Sonstige Ausbildung: Funker und Schreiber. Erlernter Beruf: Kontorist. Einen Kontoristen, dessen Entlassungspapier aus der Wehrmacht den Stempel einer Strafkompanie trägt, wird niemand haben wollen. Er braucht Arbeit, um sich ein Zimmer mieten zu können. Er braucht ein Zimmer, um irgendwo gemeldet zu sein, damit man ihm Arbeit gibt. Er geht zu seinem Bruder. Seine Schwägerin drückt ihm zwei Mark in die Hand. Ein kalt lächelnder Rausschmiß. Jetzt hat er schon drei Mark, aber noch kein Zimmer. Im Schaufenster eines Zigarrengeschäftes sind Zimmer zur Untermiete ausgeschrieben, vier fünfzig kostet das billigste. Er notiert sich Namen und Adresse. Zweiter Stock, bei Hedwig Glitzer.

Sie bremste scharf in einer langen Kurve. Die Bundesstraße war hier zweispurig. Auf einmal staute sich rechts der Verkehr. Sie war nach links ausgeschert, sah in den Rückspiegel, sah plötzlich ein Motorrad. Viel zu schnell. Sie kurvte wieder nach rechts hinüber. Sie schloß die Augen. Bitte nicht, bitte nicht, murmelte sie. Ihr Kopf lag auf dem Steuerrad. Als sie ausstieg, sah sie hinter ihrem Wagen das Motorrad auf der Seite liegen, daneben einen jungen Mann. Er trug einen Helm aus alten Wehrmachtsbeständen, sie registrierte, daß sie diese Tatsache kühl zur Kenntnis nahm. Sie beugte sich zu dem Mann hinunter. Leben Sie noch? Er war bei Bewußtsein, er sah sie an, er nickte. Der Krankenwagen kam. Wie schnell das ging. Sie hielt ihm ihre Visitenkarte hin. Mühsam hob er die Hand und griff danach. Sein Unterarm war tätowiert. Sie erkannte die beiden SS-Runen und rechnete das ihrer Aufregung zu. Männer mit einer Tragbahre liefen herbei. Ich kann nicht bleiben. Sie konnte einfach nicht. Ich muß fort, verstehen Sie? Er nickte. Seine Hand mit ihrer Visitenkarte sank zurück, und sie fuhr davon. Hinter der Kurve begegnete ihr auf dem Seitenstreifen ein Polizeiwagen. Gut, daß die erst jetzt kamen. Die hätten sie ja sonst bis in alle Ewigkeit festgehalten. Sie mußte zu Misch. Einen Aufprall hatte sie nicht gespürt, sie würde sich an einen Stoß erinnert haben. Der Mann hatte hinter ihrem Auto auf der Straße gelegen und war vielleicht bei seinem Bremsmanöver ins Rutschen gekommen. Sie hätte bleiben sollen. Sie mußte zu Misch. Und der Krankenwagen war ja bereits dagewesen. Erst dann war sie weggefahren. Wahrscheinlich hatte sie überhaupt keine Schuld. Sie hielt an, stieg aus und untersuchte Stoßstange und Kotflügel. Keine Beulen, keine Schrammen. Sie stieg ein, fuhr weiter. Ihre Knie zitterten, die Zunge klebte am Gaumen. Sie trank Apfelsaft. Der Mann lag auf dem Asphalt. Er stemmte sich hoch. Sie blickte in den Rückspiegel, sie sah ihren Kopf nach vorn aufs Steuerrad sinken. Es war ihm ja weiter nichts passiert, und sie war unschuldig. Man würde ihr nur nicht glauben. Fahrerflucht. War er inzwischen an inneren Blutungen gestorben, würde man sie für Jahre einsperren. Sie hatte ihm ihre Visitenkarte gegeben. Das sprach gegen Fahrerflucht. Er war hinter ihr ins Schleudern gekommen. Genau wie sie, hatte auch er in der großen Kurve angenommen, vor ihm sei alles frei. Die Straße machte einen weiten Bogen, er war zu schnell gefahren, und plötzlich ihr Auto. Er hatte sie zu spät gesehen. Sein Scheinwerferlicht mußte das Rot ihrer Nebelleuchte reflektiert haben. Sie hatte keine Nebelleuchte. Er bremste, rutschte, schleuderte, stürzte. Jemand beugte sich über ihn. Das war sie. Und er nahm ihre Hand, stand auf, bedankte sich bei den Männern vom Krankenwagen, klopfte den Straßenstaub von seinen Hosenbeinen, nahm den Helm ab, putzte ihn und stülpte ihn sich wieder über die Ohren. Fleckige Hosen, die Jacke genauso, fleckig grün, grau, gelb, braun. Ein Soldat. Auch das noch. Sie hatte einen deutschen Soldaten niedergestreckt. Da lag er, und sie würde man vor Gericht stellen. Versuchter Totschlag und böswilliges Verlassen eines deutschen Soldaten. Die Todesstrafe war abgeschafft. Das wußte sie mit Sicherheit. Jeden Tag hatte sie die Nebelleuchte auf den nächsten Tag verschoben, als wäre die Zeit ohne Wert, und dabei kam es auf jeden Moment an. Sie tupfte sich mit seinem Taschentuch den Schweiß von der Stirn. Paul trat auf den Balkon. Es war heiß gewesen. Ich muß zurück nach Krakau. Frau Pinkus stand vor ihm. Ich kann nicht länger bleiben. Ein strahlender Julitag 1943. Alma und Hedwig würden nicht mehr kommen. Die beiden Menschen auf dem Balkon in Berlin-Babelsberg fürchteten das Schlimmste. Hamburg brannte nach zwei Nächten Bombenhagel im Feuersturm. Und in diesem Moment schrillte das Telefon.

Die Ausfahrt nach W. kam. Beinahe übersehen. Sie mußte sich konzentrieren. Gas wegnehmen, in den dritten

Gang gehen. Ihr zitterndes Knie schlug gegen das Steuerrad. Sie schaltete das Autoradio ein. Kammermusik. Sie hörte immer denselben Sender. Kammermusik half ihr, sich zu disziplinieren. Drei, vier Stimmen in hochkonzentriertem Durcheinander. Das war ihr vertraut. Violine, Viola und Klavier.

Ein unregelmäßig wiederkehrender Geigenton durchirrte Klavierläufe, und Füße hoben sich vor ihren Augen, humpelten melancholisch heiter vor dem Absturz. Durch Feuerluft flogen Stühle und Tische, Kinderkleidchen standen glühend am Nachthimmel und verpufften im Aschenregen. Häuser, Straßenzüge sackten in sich zusammen, Stadtteile brannten aus. Zwei Nächte hindurch floß Phosphor brennend vom Himmel auf Hamburg herunter, es hagelte Luftminen, Menschen und Tiere zerschmolzen und starben elendig in der Höllenhitze.

Unter Balken und Mauerwerk liegen Alma und Hedwig, schon begraben. Paul sitzt an diesem Sonntag ahnungslos in einem Straßencafé in den Tuchhallen Krakaus am Hauptmarkt, am Rynek Główny. Er ist bemüht, sich die polnischen Namen einzuprägen. Für ihn ist es die erste Auslandsreise. Er lernt Vokabeln, er raucht eine Zigarette, läßt sich Kaffee und einen Wodka bringen, und er stellt fest, daß es ihm nicht schlecht geht. Allerdings, wenn er an Alma denkt, löst er sich auf in Tränen und Nutzlosigkeit. Wie kann, wie soll es weitergehen? An allen öffentlichen Plätzen kleben Tausende Plakate, Verordnungen der Gestapo und des Kreishauptmanns von Krakau, darauf steht in riesigen Buchstaben, wer Juden beherbergt, wird mit dem Tode bestraft. Es gibt unter den Polen sogenannte

Szmalcownicy, Leute, die von untergetauchten Juden Geld erpressen. Davon hat er reden hören. In der Firma könnte es unter den polnischen Angestellten solche Leute geben. Leimann führt eine Liste, darüber steht in großer Frakturschrift: Weltburgs polnische Gefolgschaft. Bevorzugt werden fromme Katholiken. Auf deren Judenhaß, sagte gestern Leimann zu ihm, könne man sich verlassen. Und Paul erwiderte aha oder etwas in der Art. So verhält er sich nun schon seit Jahren, wenn man ihm gegenüber unverdrossen schwadroniert und seine Meinung kundtut. Schon in Hamburg war das so. Seit über sechs Jahren gibt er sich den Anschein, als gehörte er dazu und gehört nicht dazu. Nicht mehr seit der Zeit in der Strafkompanie und nicht mehr, seit Alma und er sich kennen. Aber zu den Juden gehört er auch nicht.

Er liebt Alma, und diese Liebe füllt ihn in besonderer Weise aus, da sie verboten ist und niemand davon wissen darf. Schwer ist es, etwas zu leben und am Leben zu erhalten, das ohne die Bestätigung anderer existieren muß. Wie abhängig der Mensch davon ist, sich zu zeigen und gesehen zu werden. Das Liebespaar Alma und Paul gab es nur in Hedwigs Küche. Nur Hedwig war Zeugin. In der Welt gibt es Paul und Alma nicht als das Paar, das sie sind. Oder sind sie es nicht mehr? Können sie es denn überhaupt sein? Er fühlt sich schuldig bei solchen Gedanken. Leimann zum Beispiel oder Misch, wie die von sich und ihren Liebesabenteuern erzählen, er beneidet sie um die Selbstverständlichkeit, mit der sie es tun. Und das ist ihnen nicht einmal bewußt, so selbstverständlich ist ihnen ihre Zugehörigkeit. Die Machthaber bauen auf Zugehörigkeit, Zugehörigkeit zur arischen Rasse, zur Partei, zur Weltanschauung der Nationalsozialisten.

Mit seinen polnischen Kollegen kommt er gut zurecht, und die Arbeit lenkt ihn ab. Überhaupt die Polen, er mag sie, weil die Polen die ewigen Verlierer sind, durch alle Zeiten Verlierer, und haben sich dennoch ewig bewahrt. Dafür liebt er diese Menschen und ihr Land. Er weiß, für die Polen ist er der Deutsche, der verfluchte Herrenmensch und Unterdrücker, der Sieger und Besatzer. Aber er ist anders. Er ist höflich, er läßt polnischen Frauen, ob im Büro oder im Lokal, den Vortritt, was hier kein deutscher Mann macht, nicht in der Großhandelsfirma Weltburg und nicht im gesamten Generalgouvernement. In den Straßen Krakaus müssen die Polen vom Bürgersteig herunter und in den Rinnstein, wenn ihnen ein Deutscher entgegenkommt. Krakau, Kraków, der Inbegriff polnischer Kultur, Polens geistiges Zentrum. Heute ist Krakau die Hochburg der Nazis. Überall laufen deutsche Uniformen herum, harte Schritte, hartes Lachen, harte Gesichter. Lächelnd weichen die Polen aus, mit schmalem Blick, den Kopf ein wenig schräg. Paul erkennt darin etwas von sich. Verschlagen, nennt Leimann das, verschlagen und durchtrieben.

Seitdem er in Krakau ist, atmet er etwas freier. Es ist leichter für ihn ohne Alma. Das ist nur logisch und nicht etwa der Wunsch, Alma in Hamburg könnte sich von ihm, der hier in Krakau sitzt, langsam entfremden. Und auch das wäre schließlich nur natürlich, nämlich unter anderen Voraussetzungen, in einer normalen Zeit, nicht in diesem fanatischen Tollhaus wäre das nur natürlich, und er würde sehr wahrscheinlich nach Hamburg reisen, um zu verhindern, daß Alma sich in einen anderen verliebt. Wobei Alma das bestimmt nicht tun würde, denn sie liebt ihn, sie liebt ihn wirklich.

Über der Stadt spannt sich ein strahlend blauer Himmel. Gerade sieht er, wie eine polnische Dame ihren Regenschirm auf die Straße fallen läßt. Dahinten kommen zwei SS-Männer. Und die Dame geht vom Bürgersteig herunter, denn ihr Regenschirm liegt im Rinnstein. Sie bückt sich, sie hebt ihn auf, sie öffnet ihn und schließt ihn. Sie läßt sich Zeit. Bis die beiden deutschen Männer vorüber sind. Er schäme sich für sein Land, hat er zu Leimann gesagt, gleich nach seiner Ankunft in Krakau. Das wird er künftig für sich behalten. Er muß vorsichtig sein. Wenn er auf dem Trottoir durch die Straßen geht, hält er den Kopf gesenkt, den Blick auf seine Schuhspitzen gerichtet. Er hat seine Gangart wieder aufgenommen, die er sich als Kind zugelegt hatte, die kleinen Plattfüße nach außen gesetzt, leicht schaukelnd und vor sich hin summend, Tonschritte, zerlegte Akkorde, Dominantseptstufen, wie seine Mutter sie anschlug auf dem Klavier, um sich die Finger geläufig zu machen. Leimann hat ihm ein Zimmer in seiner Wohnung abgetreten. Eine schöne Wohnung, groß, prächtig, alte Möbel, in der Dr.-Joseph-Goebbels-Allee, so heißt diese Prachtstraße Krakaus jetzt. Weltburg wohnt hier, wenn er seine Filialen im Generalgouvernement besucht. Überall das herrisch dreiste Gehabe der Deutschen. Ob auf der Straße, im Lokal, in der Straßenbahn, ringsum feiste Großmannssucht, Lust am Demütigen und Schikanieren. Das hat er sich so nicht vorgestellt. Anvertrauen darf er sich niemandem. Selbst nicht dem Buchhalter Jackiewicz. Der sieht ihn manchmal so an. Bestimmt war der vorher was Besseres, Mathematikprofessor vielleicht. Er darf niemandem sagen, daß er mit einer Jüdin zusammen ist, auch keinem Polen. Sind sie denn zusammen? Viele hundert Kilometer liegen zwischen ihm und Alma, und die Maschinerie der Gestapo arbeitet Tag und Nacht und hat Hedwig und Alma auf der Liste. Als er hier ankam, geriet er gleich in etwas hinein. Ein Lagerarbeiter in der Firma sprach ihn an. Sie waren allein im Waschraum. Der Mann redete von Arzneien, die Weltburg & Co. in Hamburg lagert. Sein Kindchen hätte Rachitis. Ob Paul ihm aus Hamburg Vigantol beschaffen könnte.

Der Pole zog einen deutschen 50-Mark-Schein aus der Hosentasche. Ein Vermögen. Bestimmt auch für diesen jungen Deutschen. Er durfte als Pole kein deutsches Geld besitzen. Paul starrte auf die Banknote. Ein Fläschchen Vigantol kostete in Hamburg neunzig Pfennig. Mensch, Pan Kowalski, dafür bekomme ich eine Kiste voll Vigantol. Der Pole atmete auf. Er hatte sich nicht getäuscht in dem jungen Deutschen. Es gebe, erwiderte er, viele rachitische Babys in Polen. Proszę pana, besorgen Sie uns, so viel Sie können, und er gab Paul einen zweiten Fünfziger dazu. Eine Woche später überreichte Paul seinem polnischen Kollegen eine Kiste mit hundert Flaschen Vigantol, und nach einer weiteren Woche wurde er zur Gestapo bestellt. Alma war sein erster Gedanke. Hatte man sie in Berlin im Hotel beobachtet? Dann war alles aus. Dann würden sie ihn jetzt verhaften und hinrichten, und er würde Alma nicht einmal mehr warnen können. Der SS-Offizier

herrschte ihn an, ob er mit dem Vigantol im Schleichhandel etwa Geschäfte mache. Paul, in Erwartung des töd-
lichen Endes, begriff, er war gerettet, und sah der nächsten
Gefahr ins Auge, suchte in diesem Auge nach irgendeiner
Art von Verständnis, und angstvoll flüsterte er etwas von
rachitischen Babys polnischer Eltern und von Mitgefühl.

Der SS-Mann klappte den Mund zu und starrte fas-
sungslos auf diesen sentimentalen Schwachkopf vor seinem Schreibtisch. Paul unterdessen belebte sich, und mit
dem schlauen Übermut des Unterlegenen, den linken
Mundwinkel ein wenig angehoben, fügte er hinzu, die
augenblickliche medizinische Unterversorgung wäre gewiß nur eine Folge der Kriegswirren, er habe da lediglich
aushelfen wollen. Das Wutgebrüll ließ ihn an die Wand
zurückweichen. Stehen Sie stramm, Mann! Erlaß des Führers! Neuordnung der Ostgebiete! Lesen Sie vor! Stramm-
stehend und den rechten Arm erhoben, las Paul laut vor.
Systematische Ausrottung. Keine medizinische Versor-
gung für das polnische Volk. Durch Arbeit vernichten.
Lauter! Nur vierklassige Volksschulen. Rechnen nur bis
500. Laut und deutlich, Mann! Führerloses Arbeitervolk
bei eigener Kulturlosigkeit für uns zur Verfügung! Na also.
Geht doch! Gehorsam gegenüber den Deutschen, gött-
liches Gebot. Noch einmal von vorn!

Als Paul in die Firma zurückkam, stockheiser, nutzte
Weltburgs Geschäftsführer die Gelegenheit, dem verdächtig Aufgefallenen einen gefährlichen Auftrag zuzuschie-
ben. Er sollte im Firmenwagen ein Gebiet durchfahren,
das von bewaffneten polnischen Untergrundkämpfern
durchzogen war. Keine Woche verging ohne Attentate auf

deutsche Funktionäre. Paul saß am Schreibtisch, über die Straßenkarte gebeugt, er suchte nach einem sicheren Weg, den es nicht geben konnte. Es klopfte an die Tür. Aus der Schreibstube nebenan trat ein polnischer Mitarbeiter herein. Paul war nicht allein im Zimmer. Misch saß an Leimanns Schreibtisch und telefonierte. Es war keine Zeit mehr zu verlieren, und deshalb beugte sich der Pole, obgleich Misch es sehen konnte, zu Paul und flüsterte ihm ins Ohr, er möge eine halbe Stunde warten und ihn selbst für heute von der Arbeit befreien. Nach einer halben Stunde könne er beruhigt fahren. Und als Paul am frühen Abend in Weltburgs Wagen die Weichselbrücke passierte, stand dort der Mann und winkte ihm zu.

Über den Marktplatz Krakaus knattert durch Lautsprecher der stündliche Wehrmachtsbericht. Fanfaren kündigen ihn an. Paul achtet nicht weiter auf das Geprahle über die siegreichen Truppen des Führers. Alma hat ihm in ihrem letzten Brief den Ring geschickt, darin eingraviert ihr Name und das Datum, der Tag nach dem Überfall auf Polen. An dem Tag hatten sie die Ringe miteinander getauscht, Gardinenringe waren es gewesen. Dieser hier ist aus 333er Gold. Sie trägt den gleichen Ring mit seinem Namen. Er hat ihn sich aufgesteckt, so wie sie in Hamburg ein paar Tage zuvor. Almas Name brennt ihm auf der Haut. Es ist gefährlich. Alles ist gefährlich. Na sieh mal an, Paul, wer ist denn die Glückliche? Leimann ist der Ring sofort aufgefallen. Leimann ist freundlich zu ihm, und Weltburg, sein Chef, ist umgänglich. Webu will er genannt werden von seinen Angestellten, selbstredend nur von den deutschen. Aber man bleibt doch der Angestellte, und Paul ist Webu dankbar, daß er ihn überhaupt genommen hat, Paul mit seinen Entlassungspapieren, entlassen aus der Strafkompanie Munster-Lager, entlassen wegen Rassenschande aus der Haftanstalt Hamburg-Fuhlsbüttel. Manche Deutsche in Webus Mannschaft haben wie er einen Webfehler in ihrem Lebenslauf. Einige sind vorbestraft, einige sind nicht hundertprozentig rein arisch. Webu kann sich ihrer Dankbarkeit gewiß sein und die Gehälter drücken. Der Name Hamburg knattert durch die Lautsprecher. Unruhe erfaßt ihn. Hat er sich verhört? Feindliche Angriffe auf Hamburg. Er läuft zu Leimann. Der Hamburger Rundfunk sendet Nachrichten. Ein Reporter meldet sich von der Reeperbahn, ein Flammenmeer, Altona und Eimsbüttel völlig zerstört. In Eimsbüttel wohnt Hedwig mit ihrer Tochter Alma. Diese Katastrophe, sagt Leimann, und schenkt sich und Paul einen Wodka ein, sei neu in der aktuellen Kriegführung. Solch ein Bombardement habe es niemals zuvor gegeben. Leimann greift bei diesen Worten zu seinem Wodka, um zu trinken. Vor diesem Fiasko wird Hitler haltmachen müssen, Paul. Es sieht aus, als tränke Leimann darauf. Und Paul zieht seinen linken Mundwinkel hoch, mehr nicht. Dann stürzt er seinen Wodka hinunter.

Nachts sitzt er vorm Radio. Deutsche Sender betont zurückhaltend, BBC um so toller. Zwei Tage vergehen. Schreckliche Gewißheiten dringen bis nach Polen. Hunderte, vielleicht mehrere tausend Tote. Mittwoch morgen bringt Edzio, polnischer Laufbursche bei Weltburg, ein Telegramm aus Hamburg von der Post. Es ist für Paul. Ein Telegramm aus dem Inferno. Das ist eine Sensation.

Als wüßte der Junge, worum es geht, läßt er sich nichts anmerken und wartet, bis Paul allein im Raum ist. Blitztelegramm von Alma: Totalschaden – nur das nackte Leben gerettet – deine Anwesenheit in Berlin dringend erforderlich – bin Babelsberg bei Pinkus – Alma.

Paul möchte aufschreien vor Freude. Alma gerettet. Bin Babelsberg, schreibt sie. Bin. Nicht: sind. Was ist mit Hedwig? Nein, du großer gütiger Gott. Beide. Es kann nicht anders sein. Paul kann nicht die Tochter begehren und die Mutter wegwünschen. Solche Sehnsüchte gehören in normale Zeiten. Alma haben zu wollen und Hedwig zurückzulassen, das kann er nicht. Er würde zum Täter werden. Das ist das Werk dieser Verbrecher. Vierzig Minuten bis zur Abfahrt des Zuges nach Berlin. Es gibt täglich nur einen Zug nach Berlin. Der nächste geht erst morgen. Edzio steht noch immer neben ihm. Was ist mit Antwort, Pan Amerykański? Paul telegrafiert nach Berlin-Babelsberg: Bin überaus glücklich, daß du am Leben – komme sofort – warte bei Pinkus – nicht Bahnhof. Innigst Paul. Und jetzt rennt er durchs Büro, jetzt läßt er seine Drähte zu polnischen Schleichhändlern glühen. Alma und Hedwig haben alles verloren. Nur das nackte Leben gerettet. Er braucht Essen für sie, Fleischkonserven, Bohnenkaffee und Zigaretten für die Nerven, etwas zum Anziehen, Seife, Hautcreme und Lippenstift für Alma. Nach zwanzig Minuten sieht sein Schreibtisch wie ein Schaufenster aus, sogar ein Fläschchen Parfum ist dabei. Zigaretten fehlen. Seine Helfer zucken bedauernd die Schultern. Selbst in Polen, dem Eldorado des Schleichhandels, braucht so etwas wenigstens Zeit. Er muß zum Zug, er stopft die

Kostbarkeiten in seinen Koffer. Der Kutscher treibt sein Pferdchen an, und als sie im Galopp den Bahnhof erreichen, überholt den Fiaker ein zweiter Fiaker, darin sitzt Edzio und wirft Pan Amerykański mehrere Stangen Zigaretten zu.

Sieben Stunden bis Berlin. Er hat Zeit nachzudenken. Vielleicht ist der Krieg in wenigen Tagen vorbei. Und wenn nicht? Alma und Hedwig haben kein Zuhause mehr. Daß sie überhaupt leben! Was nicht geschehen ist, hätte geschehen können. Und das hier ist ihre Chance. Sie müssen untertauchen. Falsche Papiere. Als er bei Pinkus klingelt, mit hochfliegendem Herzen und beladen mit Kostbarkeiten, es ist spät, rührt sich niemand in der Wohnung. Endlich schlurfende Schritte. Frau Pinkus öffnet. Hinter ihr steht Herr Pinkus, den Judenstern am Jackett, die Augen schreckgeweitet, und hat Paul erkannt, nur kann das Gesicht sich so schnell nicht vom vorweggenommenen Schock erholen. Alma und Hedwig sind nicht bei Pinkus' angekommen.

Von morgens bis abends treibt sich Paul am Lehrter Bahnhof herum. Ein Elendszug nach dem anderen kommt aus Hamburg. Vollgestopft mit Menschen. Alma und Hedwig sind nicht dabei. Das Warten wird zur Qual, die Hoffnungslosigkeit steigt. Und er muß zurück in die Firma. Dort darf niemand Verdacht schöpfen. Eben sagt er zu Frau Pinkus, wahrscheinlich leben sie nicht mehr. In diesem Moment schrillt das Telefon. Es schrillt im typischen Staccato, mit dem Ferngespräche angekündigt werden. Frau Pinkus rennt zum Apparat. Blitzgespräch aus Aumühle. Sie sagt es zu Paul und hört gleichzeitig angespannt in den Apparat. Aumühle? Wer kann das sein? Das ist Weltburg, Weltburg wohnt in Aumühle. Was will der von ihm? Wieso weiß Weltburg, daß er bei Frau Pinkus in Berlin ist? Sprechen Sie doch lauter, ruft Frau Pinkus. Wer ist da? Ja, leben Sie denn noch?

Die Züge von Hamburg nach Berlin waren überfüllt. Allein hätte Alma es schaffen können. Jedoch nicht mit Hedwig. Hedwig war nur Angst. Und in Almas Leben gab es nur Paul. Nur er konnte ihr helfen, Hedwig mit durchzuschleppen, irgendwie und weiter. Alma hatte sich und Hedwig unter den Balken des Hauses herausgegraben, mit ihren beiden Händen, und als sie auf der Straße stand, stellte sie fest, alle Fingernägel abgebrochen, so ein Mist. Wohin jetzt? Nach Aumühle. Das lag vor der Stadt, das war irgendwie Richtung Berlin, und vor allem hatte in Aumühle Pauls Chef ein passables Anwesen. Zu Fuß durch das brennende Hamburg, über qualmende Trümmer, über Leichen. Vom Himmel fielen tote Vögel. Menschen überall, die hierhin und dorthin hasteten. Und als Hedwig nicht mehr weiter konnte, stellte Alma sich an die Straße. Tatsächlich hielt ein Wagen, ein Militärfahrzeug mit Rote-Kreuz-Fahne. Es saßen SS-Männer darin. Alma schob und zerrte Hedwig in das Auto. Daß die beiden Frauen völlig verstört wirkten, war ja normal. Eine Feldflasche mit Wasser wurde Alma gereicht. Sie hielt sie ihrer Mutter hin. Jetzt trink, bitte, trink! Die SS-Männer hatten das Sanitätsauto beschlagnahmt, um darin unbeschadet nach Berlin zu kommen. Alma stieg mit Hedwig in Aumühle aus. Weltburg war zu Hause. Er wollte Pauls Jüdinnen so schnell wie möglich loswerden.

Gleich morgen könne er sie nach Krakau mitnehmen. Bis dahin sollte Alma sich in seinem Bett mal so richtig ausschlafen. Er grinste. Sie lehnte ab, sie wollte lieber versuchen, in Berlin anzurufen, da habe sie Freunde. Das werde ihr nichts nützen, entgegnete Weltburg, es würden keine privaten Telefonate mehr durchgelassen. Versuch es. Er wies mit großzügiger Handbewegung auf seinen Telefonapparat, setzte sich in den Sessel, streckte die Beine, seiner Sache sicher. Alma hob den Hörer. Die intakten Leitungen nach Berlin seien von der Wehrmacht belegt, sagte das Fräulein vom Amt. Wir dürfen keine Privatgespräche mehr durchstellen. Befehl von oben, von ganz oben. War jetzt alles aus? War es jetzt so weit? Nein, bitte, hören Sie mich an, lebenswichtig, stammelte Alma, nur dieses eine Mal, vielleicht werden Sie in eine solche Situation kommen und dann. Es rauschte und knisterte. Hallo? Sind Sie noch in der Leitung. Hallo? Tut mir leid, hörte Alma die geschmeidig glatte Frauenstimme sagen, wenn Sie mir nicht glauben wollen, kann der Herr Leutnant es Ihnen ja selber erklären, ich übergebe. Und mit Heil Hitler meldete sich ein Mann.

Was denn konnte sie sagen? Wie sich verstellen? Womit überreden? Es war vergebens. Haltlos weinend sank sie dem Mörder an die Brust. Und da gab er die Leitung frei. In dem Moment schrillte bei Frau Pinkus in Berlin-Babelsberg das Telefon.

Wo geht es denn bitte zu Familie Misch? Sie hatte auf der Dorfstraße angehalten und das Fenster heruntergedreht. Draußen roch es scharf nach Schweinestall. Die nächste links. Da stand das Haus. Es wurde soeben abgerissen. Ein schmalbrüstiges, zweistöckiges Haus. Sie fand es typisch für diese Gegend, kleine Fenster, eng gebaut, vier Wände aus dunkelrotem Ziegel, ein spitzes Dach, gedeckt mit grauen Pfannen. Staubwolken lagen über dem Hof, ein Baukran zog und zerrte am Giebel. Dort oben auf dem Dachboden hatten Paul, Alma und Hedwig gehockt und auf die Engländer gewartet. Krachend stürzte die vordere Hauswand ein, Glas splitterte, rote Mauersteine sackten zu einem Haufen zusammen. Langsam schwenkte der Kran um seine eigene Achse, öffnete die Schaufeln und biß sich im oberen Stützbalken fest. Sie hupte, sie stieg aus ihrem Wagen und stand in einer Schuttwolke.

Eine Frau, das Haar mit einem Kopftuch bedeckt und nach Art der Bäuerinnen unterm Kinn geknotet, kam hinterm Kran hervor, die Arme vor der Brust verschränkt. Offenbar hatte sie dort gestanden, in nächster Nähe der Abbrucharbeiten. Aus der Führerkabine kletterte ein Mann herunter. Misch junior war braun gebrannt, und auch er hatte ein Tuch um seinen Kopf gebunden, rot mit weißen Punkten und nach hinten geknotet wie ein Pirat. Trugen Männer Kopftuch, war das gleich etwas anderes.

Mein Vater wohnt hier nicht mehr.

Sie verstand nicht gleich. Ich bin doch aber hier in W. bei Misch?

Nun trat die Frau hinzu, stellte sich neben ihren Mann, der fremden Frau gegenüber, blieb schweigsam, hielt die Hände verschränkt unter ihren Busen geschoben.

Ich habe doch gestern mit ihm telefoniert. Es war die Nummer, die ich von meinem Vater bekommen habe.

Misch junior nickte, streifte das Kopftuch mit einer

einzigen Handbewegung ab und trocknete sich damit den Schweiß im Nacken. Stimmt, da war er bei uns. Da drüben.

In geringer Entfernung sah sie ein altes Gehöft, ein weißgekalkter Fachwerkbau, sein Dach war frisch gedeckt mit Reet. Daneben Stallgebäude, ochsenblutrot gestrichen, mit zweigeteilten Holztüren, wie sie bei Pferdeställen üblich sind. Das Grundstück fiel sanft ab. In der Senke mußte ein kleiner Fluß sein. Dort zog sich grünes Gebüsch an einer gewundenen Linie entlang.

Haben Sie Pferde?

Misch junior nickte. Die Frau machte schmale Augen.

VII.

Der alte Misch wohnte in der Kreisstadt im Altenheim. Sie nahm die Landstraße, und während sie durch den Naturpark Südheide fuhr, überlegte sie, auf welche Weise Familie Misch zu Geld gekommen sein konnte. Ganz in der Nähe lag Bergen-Belsen. Sie litt unter solchen Phantasien. Nicht genug damit, was Juden angetan worden war, sie mußte es sich obendrein noch ausmalen, anstatt auf die Landschaft zu sehen, schon wieder fuhr sie viel zu schnell und trat auf die Bremse. Neben ihr lag ausgebreitet eine Weide. Sie öffnete die Autotür, atmete tief die feuchtmodrige Herbstluft ein, und dachte darüber nach, ob es eigentlich richtig war, den alten Misch aufzusuchen. Wenige Kilometer von ihm entfernt, fragte sie sich, wozu sie diesem Mann begegnen wollte, wenn sie doch alles wußte. Sie kannte die Geschichte ihrer Eltern so gut, als wäre sie dabei gewesen. Aber sie war nicht dabei gewesen, und es trieb sie zu diesem Misch, zu einem Mann, völlig anders als ihr Vater. Wie unbelastet und sorglos war ihr Leben heute morgen gewesen. Sie war in die linke Spur gewechselt, obgleich vor ihr die Straße frei gewesen war, denn erst hinter der großen Kurve hatten sich Wagenkolonnen vor ihr zusammengezogen. Unvermittelt war sie von rechts nach links hinübergefahren, etwas Elegantes und Leichtes hatte die Bewegung gehabt. Sie war ausgewichen. Wovor eigentlich? Klar und deutlich sah sie es vor sich. Die Fahrbahn frei, und sie schien auf der Stelle zu stehen, während der graue Asphalt unter ihr durchzog im rasenden Rhythmus der weiß gestrichelten Mittellinie. Rechts war ein Schild vorbeigehuscht, kein Verkehrsschild mit Kilometerangaben und kein Ortsschild, darum war es ihr aufgefallen, ein schmales, weißes Schild, und in dünnen, schwarzen Buchstaben hatte ein längeres Wort darauf gestanden, darunter zwei kürzere, die zusammengehörten wie ein unzertrennliches Paar. Alles unleserlich bei dem Tempo, nicht entzifferbar. Ihr Gehirn hatte den Namen als etwas Vertrautes eingelassen. Dort war es nach Bergen-Belsen gegangen, und sie war in die andere Spur hinübergeeilt. Jetzt hatte sie Hunger.

Aus ihrem Korb nahm sie eine Flasche Wasser, übergoß sich, aus der offenen Wagentür hängend, die Hände, trocknete sie mit einer Serviette, nahm ein gepelltes Ei und aß Butterbrot dazu. Sie kaute mit vollen Backen und blinzelte durch die Windschutzscheibe in die Sonne. In ihrer Hand lag das hartgekochte Ei, und es war ein hartgekochtes Ei. Sie sah auf das Brot, und es war Brot mit Butter und Salz. Alles war, wie es sein sollte. Um sie herum war es still. Sie verließ ihr Auto nicht. Ein Gefühl von Alleinsein in Schneestille. So möchte ich eine Weile bleiben, dachte sie, und biß ab, kauend und schluckend und wohltuend gedankenleer.

Es war um die Mittagsstunde, als sie durch eine sich selbsttätig öffnende Glastür das Altersheim betrat. Rechts war eine kleine Empfangsloge, sie war nicht besetzt. Die Uhr dort zeigte halb eins. An der gegenüberliegenden Wand stand ein großes Aquarium, daneben ein hochgewachsener Gummibaum. Den Flur hinunter sah sie in langer Reihe vierrädrige Laufhilfen parken. Dort mußte der Speisesaal sein. Aus den Kinderkarren, Fahrrädern, Pkws war in der letzten Kurve des Lebens ein Rollator geworden. Das Wort erinnerte an Gladiator, an römische Kämpfer, zu Boden gegangen, unter dem Helm das milchbleiche Gesicht mit der Tätowierung am Arm, und von diesem Arm im Nacken gepackt, schüttelte sie das Bewußtsein, daß sie sich schuldig gemacht hatte. Sie wußte es und konnte nicht glauben, daß sie es gewesen war. Er war hoffentlich inzwischen nicht verblutet. Vielleicht war er gelähmt? Dann mußte sie ihr Leben lang Wiedergutmachung zahlen. Sie würde Kredite aufnehmen müssen. War sie überhaupt noch kreditwürdig? Sie hatte vielleicht ihr Leben endgültig verdorben und bewegte sich darin, als sei nichts geschehen, als hätte sie nichts getan.

An Tischen zu zweit und zu viert saßen die Alten und aßen. Weniger Männer als Frauen. Wer von denen war Fritz Misch? Paul hatte ihn nicht beschrieben. Es gab in ihr eine Vorstellung von dem Typ Mann, der Misch sein konnte. Dumpfe Dienstbereitschaft, stämmig, untersetzt, skrupellos mangels Phantasie. Leimann dagegen war der Typ Winkeladvokat, schielte schlau auf den eigenen Vorteil, äußerlich geschniegelt und gebügelt, stramme Haltung, Handkuß für die gnädige Frau. Und Weltburg gierig, schwammig vielleicht, vielleicht hager. Manche Alten unterhielten sich beim Essen miteinander, die meisten schwiegen und waren mit dem beschäftigt, was vor ihnen auf dem Teller lag, sie kauten, starrten dabei vor sich hin, starrten auf die Fremde in der Tür, starrten einander an, starrten auf ihre Teller und aßen viel und stetig. In der Küche hantierten hinter einem Tresen Frauen mit großen Töpfen. Er war nicht im Speisesaal, erfuhr sie. Er bekomme seine Mahlzeiten immer auf dem Zimmer, Zimmer Nummer 33.

Der breite Korridor war von Sonnenlicht durchflutet, Grünpflanzen rankten vor hohen Fenstern. Von einer kleinen Halle gingen weitere Flure ab, hier stand ein kleiner Flügel, und neben das schwarzglänzende Instrument war eine Krankenliege geschoben. Eine sehr kleine und sehr runzlige Frau lag darauf, im Rücken von vielen Kissen gestützt, und ein Mann saß auf einem Hocker neben ihr. Er war jung, er war kräftig, unter den kurzen Ärmeln seines T-Shirts spannte sich der Bizeps, und geschickt wie eine Kindergärtnerin löffelte er der Alten einen Brei in den Mund. Im Zimmer daneben war ein anderer Pfleger damit beschäftigt, die Bettwäsche zu wechseln. Er tat seine Arbeit schnell, routiniert, das alterslose Männergesicht war gebräunt, es war Make-up, dick aufgetragen, im linken Ohr funkelte ein roter Stein. Auch die Männerhand, die den Löffel mit Brei zum Mund der alten Frau führte, war mit Ringen geschmückt, und am Handgelenk glitten leise klirrend Kettchen auf und nieder. Um diese Alten kümmerten sich Männer. Das war nur gerecht, fand sie.

Als sie vor dem Zimmer mit der Nummer 33 stand, wurde die Tür von innen geöffnet. Ein Tablett mit Geschirr balancierend, trat ihr eine blonde Frau entgegen, groß, üppig, flink. Sie sprach mit polnischem Akzent und rief über die Schulter ins Zimmer:

Kommt Besuch!

Es war ihr, als sollte sie jetzt vorsichtig sein. Dieses Haus war eine Erinnerungsgruft, darin hockten alte Leute auf den verblichenen Jahren ihres Lebens. Wie dieser alte Mann dort. Fritz Misch, mit dem Rücken zur Tür, in Polen Soldat gewesen, die letzten drei Kriegsjahre Lkw-Fahrer bei Weltburg in Krakau. Er konnte manches mitgemacht haben. Sie trat ein. Er schien es nicht zu bemerken, rührte sich nicht.

Das Zimmer war groß und hell, es war geschmackvoll eingerichtet, was nicht zu ihrer Vorstellung von Fritz Misch paßte, und auch nicht zu ihrer Vorstellung von einem Altenheim. Es überfiel sie die Gewißheit, alles sei zusammengeraubt. Antike Möbel, ein schöner Sekretär, Ölgemälde an den Wänden, auf dem Tisch standen in einer silbernen Vase rote Astern. Teppiche sah sie liegen, nicht ihr Geschmack, aber schwere teure Teppiche waren das, und einer führte zu einem kleinen Durchbruch in ein Nebenzimmer, in dem aller Wahrscheinlichkeit nach sein Bett stand. Sie nahm das Inventar in sich auf, als müßte sie eine Bestandsaufnahme machen.

Der alte Misch lehnte in einem bequemen Sessel. Komm doch mal mit, Paul, das mußt du dir ansehen. Auf dem Tisch lagen Zeitungen. Der Fernseher lief ohne Ton. Komm doch mal mit nach Birkenau, du glaubst nicht, was da an Pack zusammenkommt. Er war wirklich von gedrungener Gestalt. Sie hielt ihm ihre Hand hin. Er sah nicht auf, er hielt den Kopf gesenkt, und sie sah auf seinen weißen Haarkranz. Die Kopfhaut war übersät von großfleckigen Sommersprossen. Er war deutlich älter, als ihr Vater geworden war, und schien bei guter Gesundheit zu sein. Unvermittelt sprach er zu ihr, hob dabei einen Fuß und zeigte auf seine braungelb karierten Filzpantoffeln.

Die kriegt man ja bei uns schon lange nicht mehr. Er sah zu ihr hoch, und seine Brille verrutschte. Hat mir die Schwiegertochter aus der DDR mitgebracht, handgefertigt, schön warm.

Er sprach zu ihr, als wären sie vertraut miteinander, als hätte sie schon stundenlang bei ihm gesessen und sei nur eben einmal hinausgegangen und wiedergekommen. Ihr Vater hatte die gleichen Filzpantoffeln getragen, genau die gleichen, und ihre Großmutter auch. Bis eben noch waren diese Hausschuhe eine harmlose Kindheitserinnerung gewesen, und neulich, eine Ewigkeit war das her, nämlich vor Pauls Tod, da hatte sie diese kleinkarierten Filzschlappen in der Rosa-Luxemburg-Straße im Ostteil Berlins in einem Kellerladen entdeckt und sich darüber gefreut. Sie war die Treppen hinuntergegangen und hatte ein Paar gekauft. Schön warm für den Winter, hatte der Schuster gesagt. Nach der Wende seien seine Hausschuhe im Westen ein Renner geworden. Ihr hatten nach ein paar Tagen die Füße darin geschmerzt, harte Sohle ohne Profil.

Schöne Schuhe, sagte sie, nahm aus ihrer Tasche das Tonbandgerät, stellte es zwischen ihm und sich auf ein rundes Tischchen, legte eine Spule ein, richtete das Mikrophon auf ihn und sah seinen rechten Arm kraftlos auf dem Bein liegen. Er begann wieder zu sprechen. Sie hatte ihn fragen wollen, ob sie das Tonband laufen lassen dürfe, denn es einfach einzuschalten, schien ihr nicht anständig. Sie erhoffte sich von ihm Details über seine Zeit bei Weltburg in Krakau, Details über ein Unternehmen, das sich maßlos bereichert haben mußte an jüdischem und polnischem Eigentum. Und ihn damit auf ihrem Band festzuhalten, dafür wollte sie seine Erlaubnis haben.

Das war die Wende, sagte er und beugte sich vor zum Mikrophon. Es sei noch nicht eingeschaltet, belehrte sie ihn, was er nicht hörte, und das Tonband hemmte ihn nicht, es animierte ihn. Das war die Wende, so sagen die drüben, nicht wahr, die Wende.

Sein Sprechen war durch den Schlaganfall nicht beeinträchtigt. Vermutlich war er am Telefon doch etwas angetrunken gewesen. Sie wollte ihn erzählen hören, von allem Schrecklichen, was er gesehen und womöglich getan und mitgemacht hatte. Aber es graute ihr davor, und in diesem inneren Widerstreit war sie drauf und dran, ihm zu sagen, daß auch sie sich diese Filzpantoffeln gekauft hatte. Sie zeigte auf seine Hausschuhe, hob an, wie sie einmal in Ostberlin, jedoch er unterbrach sie, beklagte sich mürrisch darüber, von ihr immer unterbrochen zu werden, immer unterbrechen Sie mich, sie sitze doch hier, um ihm zuzuhören, und da sie ja, stimmt, sagte und eingeschüchtert nickte, knurrte er zufrieden.

Na, also!

Dann schalte ich jetzt das Gerät ein? Und sie drückte auf die beiden Tasten.

Wieso läuft das denn nicht? Habe keine Greuelmärchen zu verbergen. Er klopfte auf das Mikrophon, wild und heftig schlug an ihrem Apparat die Nadel aus. Läuft das jetzt? Grimmig starrte er auf das Tonband. Leise bejahte sie, zog den Kopf zwischen die Schultern, haßte ihn dafür und sah zu Boden.

Wissen Sie, er lehnte sich in seinem Sessel zurück, ließ den Blick aus dem Fenster schweifen, nein, das können Sie nicht wissen, man hat schon damals, nicht wahr, schon damals hat man Wende gesagt, nicht wahr. Darum sage ich, es steckt auch drin, nicht wahr, nach Stalingrad hat man es schon gesagt. Die Wende, nicht wahr, die wird kommen. Man hat es gehofft, nicht wahr, mit heroischem Fanatismus. Es kommt die Wende, und alles wird sich zum Guten wenden. Noch 1945 haben es die Menschen gehofft, am 20. April, nicht wahr, Führers Geburtstag, an dem Tag wird die Wende kommen zum Sieg. Hat man so gesagt, nicht wahr.

Er machte eine Pause. Sie sah auf. Noch immer sah er aus dem Fenster. Er lächelte. Seine Angewohnheit, nicht wahr zu sagen, ging ihr auf die Nerven. Sie sagte, und zehn Tage später war Adolf Hitler tot. Sagte es und sah ihn dabei an, wollte sein erinnerungssüchtiges Lächeln zerstört sehen.

Misch nickte und seufzte. Ob er sich umgebracht hat? Das weiß niemand genau. Sind wenig Männer hier im Heim. Alles bloß Frauen.

Wieder schwieg er, nachzudenken schien er nicht, er wartete einfach ab, bis etwas in ihm hochkam. Auch sie war bloß eine Frau, und so lange sie vor ihm saß, konnte er gegen sie hinsprechen, was ihm durchs Hirn kreiste. Seine Augen waren blicklos, ohne irgendein Interesse an ihr. Wahrscheinlich wußte er überhaupt nicht, wer sie war.

Wissen Sie, wer ich bin?

Paul, der Schlappschwanz. Ist nicht böse gemeint. So haben wir gesagt, nicht wahr. Paul, der Schlappschwanz.

Er lachte, verschluckte sich dabei und hustete, nicht böse gemeint, nicht wahr. Wieder zu Luft gekommen, räusperte er sich. Ich weiß, Sie sind die Tochter. Ist er jetzt auch im Heim?

Paul ist tot, erwiderte sie.

Den kriege ich nicht mehr hoch. Er zeigte auf seinen rechten Arm. Aber trotzdem, nicht wahr. Er hob mit der linken Hand den erstorbenen Arm. So hat man gemacht, damals, nicht wahr, hoch zum deutschen Gruß.

Sie starrte auf die exhumierte Erektion eines nationalsozialistischen Gliedes. Jetzt muß ich gehen, beschloß sie, und blieb. Sie sah zu, wie er den Arm mit der linken Hand absenkte und ihn sich auf den Oberschenkel legte.

Haben Sie gesehen? Tunten und Polacken. Das ist hier das Pflegepersonal.

Die können einem ja wirklich leid tun, sagte sie über das Aufnahmegerät gebeugt. Sie hätte ihn gern mit dem Mikrophon erschossen.

Das erzählen Sie mal der Heimleitung. Mit uns Alten, nicht wahr, da hat ja niemand Mitleid. Er wies auf den Fernseher. Geben Sie mal rüber. Neben dem Apparat lag seine Brieftasche. Mit den Fingern der linken Hand fummelte er Fotos hervor und ordnete sie auf dem Tisch zu einer Reihe. Das Mikrophon schob er dabei achtlos zur Seite, und sie mußte es vor dem Absturz retten. Tote Hirsche mit verdrehten Hälsen, dazwischen das Schwarzweißbild einer jungen Frau mit Haarkranz und im Dirndl. Habe ich alle erlegt, damals in den Karpaten.

Irgendwann hatte sie damit begonnen, ihn nach Krakau zu fragen, und einmal sogar nach Auschwitz. Das war ihr schwergefallen. Sie fürchtete, die toten Juden damit aufzustören. Während er vom Aufladen und Abtransportieren erzählte, nicht wahr, beobachtete sie das Tonband, mußte es mitten in Auschwitz wechseln, hörte kaum noch zu, zählte seine Nichtwahrs, die sich verflüchtigten, je mehr er in Fahrt kam und von sich sprach, von sich und seinen Abenteuern, von Weltburg und über die Firma. Über ihren Vater fast nichts und wenn, dann nur Bedeutungsloses.

Über zwei Stunden in seinem Dunst, Tür und Fenster geschlossen, zwei volle Tonbänder, beidseitig bespielt. Solche Beredsamkeit hatte sie von Misch nicht erwartet. Redete und redete ohne ein Anzeichen von Erschöpfung. Und sie hatte dagesessen in kaltem Haß. Einmal war sie wahrhaftig sekundenlang eingenickt. Sie hatte ihn ja auf Band. Müssen Sie schon gehen? Das war das einzige Mal, daß dieser Mann sie etwas gefragt hatte. Und jetzt kam sie hier nicht heraus. Die Glastür glitt nicht zur Seite, sondern blieb geschlossen. Und die Rezeption war noch immer oder wieder nicht besetzt. Sie ging auf und ab, sie hob ihre Hand und wischte damit durch die Luft, daß vielleicht ein Bewegungsmelder die Tür in Gang setzte.

Er hatte ihr die linke Hand hingestreckt, und sie hatte ihr Tonband genommen und vielen Dank gesagt. Vielen Dank! Sie stampfte mit den Füßen über die breite Gummifußmatte. Die Glastür rührte sich nicht. Da näherte sich von draußen eine Frau. Sie erkannte die Schwiegertochter von Fritz Misch, die nun eintrat.

Waren Sie schon bei unserem Vati?

Ein interessantes Gespräch sei es gewesen, antwortete

sie und mußte zusehen, wie sich die Tür hinter Frau Misch schloß.

Das ist ganz einfach, sagte Frau Misch, und mit ausgestreckter Hand wies sie auf einen Knopf neben dem Eingang, ein Knopf knallrot und so groß wie ein Apfel.

Draußen wehte ein schwacher Wind, und bereits im Gehen hörte sie die Schwiegertochter ihr nachrufen:

Unser Vati ist nämlich dement.

Sie stieg in ihren Wagen und fuhr aus der kleinen Stadt hinaus über die Bundesstraße zur Autobahn Richtung Hamburg. Ein anderer Weg als bei der Hinfahrt. Sie sah in den Rückspiegel. Alles frei, und sie war draußen, saß wieder in ihrem Auto, und es war doch nicht verkehrt gewesen, hierherzukommen. Weltburg, Leimann, Misch, diese Männer hatten sich bereichert an Juden und an Polen. Bei Misch im Zimmer und zugeschüttet von seinem Gerede, war sie innerlich verdorrt. Nie zuvor hatte sie mit einem Menschen gesprochen, der aus der Vergangenheit ihrer Eltern kam. Und die Übelkeit, die in ihr aufstieg, hatte mit dem Unfall zu tun. Der Soldat verfolgte sie. Wie hatte ihr Vater diesen Misch ertragen können? Zwei-, dreimal war er mit Alma bei Misch zu Besuch gewesen. Obendrein, um Misch und Leimann endlich mal die Wahrheit zu sagen. Völlig absurd. Wütend rüttelte sie am Steuerrad. Wozu sich mit solchen Leuten auseinandersetzen? Sie fuhr über hundert, das war zu schnell, bis siebzig hatte eben auf einem Schild gestanden. So etwas wie auf der Hinfahrt durfte ihr nicht wieder passieren. Sie hatte vielleicht einen Menschen getötet, und wimmernd flehte sie zu Gott, und dann zu Paul, und dann zu Pauls Taschentuch, daß der

Soldat den Sturz überlebt haben möge. Rotweiße Latten und gelb blinkende Baulampen flitzten an den Seitenfenstern vorüber. Fast hätte eine davon sie erwischt. Und das nahm kein Ende, einspurig bis an den Horizont. Durfte man hier überhaupt fahren? Außer ihr war auf der schmalen Fahrbahn kein Mensch unterwegs, und diese Latten und Lampen, die vor ihren Augen wie ein Reißverschluß auseinanderstrebten und vorbei, vorbei, vorbeisausten, die konnten einen ja wahnsinnig machen. Weil sie alles, aber auch alles regeln mußten! Da nicht. Dort nicht. Nur hier. Nur bis da. Völlig wahnsinnig! Sie konnte sich hier zu Tode fahren, und dann wäre es ihre eigene Schuld. Wie hast du das bloß ausgehalten? Jahrelang scharfe Selbstkontrolle, jahrelang Versteckspiel, jahrelang so tun als ob und sich nichts anmerken lassen.

Sie sah zu seinem Taschentuch auf dem Beifahrersitz, während draußen ihre Schmalspur mit einer ebenso schmalen Gegenfahrbahn zusammengeführt wurde. Jemand hupte. Sie sah hoch. Auf ihrer Seite war sie das einzige Fahrzeug. Jedenfalls bewies die Gegenfahrbahn, daß man hier fahren durfte. Zu Hause würde die Polizei sie erwarten, um sie wegen Fahrerflucht zu verhaften. Sie mußte sich stellen, wenn es dafür nicht bereits zu spät war. Vielleicht war es überhaupt nicht nötig. Das Milchgesicht mit der Tätowierung hatte ihre Visitenkarte entgegengenommen. Das tat kein Toter. Ihre Versicherung würde alles regeln. Es war alles nicht so schlimm. Kein Vergleich zu dem, was Paul und Alma und Hedwig erlebt und überstanden hatten. Sie sah auf den Tachometer. Sie nahm das Taschentuch und legte es sich auf ihr Bein, sie wurde langsamer.

Als er lebte, hatte sie nie an ihn gedacht, wenn sie Hilfe brauchte. Er war immer viel zu erschöpft gewesen. Schlappschwanz! Das war das Schlimmste, und nie würde sie sich das verzeihen können. Aus Wut, aus hilfloser Wut auf ihn, weil er sich alles gefallen ließ, von Alma und auch von ihr. Gedacht hatte sie es nicht bloß einmal, aber einmal sogar gesagt. Totenbleich war er geworden. Alma hatte ihr eine Ohrfeige gegeben. Das hatte sie empört. Nie hatten ihre Eltern sie geschlagen. Nun verstand sie, warum. Sie hatte ausgesprochen, was ihm nachgeschlichen war und worauf er es manchmal geradezu angelegt hatte, daß man darauf mit dem Finger zeigte. Schlappschwanz. Damit hatte er sich den Frauen verweigert. Das war seine Möglichkeit gewesen, nein zu sagen.

Ich brauche dich, sagte sie zu dem Taschentuch. Sie würde einfach die Wahrheit sagen. Der war zu schnell gefahren. Und sie war nervlich in einem Zustand, in dem sie überhaupt nicht fahren durfte. Aber sie war gefahren. Sie mußte fahren. Für ihn und für sich hatte sie es tun müssen. Er war damals auch gefahren. Er hatte nicht am Telefon gesagt, das geht nicht, ich muß jetzt zurück in die Firma, sonst bekomme ich Ärger mit Weltburg, und überhaupt bringt ihr mich permanent in Lebensgefahr, du und deine Mutter. Er hatte sich sofort in den Zug gesetzt Richtung Hamburg. Paul war der einzige Fahrgast gewesen. Niemand wollte nach Hamburg. Alle wollten aus Hamburg herauskommen. Auf dem Gegengleis quollen die Waggons über. Die Menschen saßen und lagen auf den Dächern, Männer, Frauen, Kinder hingen aus den offenen Türen und drängten sich in den Fenstern. Neben ihr war

Stau. Autos und Lastwagen in einer endlosen Reihe. Sie hatte freie Fahrt, und gleich morgen würde sie das Tonband abhören. Gut, daß sie es mitgenommen hatte. Dieser Misch war nur auszuhalten gewesen in einer Art Abwesenheit. Genauso hatte sie es mit ihrem Turnlehrer gemacht. Während der auf sie einredete und ihr erklärte, wie sie sich am Barren hochzustemmen hatte, ließ sie ihn im Nebel verschwinden. Sie konnte sich Fritz Misch morgen in aller Ruhe anhören. Und danach würde sie ihn löschen.

VIII.

In der Nacht flüchtete sie in eine fremde Wohnung. Viele Zimmer durch winklige Flure miteinander verbunden, dicht bewohnt von Erinnerungsstücken. Alles kam ihr bekannt vor. Sie ging durch Räume, suchte dabei nach einer Nische, um sich einzurichten. Sachen drängten herbei. Es verlangte sie, etwas davon zu nehmen. Vieles wiederholte sich im einzelnen. Ein Kerzenleuchter und ein Porzellandöschen sahen auf den ersten Blick aus, als hätte sie sich diese Dinge vor Jahren angeschafft. Es freute sie, einen Beweis ihrer Vergangenheit gefunden zu haben. Bei genauer Betrachtung gehörte alles dem Paar. Besonders die Frau achtete auf jede der unzähligen Kostbarkeiten und hätte sofort bemerkt, wenn sie nur eine davon an sich genommen haben würde. Dem Mann schien es egal zu sein, er bagatellisierte sogar die Dinge und behauptete, ihr Wert sei unbedeutend, allerdings konnte er sich darauf verlassen, daß seine Frau über alles wachte. Der Mann hob ihr Portemonnaie auf. Da erst bemerkte sie, daß ihre schwarze Handtasche offenstand. Das genierte sie, und sie machte sich Vorwürfe. Er gab ihr das Portemonnaie zurück, und sie sagte, wie außerordentlich anständig sie das von ihm fände. Dabei wußte sie, es würde leer sein. Er hatte ihre gesamte Barschaft an sich genommen, dazu die Scheckkarten und diesmal auch den Führerschein.

Das Telefon klingelte. Sie schreckte hoch, und in der Gewißheit, es könne nur Alma sein, wartete sie nicht den Anrufbeantworter ab.

Sie haben sich strafbar gemacht. Sie haben Fahrerflucht begangen.

Es war der Soldat. Er lag nicht mehr am Boden. Er telefonierte. Er konnte sprechen. Sie registrierte, daß ihr Kinn und ihre Hände zitterten. Seinen Namen mußte sie überhört haben, oder er wollte ihn ihr nicht nennen, und da sie sich schuldig fühlte, wagte sie nicht, ihn danach zu fragen. Sie hatte überhaupt noch nichts gesagt. Du mußt ihn fragen, wie es ihm geht. Du hast ihn nicht einmal gefragt, ob ihm etwas passiert ist.

Die Polizei sucht Sie.

Mich? Woher wissen Sie das? Ihre Stimme kroch hervor unter der törichten Hoffnung, das alles möge an ihr vorübergehen auf ähnlich wundersame Weise, wie ihre Eltern vom Unheil verschmäht worden waren.

Ich bin darüber informiert.

Warum hat man denn Sie informiert, wieso nicht mich? Ich habe Ihnen doch meine Visitenkarte gegeben. Haben Sie der Polizei meinen Namen nicht genannt? Eine unbegreifliche Nachlässigkeit von ihm, er hatte sie in Schwierigkeiten gebracht. Und jetzt erinnerte sie, daß sie ihre Autonummer und den Namen der Versicherung darauf geschrieben hatte. Meine Versicherung habe ich benachrichtigt.

Sie nahm sich vor, es gleich zu tun, sie hatte nicht daran gedacht, sie war noch immer auf der Flucht, ohne einen Millimeter vorangekommen zu sein.

Er räusperte sich. Er habe mit einem Polizisten gesprochen, dürfe ihr allerdings dessen Namen und Dienststelle nicht sagen, und auf ihre Frage, weshalb denn nicht, antwortete er:

Weil Ermittlungen gegen Sie laufen.

Sie verstand nicht, weshalb das ein Grund sein sollte, denn sie hätte dem Polizisten die Ermittlungsarbeiten ersparen können. Sie war bereit, auszusagen. Sie nahm allen Mut zusammen und fragte, wie es ihm gehe. Wahrscheinlich hatte er Arme und Beine gebrochen, er saß im Rollstuhl querschnittsgelähmt und amputiert, den Hals eingespannt in ein fleischfarbenes Nackenwirbelkorsett. Und da er beharrlich schwieg, begriff sie, daß er nicht kaputtgegangen war, und ihr kamen Tränen.

Ich bin erleichtert, ich bin glücklich, glauben Sie mir. Sie hatte ihre Sprache wiedergefunden, Zunge, Kinn und Lippen bewegten sich, wie es die Aufgabe dieser Körperteile war, und sie sagte, man könne doch über alles miteinander reden.

Er legte auf. Und sie schlug sich auf den Mund. Als er wieder anrief, bemerkte sie, daß Zeit vergangen war, mehrere Stunden.

Mein Motorrad ist völlig hin. Eine nagelneue Maschine war das. Er nannte PS-Zahlen und die Marke.

Ich bin so erleichtert, daß Sie leben, sagte sie. Meine Versicherung wird alles regeln. Sie bekommen ein neues Motorrad. Genauso schön, noch schöner.

Es läuft eine Strafanzeige gegen Sie. Das machen Sie sich mal klar.

Gegen mich? Eine Strafanzeige? Was habe ich denn

getan? Auf einmal lagen Sie hinter mir am Boden. Ich habe keine Beule an meinem Wagen gefunden, nichts, absolut nichts. Vielleicht sind Sie zu schnell gefahren, haben scharf bremsen müssen, sind gerutscht und gestürzt.

Verdammte Scheiße, Sie sind abgehauen! Darum geht es. Scheißegal war es Ihnen, was mit mir ist. Abgehauen sind Sie und haben mich da liegen lassen mitten auf der Fahrbahn.

Die Autos standen doch bereits, sagte sie.

Ich hätte tot sein können, verdammt!

Daß er aussprach, wovor sie die Nacht hindurch gezittert hatte, bis eben, bis er es aussprach, das lockerte ihr die Zunge, und sie stammelte, sie wisse nicht, warum sie das getan habe.

Beide schwiegen. Ihr fiel nichts mehr ein, was sie zu ihm hätte sagen können. Sie starrte auf den Krankenwagen.

Sind Sie noch da?

Ja, sagte sie, ja, ich bin hier.

Da kommt was auf Sie zu. Sie werden schon sehen.

Der Krankenwagen kam, und diesmal sah er aus wie eine schwarze Limousine, er hielt vor einer Eckkneipe in Berlin, was ja völlig unsinnig war. Der Krankenwagen kam, und ich gab Ihnen meine Karte, erinnern Sie sich? Paul stieg hinten aus und mit ihm zwei SS-Männer. Ich glaube, Sie hatten da so eine Tätowierung am Arm. Er sagte nichts. In der Eckkneipe saß Alma an einem runden Tisch mit fremden Leuten, die löffelten Erbsensuppe. Vor Alma stand ein Glas Tee. Hier sollte sie auf ihn warten, er war in die Prinz-Albrecht-Straße gegangen, in das Haupt-

111

quartier der Gestapo, er wollte dort für Alma und Hedwig
Papiere organisieren, damit sie unter falschem Namen als
arische Frauen mit ihm zusammen nach Polen einreisen
konnten. Passierscheine für das Generalgouvernement
gab es nur im Hauptquartier der Gestapo. Paul war in die
Schlangengrube gestiegen. Paul wollte das Unmögliche
versuchen. Sie mußte mit allem rechnen. Und als er jetzt
die Eckkneipe betrat und sich suchend nach ihr umsah,
und hinter ihm, unmittelbar hinter ihm die beiden SS-
Männer standen, da dachte Alma, die haben Paul verhaftet, und sie floh unter den Tisch.

Sie haben Schuld auf sich geladen.

Ich konnte nicht anders. Es war wie etwas, das mit mir
geschah. Mein Vater ist gestorben.

Damit kommen Sie nicht durch. Ich hätte dabei drauf-
gehen können, und Sie, einfach weg. Er legte auf.

Sie hatte sich retten wollen, genau vor diesen Vorwürfen hatte sie sich retten wollen, und nun hatte er sie in der
Hand. Etwas schlug dumpf auf. Sein Kopf unter dem
graugrünen Stahlhelm lag abgetrennt in ihrem Schoß. Sie
beugte sich über das weinende Soldatengesicht. Er war
nicht tot. Er würde anrufen.

Sie belauerte ihr Telefon. Es schwieg. Sie vergaß es und
entfernte sich ein paar Schritte. Es klingelte. Sie ließ es
viermal klingeln. Jetzt lief die Bandansage, und sie lauschte
mit halb geöffnetem Mund ihrer Stimme. Guten Tag. Ihre
eigene Stimme aus anderen Zeiten, vor Pauls Tod, vor
ihrer Tat, die würde ihr nun immer anhängen. Ich bin im
Augenblick nicht zu Hause. Wie leichtsinnig von ihr. Sie
mußte ihre Ansage ändern. Er war leichtsinnig gewesen,

jedoch in Lebensgefahr hatte sie ihn gebracht. Bitte hinterlassen Sie eine Nachricht. Sie hatte ihn auf ihrem Gewissen. Noch bevor es geschehen konnte, hatte sie alles im Rückspiegel kommen sehen.

Ich bin es.

Ihre Mutter.

Ich wollte dir nur sagen, der Termin für Pauls Beerdigung steht nach wie vor nicht fest. Wer soll das verstehen? Wie können die Gojim ihre Leichen so lange herumliegen lassen? Im Kühlhaus, haben die zu mir gesagt. Ruf mich bitte mal an, wenn du zu Hause bist.

Nicht jetzt. Sie konnte jetzt nicht mit ihrer Mutter sprechen. Er lebte, er war nicht tot. Baruch haSchem. Ihre Hände zu Gott. Dafür ewig Dank. Nun hatte sie ihn im Nacken.

Die Polizei beschäftigte sich bereits mit ihr, gegen sie lief eine Strafanzeige. Das Jurastudium konnte sie vergessen. Eine Juristin, die aus der Strafanstalt entlassen war, wollte bestimmt auch Konrad Brümmel nicht als Partnerin haben. Sie war geflohen, als wäre ihr Leben in höchster Gefahr gewesen, und irgendwie hatte sie es sogar fertiggebracht, im Altenheim bei Fritz Misch den auf der Straße liegenden Soldaten in ihrem Kopf auszublenden. Das Tonband. Sie mußte es abhören. Hinter ihr sprang der Anrufbeantworter an. Sie hatte das Klingeln nicht wahrgenommen.

Stark war der Sog in die Abwesenheit, und daß es ihr zunehmend schwerer fiel, dem zu widerstehen, war beunruhigend. Sie hatte das Taschentuch im Verdacht. Schlief sie genug? Aß sie überhaupt? Sie trank zu wenig.

Alles in Ordnung? Wie war dein Ausflug? Geh doch mal ans Telefon. Hier ist Konrad. Ich möchte wissen, ob du gut nach Hause gekommen bist.

Nur er. Nicht der. Die Telefonschnur durchschneiden. Bekam man dabei einen Schlag? Das Kabel herausreißen. Ein Elektriker würde kommen müssen, um alles zu reparieren, damit Alma sie wieder anrufen konnte. Unaufhörlich wimmerte sie unter der Last ihrer Tat. Mehrmals wiederholte sie sich, er sei doch am Leben geblieben, er lebe und sei unversehrt, und soweit sie es beurteilen konnte, schien er keinen Schock davongetragen zu haben, statt dessen beschimpfte er sie, was ja nur sein gutes Recht war, und wenn ihm das half, war sie bereit, sich unter seinen Vorwürfen zu krümmen.

Sie schlich ins Bad, sie beugte sich über das Waschbecken, ließ kaltes Wasser einlaufen und tauchte ihr Gesicht hinein. Auf Pauls Beerdigung die unerwünschte Rede zu halten war ein Kinderspiel gegen das, was sie jetzt zu schleppen hatte. Hohes Gericht, meine Mandantin ist gefahren, als hätte sie alles im Griff, als könnte sie immer und überall hindurchwischen. Leichtsinnig, lebensgefährlich leichtsinnig, genau wie er, der Nebenkläger in diesem Prozeß. Er hat es überlebt, und niemand ist darüber glücklicher als die Angeklagte. Außer dem Opfer natürlich. Und wenn die Verzweiflung mit eisernen Rädern sie überrollt, dann ist es dieses Wissen, das sie aufstehen läßt. Gleichwohl wird ihre Schuld bleiben. Bedenken Sie bitte, was sich die Angeklagte selbst damit angetan hat. Sie leidet darunter. Meine Mandantin kann sich nicht verzeihen, so verantwortungslos gehandelt zu haben. Sie schämt sich in

Grund und Boden und würde gern daraus hervorwachsen, gereinigt von der Schuld. Sehen Sie nur, wie rot sie geworden ist, blutrot. Einen anderen Menschen zu beschämen ist im Talmud gleichgestellt mit Blut vergossen haben. Im Falle meiner Mandantin haben wir es mit einer Selbstverletzung zu tun, einer stets abrufbaren Wiederholungstat. Das ist tragisch, und wir müßten befürchten, daß die Angeklagte von nun an zerknirscht durch ihr weiteres Leben kriechen wird, wäre da nicht ihre große Selbstliebe, die allerdings bei der Selbstverletzung die Waffe führt. Was können wir der Schuldigen sagen? Nur diesen Satz: Es ist geschehen. Dieser Satz wird ihr Ruhe geben können. Für eine Weile. Das Hohe Gericht wird meine Mandantin für das, was sie sich selbst antut, nicht verurteilen. Die Strafe gilt ihrer Flucht. Die Angeklagte indes kann sich ihre Flucht nicht vorwerfen, sie ist entsetzt darüber, aber sie versteht sich. Ihr Impuls zu fliehen ist stärker gewesen als das Bewußtsein, bleiben zu müssen für ihn.

Es war ein verspäteter Sommerabend, und unter ihr saßen die Paare und grillten, während sie von ihrem Balkon im fünften Stock auf jedes Paar heruntersah. Sie versuchte, nicht neidisch zu sein und war neidisch. Obzwar sie keinen Appetit auf gegrilltes Fleisch hatte und der Geruch sie an verbrannte Haut denken ließ, hätte sie gern einen Menschen bei sich gehabt, der mit ihr auf dem Balkon zu Abend aß. An Konrad Brümmel dachte sie dabei nicht, sie versuchte, fest daran zu glauben, an niemanden zu denken, und doch konnte sie sehen, daß sie den jungen Paul an ihr Balkontischchen gesetzt hatte. Schräg unter ihr saßen eine Frau und ein Mann voreinander und aßen, beide jünger als sie selbst, und die Frau sprach zu dem Mann. Es schien etwas zu sein, das ihr wichtig war. Er führte die Gabel mit einem Stück Fleisch zum Mund, und sie beugte sich vor zu ihm, sie gab ihren Worten dadurch Nachdruck. Es war diese Körperhaltung, die sie auf ihrem Balkon darüber einsam machte. Verletzt zog sie sich in ihre Wohnung zurück.

Auf den Küchentisch stellte sie Fritz Misch, spulte das Tonband zurück, hielt irgendwo im ersten Drittel an und schaltete ein. Mit der Stimme war der ganze Mann in ihre Küche eingetreten, auf eine schwer bestimmbare Weise unmittelbarer, als wenn er ihr am Küchentisch leibhaftig gegenüber gesessen hätte. Den Kopf geneigt, lauschte sie konzentriert.

Auf jeden Fall, also als Ergebnis, nicht wahr, nämlich die Juden und die Russen auch, und da gibt es für mich gar kein Vertun, wer wollte, nicht wahr, der hat die Deutschen ans Kreuz geschlagen.

Ah, ja.

Das war sie. Geradezu einschmeichelnd freundlich. Sie preßte die Lippen aufeinander.

Und nach 1945 genauso, nicht wahr. Die Deutschen haben sich über den Tisch ziehen lassen von den Juden. Die überlebt haben, die sind ja in guter Verfassung.

Meinen Sie?

Einsilbig, unterwürfig glatt hörte sie sich an, überhaupt nicht subversiv, wie sie es in Erinnerung gehabt hatte, und peinlich berührt von ihrem Versagen, preßte sie ihre Hände auf ihr Gesicht.

Müssen die ja sein, in guter, nicht wahr, in guter Verfassung. Denken Sie mal, nach alledem. Die mußten sich ja irgendwo versammeln, nicht wahr, und dann hat man nie wieder was von denen gehört. Die kamen nach Birkenau, schöner Name.

Mit der Faust schlug sie auf das Tonband, von dem eiernd seine Stimme sich weiter vernehmen ließ. Hat man sich vorgestellt, Birkenwälder und ein Flüßchen.

Sie lief dem Wort nach. BirkenAu. Eine liebliche, lichte Landschaft, feuchte Niederungen, darin Birkenhaine standen. BirkeNau. Heuchlerische Täuschung. Riesige Halde menschlichen Elends. Er sprach unablässig weiter, und sie ließ ihn zurücklaufen, empfand Genugtuung bei seinem quengelig quietschenden Rückwärtsgebrabbel. Und stop. Noch einmal.

Nicht wahr. Die kamen nun zu den anderen Juden. Das war ja gut für die. Was stimmte, was nicht? Ein Massenschicksal, nicht wahr, ein Massenschicksal. Da versucht man, sich gegenseitig Mut zu machen, und glaubt eher an das Gute als an das Böse, nicht wahr? Ich mag Kinder, bei ihnen ist die Schöpfung noch am nächsten. Sie sind doch eine Frau. Ich glaube an die Schöpfung, nicht wahr. Es gibt einen Gott. Der mag aussehen, wie er will, mit Bart oder ohne Bart.

Sie hörte sich leise auflachen. Wie ihr Vater vor dem Akademiker. Sie drückte auf schnellen Vorlauf.

Nette Mädchen, wissen Sie, gewisses Fluidum, nicht wahr, die gaben sich da öffentlich hin auf Tischen. Wir deutschen Soldaten wurden überall mit Freuden begrüßt, Frauen und Kinder am Straßenrand, die winkten, wir kamen als Befreier, um uns herum die Welt war schlecht, die Kriminalität sagenhaft hoch.

Von ihr war nichts zu hören. Jetzt sagte sie etwas: Entschuldigen Sie, Herr Misch, ich muß nur eben mal die Spule umdrehen.

Es war richtig gewesen, Misch so wenig wie möglich zu unterbrechen. Er hätte unduldsam reagiert und sich womöglich mürrisch vor ihr verschlossen. Mit diesem Mann hatte ihr Vater zu tun gehabt. Beifällig gelächelt bei verkrümmtem Magen. Was hatte Paul sehen und mitmachen müssen? Diese Beunruhigung verfolgte sie, und noch mehr nach dem Besuch bei Misch. Was hatte ihr Vater mitmachen müssen? Daß Paul, daß ihr Vater, daß ausgerechnet er der einzige gewesen sein sollte. Seit sie denken konnte, hatte sie es so von ihrer Mutter und von ihrer Großmutter gehört, getragen von Gefühlen, unter denen das schlichte Wort Dankbarkeit zusammenbrechen mußte. Sie fürchtete etwas zu finden, wodurch ihr Vater schuldig geworden war, und wollte etwas finden, um glauben zu können, daß er menschlich gehandelt hatte.

Während sie alles das in ihrem Inneren wälzte, war Misch weiter auf den Trampelpfaden seiner Erinnerungen patrouilliert.

Wir fuhren durch die Pußta, hörte sie ihn. Gibt es in Polen, auch schöne Wälder, nicht wahr, teilweise richtige Urwälder, aber auch Pußta. Auf einmal kommen wir nach Warschau. Da waren Zivilisten zusammengetrieben, die wurden alle an die Wand gestellt und abgeknallt. Von deutschen Soldaten. Das mußten wir ja tun, nicht wahr. Befehlsverweigerung undenkbar. Die Greuel auf den

118

Schlachtfeldern waren nicht weniger schlimm. Waren wohl Juden, diese Leute, nicht wahr, das nehme ich doch an, mit langen Bärten, die hatten ja Bärte bis hier unten hin, und so am Ohr die Haarlocken. Man stolpert auf der Straße und sagt, da liegt ein toter Jude begraben. Kennen Sie das? Wir haben ja gewußt, nicht wahr, wer von den Juden im Zug aus Hamburg war. Das wissen Sie doch auch, das von den Juden, oder wissen Sie das nicht?

Was meinen Sie?

Sind ja einige wiedergekommen. Die haben ja alle viel Besitz gehabt. Häuser, Grund und Boden. Und das kann wahr sein, und es ist auch wahr, jetzt geht es aber noch weiter. Die dachten doch, sie kämen ins Arbeitslager. Wir haben den Juden angeboten, das für die so lange zu verwalten, nicht wahr, Haus und Grundbesitz.

Sie hielt ihn an, ließ ihn zurücklaufen und wiederholen: Wir haben den Juden angeboten, das für die so lange zu verwalten. Wer war wir? Misch und Leimann und Weltburg? Sie hatte nicht gefragt. Nachträglich Misch anrufen? So direkt würde er keine Auskunft geben. Sie hätte mitschreiben sollen. Man hörte aufmerksamer zu, denn es war unmöglich, alles mitschreiben zu können, und so wählte man aus und ließ sich nicht wegführen von wirklich wichtigen Abschweifungen. Das Aufnahmegerät hatte sie träge gemacht.

Diese ganze Sache ist ja in Gang gekommen, weil die ganze Sache, nicht wahr, und er begann zu husten, während jemand ins Zimmer kam. Es war die polnische Frau aus der Küche. Sie brachte den Nachmittagskuchen, stellte zweimal Nußtorte und zwei Tassen Kaffee auf den Tisch.

Das Tonband lärmte entsprechend. Zu ihrem Entsetzen hatte er in primitivstem Deutsch zu der Frau gesprochen.

Du bringen Wasser, heiß, schnell.

Kommt gleich, Herr Misch, kommt noch, sagte die Frau, und sie hörte die Pflegerin das Zimmer verlassen. Gleich würde sie zurückkommen, und er füllte bis dahin die Zeit mit einem seiner aufgeblasenen Sätze. Hier war sozusagen, nicht wahr, das höchste Gut in Gefahr, und da war jedes Mittel erlaubt, das höchste Gut zu erhalten. Sie hörte auf dem Tonband die Zimmertür gehen, und die Frau kam mit heißem Wasser in einer Thermoskanne zurück. Geschirr klapperte, dann er:

Die machen den Kaffee immer zu stark, wollen mich umbringen. Sein Lachen ließ die Nadel am Aufnahmegerät wild ausschlagen.

Macht gern Scherz, der Herr Misch, sagte die Frau.

Hinstellen, dröhnte er, hierhin und raus.

Sie hörte sich zu der Pflegerin vielen Dank sagen. Er polterte dazwischen, die verstehe sowieso nichts. Können kein richtiges Deutsch die Polen.

Jetzt war wieder die Tür zu hören, sie wurde geschlossen. Den Kuchen hatte sie nicht ablehnen können. Ich esse mit Ihnen keine Nußtorte? Dann hätte sie gleich gehen müssen. Sie hörte ihn auf dem Band mit seinen falschen Zähnen knacken und mahlen. Der Teller rutschte auf der Tischplatte hin und her. Er aß mit links. Nicht besonders gut. Seine Kaffeetasse schepperte gegen das Mikrophon.

Wir haben es auch schwer gehabt hinter der Front, kriegswichtige Arbeit, nicht wahr, dem Russen heroisch die Stirn bieten. Und das mit den Juden, das mußte ja alles organisiert werden.

Er machte eine Pause. Sie hörte den Raumgeräuschen zu und dachte über seine Angewohnheit nach, in unregelmäßigen Abständen, nicht wahr einzuschleusen. Man konnte es für einen Versuch halten, bestätigt werden zu wollen oder für eine Art Aufforderung, sich seinen Überzeugungen anzuschließen. Dann gab es Sequenzen, in denen ihm sein Nichtwahr völlig abhanden gekommen war. Er schien es zu brauchen, wie das Schulterklopfen eines Gleichgesinnten.

Anständiger Kerl, das war er, der Webu. Webu haben wir zu ihm gesagt.

Wieder schwieg er. Und auf einmal mit viel zu lauter Stimme. Lassen Sie es sich schmecken!

Sie wollten von Weltburg erzählen. Endlich mal ein vernünftiger Satz von ihr.

Er kaute, schluckte, sprach. Tja, die Polen, nicht wahr, die mögen keine Juden. Ihr Vater mochte ja die Polen.

Sie starrte auf das Gerät. Sie hörte ihn seinen Kaffee schlürfen. Ihre Aufforderung, von Weltburg zu sprechen, hatte er überhört. Dement schien der alte Misch nicht zu sein. Er war einfach nur auf sich bezogen. Seine grobe Art, seine Redeweise, so war er eben, und im Alter hatte sich das noch verstärkt. Keinesfalls dement. Das hatte diese Schwiegertochter einfach nur behauptet. Er hatte ja doch recht offen gesprochen, und ihr war es vorgekommen, als spräche er zu ihr genauso wie er sonst auch über diese Vergangenheit sprach, und wie er es wahrscheinlich seit Jahr und Tag getan hatte.

Ja, Weltburg, der ließ, nicht wahr, der hat Leute für sich arbeiten lassen, die hatten Dreck am Stecken, wie man so sagt, nicht alle, nicht wahr, einer war nicht ganz arisch, ein anderer, nicht wahr, der hat mal 'ne krumme Tour gemacht. Ich sage nicht, daß ich es verkehrt finde, nicht wahr, denn nach dem Krieg hat Weltburg Wehrmachtsangehörige aufgenommen und PGs, nicht wahr, alte Kameraden, Parteigenossen, die mußten ja irgendwo unterkommen. Das war, nicht wahr, die Entnazifizierung. Er lachte kurz auf, hustete, und sprach weiter. Als Paul kam, ich habe Ihrem Vater, nicht wahr, in Krakau geholfen, ich war schon im zweiten Jahr dort. Er kam wohl, meine ich, vor dem ersten großen Bombenangriff auf Hamburg. Und danach ist es noch mal extra losgegangen gegen die Juden. Da war jeden Tag Großkampftag, hundertfünfzigprozentig. Na gut, aber da war das so, das können Sie nicht wissen, nämlich die Sachen von den Ostjuden, alles Lumpen, waren nichts wert. Kein Vergleich mit dem, was unsere Juden mitgebracht haben. Das wurde dann bei uns in der Firma sortiert, nicht wahr, und abtransportiert, nicht nur bei uns, das waren viele Firmen, alles Spediteure, und das ging nun aus dem GG, also aus dem Generalgouvernement zurück ins Reich.

Haben Sie diese Transporte gefahren?

Alles auf Güterwagen. Die waren nun, die standen nun bereit, nicht wahr.

Sie meinen die Waggons für die Deportationen, unterbrach sie.

Aber er, die Stimme erhoben, fuhr ihr über den Mund. Sie wollen doch was hören, oder? Dann hören Sie auch zu! Also. Und nach dem Feuersturm, da hat man viel nötig gehabt, alles verbrannt. Die Menschen hatten nichts mehr auf dem Leibe. Kein Dach überm Kopf, keine Schuhe an den Füßen. Das war eine Tragödie. Und später dann die Flüchtlinge, nicht wahr, Tragödien.

Sie hörte ihn Kaffee schlürfen, dann schnalzte er mit der Zunge gegen seine Zähne.

Und sie war bloß das Geräusch einer Gabel auf einem Teller.

Wir armen Hunde in Deutschland, haben doch immer nur unsere paar Brötchen verdient. Ich habe ja nichts zu verlieren gehabt. Und Sterben, was das ist, das weiß man nicht als junger Mensch, nicht wahr, man macht alles mit. Der Mensch gehört sich nicht selbst. Heute, nicht wahr, die Natur, die Vergewaltigung der Natur. Da wird heute fanatisch drum gekämpft. Sehe ich ja alles im Fernsehen. Damals das bolschewistische System, das war das Allerschlimmste, nicht wahr. Der Mensch kämpft doch immer. Und das war damals Deutschlands Mission. So haben wir gesagt. Daran haben wir geglaubt. Und heute, und jetzt komme ich auf meinen Eingangspunkt zurück, nicht wahr, die Wende. Sie hörte seine Stimme sich triumphierend heben. Diesen Sieg, nicht wahr, diesen Sieg über das bolschewistische System, den haben wir nun doch errungen.

Sie drückte auf die Stoptaste. Nichts davon konnte sie gebrauchen. Was immer sie von ihm in ihrer Rede zitieren würde, sie wäre die Denunziantin, und der alte Mann im Heim ihr Opfer. So wie Misch sprachen viele, so hätte Leimann sprechen können, Leimann eigentlich eher als

Misch. Fritz Misch war in den Schilderungen ihres Vaters ein einfacher Mann gewesen. Und wenn der Mann im Pflegeheim nun Kurt Leimann war? Kurt Leimann, der Jurist, der Besitzer Hamburger Häuser in bester Wohnlage? Wir haben den Juden angeboten, das für die so lange zu verwalten. Die antiken Möbel, die Gemälde und Teppiche. Dazu das große Anwesen von Misch junior. Fritz Misch war tot, und Leimann war untergetaucht unter dem Namen Misch. So konnten jüdische Erben ihm nicht auf die Spur kommen. Unser Vati ist nämlich dement. Im Altenheim abgeschirmt vor der Außenwelt und nicht erreichbar. Wenn Misch nicht Misch war, sondern Leimann, dann war Leimann vielleicht nicht Leimann, sondern Weltburg, und Misch junior und Frau versorgten ihn und profitierten davon. Nichts wäre daran erstaunlich, wenn es so war.

Wieder erwachte sie am Morgen durch ein Klingeln. Sie tastete nach dem Telefon. Es klingelte an der Wohnungstür. Sie schlich über den kleinen Korridor und spähte durch das Guckloch. Der Postbote. Er sah mit gespitzten Lippen auf den Briefumschlag, den er für sie in der Hand hielt. Sie schlich zurück zur Zimmertür und ging von dort mit lautem Tritt nochmals zur Wohnungstür. Ihr linker Fuß schmerzte, er war geschwollen. Vergangene Nacht hatte sie sich den Fußspann aufgekratzt bis Blut kam. Der Juckreiz war so stark gewesen, daß sie sich von dem Schmerz Erleichterung versprochen hatte. Jetzt würde sie in keinen Schuh passen.

Sie entriegelte die Tür und öffnete.

Einschreiben für Sie. Quittieren bitte. Und schönen Tag noch.

Es war ein grüner Umschlag, und er verhieß nichts Gutes. Sie öffnete das Kuvert und hielt die Vorladung in Händen. Aktenzeichen, Schrägstrich, Nummer. Haben Sie zu erscheinen am, um, im.

IX.

Sie fuhr im Wagen zum Verhör, ihren Wagen wollte sie dabei haben. Die Polizei konnte sich selbst überzeugen, an ihrem Auto war keine Beule, jedenfalls nicht hinten. Ihr Portemonnaie und ihren Paß hatte sie bei sich, immer hatte sie ihren Paß bei sich. Einen Personalausweis besaß sie nicht. Sie hatte nie einen beantragt. In ihrer Familie galt der Paß als das wichtigere Papier, was er zweifellos war. Mit ihm konnte man jede Grenze passieren.

Der Kriminalbeamte, er trug Uniform, saß hinter seinem Schreibtisch, auf einem kleinen Extratisch stand neben ihm eine Schreibmaschine, ein elektrisches Modell. Sie gab ihm die Vorladung, und während er las, um sich den Vorgang, der da vor ihm stand, zu vergegenwärtigen, ließ er sie unbeachtet stehen. Daß er keinen Computer benutzte, fand sie sonderbar, andererseits paßte das in jeden durchschnittlichen Fernsehkrimi. Er wies auf einen Stuhl. Er spannte ein Formular ein. Auch das war genau wie im Film. Pauls Tochter verhaftet. Ihr Leben war etwas in Unordnung geraten, aber sie würde es wieder in Ordnung bringen. Sie mußte nur dies hier überstehen, und es war gut, dabei zu sitzen.

Name? Geburtsdatum? Wo geboren? Familienstand? Wohnort? Sie bat leise um Wasser, denn das Entsetzen über ihre Lage war zurückgekehrt. Diese Fragen, das Abklopfen ihrer Person nach dem Wesentlichen für die Ermittlungsakte, das alles gehörte in die Realität, und die machte mit ihr, was sie wollte.

Erst mal die Formalitäten, sagte er mit nüchternem Gleichmut. Er wollte erledigt haben, was für ihn vordringlich und wichtig war.

Sie nannte ihren vollständigen Namen und ihr Geburtsdatum. Wir fanden den Namen so schön. Dein Name stand für uns fest, bevor du geboren warst. Natürlich ein Mädchen. Dein Vater hat sich immer Töchter gewünscht. An dem Tag, als du geboren wurdest, stand der Birnbaum in voller Blüte. Auf einmal warst du da, ich wollte noch den Boden im Zimmer aufwischen, plötzlich Wehen. Du bist mir herausgerutscht in der Glückshaut. Dein Vater hat die Nabelschnur durchschnitten. Das konnte er, in Polen hatte es ihm ein Arzt beigebracht, die wichtigsten Griffe der Geburtshilfe. Sie wußten ja nie, wo es Alma ereilen würde. Alma war schwanger gewesen und hatte in der sechsten oder achten Woche eine Fehlgeburt gehabt und war wieder schwanger geworden und hatte Blutungen bekommen, und wurde erneut schwanger, damit sie als vorgeblich deutsche Frau nicht zum Arbeitsdienst eingezogen werden konnte. Offenbar hatten die beiden ein intensives Liebesleben geführt, und das in diesen schreckensvollen Zeiten. Vielleicht gerade in solchen Zeiten.

Der Vernehmungsbeamte wiederholte ihre Angaben. Geboren, haben wir, Adresse, Straße, Hausnummer, nicht verheiratet, nicht geschieden, also ledig. Kinder?

Sie schüttelte den Kopf.

Er sah auf. So. Die beiden Zeigefinger hielt er zum Anschlag weiterhin bereit. Geburtsname der Mutter?

Was wollen Sie von meiner Mutter?

Den Geburtsnamen.

Meine Mutter erschrickt sich zu Tode, wenn die Polizei bei ihr erscheint. Es reicht doch, daß Sie mich haben. Sie haben meine Adresse, Sie haben meinen Namen, Sie haben meinen Paß. Ich sitze vor Ihnen, hier bin ich.

Wir benötigen den Geburtsnamen Ihrer Mutter.

Mühevoll wälzte sich ihre Zunge durch staubigen Sand, mühevoll krächzte sie: Auf keinen Fall.

Er sah sie verblüfft an.

Wir sind Juden. Verstehen Sie?

Das komme erst unter Religionszugehörigkeit, sagte er.

Meine Mutter hat nichts mit der Sache zu tun, glauben Sie mir. Ich bin allein gefahren.

Das wissen wir. Er stand auf. Aus einer Ecke des Zimmers holte er Wasser. Er brachte ihr ein Glas. Sie bedankte sich, sie trank in hastigen Schlucken.

Woher wußte der, daß sie allein im Auto gewesen war? Es gab also Zeugen. Selbstverständlich gab es Zeugen. Vor ihr und hinter ihr hatten Wagen gestanden. Es mußte viele Zeugen geben, die gesehen hatten, wie sie auf der Überholspur davongefahren war. Daran hatte sie bisher überhaupt nicht gedacht, nun stand ihr die Situation klar vor Augen. Sie hatte dem Soldaten ihre Karte gegeben, sie hatte mit dem Fahrer des Krankenwagens gesprochen, sich entschuldigt, daß sie dringend zu einem Termin müsse, und sogar ihm hatte sie ihre Karte gegeben. Dann war sie ins Auto gestiegen, hatte gestartet, der Wagen sprang sofort an, wieso auch nicht, an ihrem Auto war alles in Ordnung, sie war nach links ausgeschert und weggefahren in dem Gefühl, nichts versäumt und das Notwendigste geregelt zu haben. Der Soldat wurde versorgt, und sie konnte man morgen oder übermorgen erreichen und befragen. Erst der Polizeiwagen, der ihr begegnet war, hatte sie begreifen lassen, daß sie floh. Wozu brauchen Sie unbedingt den Geburtsnamen meiner Mutter?

Wegen der Identifizierung, antwortete er, mit dem Geburtsnamen der Mutter sei absolut keine Verwechslung möglich.

Bei den Indern, sagte sie unvermittelt gesprächig, sei es der Name des Vaters. Wenn Sie nach Indien einreisen, müssen Sie in jedem Formular ausfüllen father's name in full, keine Abkürzungen, sämtliche Vornamen, es muß der vollständige Name des Vaters sein. Waren Sie schon einmal in Indien?

Der Kriminalbeamte verneinte, er hielt noch immer seine beiden Zeigefinger über der Tastatur der Schreibmaschine.

Was komisch ist, fuhr sie fort, im Punjab, oben im Norden Indiens, heißen die Männer alle mit Nachnamen Singh und die Frauen Khan. Da nützt der Polizei father's name in full überhaupt nichts, und trotzdem verlangen sie danach in ihren Formularen.

Wollen Sie die Aussage verweigern? Er nahm seine zur Tat bereiten Zeigefinger aus dem Einzugsbereich der Schreibmaschine und legte seine Handflächen auf die Tischkante. Wenn Sie die Aussage verweigern, werden wir den Geburtsnamen Ihrer Mutter auf andere Weise ermitteln. Es koste ihn nur erheblich mehr Zeit, und für sie werde es sich ungünstig auswirken.

Gott behüte, murmelte sie, und dann nannte sie leise Almas vollständigen Geburtsnamen. Sie mußte ihn zweimal nennen, und beim dritten Mal buchstabieren. Während er Almas und damit ebenso Hedwigs Nachnamen in seine Maschine hämmerte, fragte sie, wie es ihm denn gehe. Irritiert sah er von seiner Tipparbeit auf. Sie meine den Motorradfahrer. Schweigend beugte er sich wieder über das Papier. Er konnte nur schreiben oder nur sprechen, beides zusammen konnte er nicht, und als er fertig war, drehte er das Formular in der Schreibmaschine ein paar Zeilen weiter nach oben. Darüber dürfe er ihr keine Auskunft geben.

Weshalb nicht?

Vorschrift.

Und womit muß ich rechnen?

Sind Sie geständig? Seien Sie nur besser gleich geständig!

Seine Aufforderung, zu gestehen, empörte sie. Sie hatte nicht vorsätzlich gehandelt. Am Auto keine Beule, keine Schramme, nichts. Er könne sich davon überzeugen, ihr Wagen stehe unten auf dem Parkplatz. Vielleicht bin ich an seinem Sturz überhaupt nicht schuld.

Das Telefon klingelte. Der Beamte sprach und ließ dabei seine Augen auf ihr spazierengehen. Als er auflegte, sagte er: Sie sind geflohen, das reicht.

Aber ich habe meine Visitenkarte dort gelassen. Ich habe sie ihm gegeben, und er hat sie genommen. Er hat der Polizei am Unfallort meinen Namen und meine Adresse geben können. Ich bin erst weggefahren, nachdem der Krankenwagen gekommen war.

Sie waren nicht am Unfallort. Fahrerflucht ist so gut
wie ein Schuldeingeständnis.

Hat der Mann eine Tätowierung am Arm?

Das darf ich Ihnen nicht sagen.

Er hielt ihr das Protokoll hin, er legte seinen Zeigefinger über die Zeile, in der sie zu unterschreiben hatte, und
er nahm den Finger erst fort, als ihr Name dort stand. Sie
schrieb langsam. Es war nicht mehr ihr Name. Sie schrieb
seinen Namen, sie erkannte in ihrer Unterschrift die
Schlaufen ihres Vaters. Sie hatte ihr Schuldeingeständnis
unterschrieben. Das Urteil war damit so gut wie gesprochen. Schuldig in vollem Umfang.

Danach plagte sie Angst um ihre Gesundheit. Sie verdächtigte ihre Innereien, tödliche Angriffe gegen sie vor-
zubereiten. Bei jedem Gang durchs Treppenhaus, die Stufen herunter oder hinauf, meinte sie, einen Geruch einzuatmen, der ihr schaden konnte. Sie versuchte, auf dem
Weg nach oben die Luft anzuhalten. Blieb sie halb erstickt
stehen, legte sie beim Einatmen vorsorglich Pauls Taschentuch über Mund und Nase. Sie hatte alles zugegeben und
das Protokoll unterschrieben. Wäre sie ihre eigene Anwäl-
tin gewesen, Argumente hätte sie gewußt, die sie vor einer
Verurteilung wegen Fahrerflucht bewahrt haben würden.
Bis in ihre Wohnung drang dieser Geruch. Zu einer Verhandlung vor Gericht brauchte es nicht zu kommen. Es sei
denn, der Soldat würde als Nebenkläger auftreten wollen.
Sie schloß die Tür und machte kein Licht. Das Treppenhauslicht brannte noch, unter ihrer Wohnungstür drang
Licht ein von draußen. Sie kniete sich auf den Fußboden
und schnüffelte am unteren Türrahmen. Der Geruch war

hier am intensivsten, hier strömte er ein in ihre Behausung, kroch über den Fußboden und die Wände hoch. Sie überklebte das Schlüsselloch mit einem Pflaster und legte eine Wolldecke gegen die Türschwelle.

Konrad Brümmel hatte sie wieder zum Essen eingeladen. Wieder in dasselbe Lokal. Diesmal aß sie gebratenen Knoblauch als Vorspeise und eine zweite Portion als Hauptgang. Er sah es mit Zufriedenheit, fand, daß sie stabiler wirkte, auch wohl zugenommen hatte, was nicht stimmte. Die Einbildungskraft war diesmal auf seiner Seite, und sie ließ ihn in dem Glauben. Während sie aßen und er aus der Kanzlei erzählte, verspürte sie den starken Wunsch, ihm alles zu sagen. Unglücklicherweise fiel er ihr zweimal ins Wort. Zweimal sprachen sie zeitgleich dasselbe aus. Ich muß dir etwas sagen. Nach dem zweiten Mal blickte er ihr tief in die Augen, bestellte die zweite Karaffe Rotwein, und sie lächelte.

Du bist mir wichtig, sagte er, schwieg eine Weile, und da sie nichts erwiderte, es hat übrigens jemand für dich angerufen, ein junger Mann. Wollte seinen Namen nicht nennen. Hat er dich zu Hause erreicht? Ich habe ihm natürlich nicht deine Nummer gegeben. Er hatte sie bereits.

Ein Jurastudent von früher, log sie, noch aus der Zeit, bevor sie das Studium habe abbrechen müssen.

Warum eigentlich, fragte er. Du hattest doch beste Aussichten, ein gutes Examen zu machen.

Darauf gab sie keine Antwort, behauptete statt dessen, sie habe sich inzwischen um die Wiederaufnahme ihres Verfahrens gekümmert.

Was denn? Ist das nötig? Ein Verfahren? Er lachte auf.
Sie hatte sich offenbar versprochen, nur, daß sie darüber
so erbleichte.

Was ist dir?

Ich meine natürlich Studium, mein Studium. Das Wie-
deraufnahmeverfahren. Es sieht recht gut aus damit.

Das freute ihn, und weil sie danach beide verstummten
und die Stille durch Kauen und Schlucken nicht gehörig zu
füllen war, fing er wieder an von dem jungen Mann, und sie
erklärte auf einmal, morgen nach Berlin fahren zu wollen.

Wegen der Chagall-Ausstellung? Beneidenswert. Er
lehnte sich in seinem Stuhl zurück. Werke aus aller Welt
sind zusammengetragen worden. Eine einmalige Gelegenheit.

Von der Ausstellung hatte sie nichts gewußt, nahm das
als ein gutes Vorzeichen, Chagalls Bilder hatte ihr Vater
geliebt, und wirklich fuhr sie am nächsten Morgen nach
Berlin, parkte ihren Wagen am Bahnhof Zoo, nahm die
S-Bahn zur Friedrichstraße, und von dort ging sie zu Fuß
zum Hauptquartier der Gestapo.

Das Machtzentrum der Nazis hatte in Ost-Berlin gelegen. Dafür konnte die DDR nichts. Es war ein ziemlich
langer Weg. Berlin war damit beschäftigt, seine ehemalige
und wieder vereinigte Mitte neu zu entwerfen, eine abge-
storbene Mitte, in vierzig Jahren Teilung dahingesiecht auf
vermintem Todesstreifen. In der ehemaligen Kunst- und
Gewerbeschule Prinz-Albrecht-Straße Nummer 8 hatten
die Geheime Staatspolizei und das Reichssicherheitshaupt-
amt ihre Zentrale gehabt, im Hauskeller ein eigenes Gefängnis mit Folterzellen. Nebenan, im prächtigen Hotel

Prinz Albrecht, saß die Reichsführung SS, und um die Ecke in der Wilhelmstraße 102 der SD, der Sicherheitsdienst der SS, im Prinz-Albrecht-Palais. Hier waren Himmler, Heydrich, Eichmann ein- und ausgegangen. Und hier kommt Paul die Straße entlang, an einem Sommertag Ende Juli 1943. In der Eckkneipe an der Leipziger Straße wartet Alma auf ihn, Hedwig haben sie bei den Pinkus' in Babelsberg gelassen. Überall Fahnen, vor jedem Haus Wachposten mit Maschinengewehr, überall die Staatskarossen der Mächtigen, schwarze Limousinen mit Hakenkreuz-Standarte, offene Militärfahrzeuge, schwere Motorräder und überall Uniformen, feldgraue und schwarze, SA und SS, Himmlers schwarze Totenkopf-Elitetruppe. Die Bombenangriffe auf Hamburg haben den Staatsapparat schwer erschüttert. Angriffe von so gewaltigem Ausmaß können jederzeit über Berlin hereinbrechen. Die Hauptstadt wimmelt von Flüchtlingen. Was sie zu erzählen haben, versetzt die Berliner in Angst und Schrecken.

Das müssen wir ausnutzen, hatte Paul zu Alma und Hedwig gesagt, wir dürfen keine Zeit verlieren. Er nimmt das Überleben der beiden Frauen in seine Hand. Er kann jetzt nicht mehr zurück. Und er will auch nicht. Durch die beiden Frauen wird sein Leben eindeutig, sie brauchen ihn, sie geben ihm Bedeutung, gemeinsam wollen sie es schaffen, und es kann ja nun nicht mehr lange dauern. Hamburg, die vielen Toten, diese erschütternde Verwüstung, der grauenvolle Anblick, das Entsetzen läßt hoffen. Nie hätte irgend jemand ihm, und am allerwenigsten er selbst sich zugetraut, was er nun tut und was zu tun für ihn daraus folgen wird. Er ist auf dem Weg ins Hauptquartier der Gestapo. Er war aus Krakau Hals über Kopf nach Berlin aufgebrochen, und von Berlin direkt nach Aumühle gefahren. Von dort in das brennende Hamburg und wieder nach Aumühle und zurück nach Berlin mit Alma und Hedwig. Sein Anzug ist verdreckt, die Hose zerknittert und ausgebeult, das Jackett an den Taschenaufschlägen eingerissen, sein Hemd ist völlig verschwitzt. Für seinen Auftritt bei der Gestapo genau die passende Garderobe.

In Aumühle, vor den Toren Hamburgs, beginnt ihr gemeinsamer Weg in die Illegalität. Paul muß feststellen, daß Alma und Hedwig doch noch etwas mehr als ihr nacktes Leben gerettet haben, nämlich ihre Papiere. Er nimmt die beiden Frauen mit auf einen Spaziergang in den Wald, und dort verbrennt er ihre Kennkarten. Jetzt sind sie namenlos. Er bespricht mit ihnen, was er vorhat. Sie werden aufs Bürgermeisteramt in Aumühle gehen, am besten jetzt zur Mittagszeit, sowieso sind alle Ortsämter in den Dörfern um Hamburg überfordert mit den vielen Flüchtlingen. In diesem gewaltigen Durcheinander empfinden sie, nur drei winzige Menschen zu sein. Sie können sich nicht vorstellen, was kurze Zeit danach geschieht: Die Gestapo Hamburg läßt Hedwig und Alma über die Jüdische Gemeinde suchen. Haus zerstört, Verbleib der Gesuchten unbekannt. Das Chaos ist auf ihrer Seite, daran glauben sie. Paul wird auf dem Amt in Aumühle ihre falsche, ihre arische Identität bezeugen. Hedwig gibt er den Namen seiner geliebten Mutter. Es ist sein Wunsch, und Hedwigs Augen laufen über vor Dankbarkeit. Sie sagt, was für ein Mensch er sei, ein wirklicher Mensch, und seine Zärtlichkeit für diese mütterliche Frau überwältigt ihn.

Alma will sich unbedingt ein Jahr jünger machen, 23 Jahre ist schon so alt, und wie sie aussieht, völlig abgerissen und ungeschminkt, wie kann Paul sie so lieben, aber er liebt sie, es muß ja so sein, warum sonst sollte er das alles auf sich nehmen, und nun wird sie endlich auf dem Papier Pauls Ehefrau, allerdings unter dem Namen einer anderen, die es nicht gibt. Als Adresse in Hamburg werden sie die Hammer Straße angeben. Die ist völlig zerstört. Der gesamte Stadtteil ist ein riesiger Schutthaufen. Davon hat Paul sich gestern überzeugt. Alles geschieht wie geplant. Die junge Beamtin in Aumühle ist dankbar, daß Paul ihr hilft. Der Bürgermeister sei zum Mittagessen nach Hause gegangen, und sie wisse nicht, wo ihr der Kopf stehe. Die Ausbombungsbescheinigung für Bertha Hartmann, verwitwete Wegner, ausgebombt mit ihrer Tochter in Hamburg-Hamm, diktiert er ihr in die Schreibmaschine. Jetzt brauchen Sie nur zu unterschreiben und abzustempeln, sagt er, und das tut sie. Das erste amtliche Papier mit der falschen Identität. Leider ohne Lichtbild. Es wird nur wenige Tage schützen können, und für die Einreise nach Polen reicht das ohnehin nicht. An der Grenze zu Polen, denn es gibt diese Grenze, obschon die Deutschen so tun, als gäbe es Polen nicht mehr, wird jeder, der sie passieren will, mit deutscher Gründlichkeit überprüft. Ohne besonderen Durchlaßschein kommt niemand ins Generalgouvernement hinein und niemand heraus, und um diesen Schein zu bekommen, benötigt man eine gültige deutsche Kennkarte mit Lichtbild.

Paul betritt das Hauptquartier der Gestapo. Gleich am Eingang erste Kontrollen. Überall SS und SA. Dort ist das

Amtszimmer mit der Aufschrift Passierscheine für das Generalgouvernement. Dort muß er hinein. Bevor er anklopft, rekapituliert er zum wiederholten Mal, was er sich zu sagen vorgenommen hat. In strammer Haltung und mit lautem Heil Hitler! betritt er den Raum. Drinnen herrscht die gleich Aufregung wie überall im Gebäude. Man steht beieinander und spricht über die Bombenangriffe auf Hamburg, Telefone klingeln, Fernschreiber rattern. In der linken Hand das Ausbombungspapier von Hedwig und Alma sowie seine gültige Kennkarte und seinen rechtmäßigen Durchlaßschein für Polen, wendet sich Paul an den ihm am nächsten stehenden SS-Mann. Mit seinen Erklärungen ist er noch nicht fertig, als alles im Amtszimmer aufhorcht und sich um ihn schart. Er hat eigentlich erst begonnen, von Hamburg zu sprechen und von seinen beiden Angehörigen, errettet aus den Bombennächten. Vom Gang und aus den Nebenzimmern laufen andere SS-Männer und Gestapobeamte herbei. Paul spricht weiter. Seine Frau und seine Schwiegermutter seien bei Bekannten in Berlin, völlig fertig, nervlich am Ende, unter Schock, zu Tode erschöpft, alles, wirklich alles verloren, nur das nackte Leben gerettet.

Die SS-Männer, die ihn umstehen, sagen ja, ja, aber er solle ihnen von Hamburg erzählen. Wie es dort aussehe? Wie man eine solche Katastrophe überstehen könne? Flüssiger Phosphor vom Himmel, wie das gewesen sei, wie heiß, wie hoch die Temperaturen, ob seine Leute dazu etwas hätten sagen können. Paul spricht von Flammenmeer, nicht zu bekämpfen, innerhalb von Sekunden rasend schnell sich ausbreitende Feuersbrunst. Die Ruinen beschreibt er, von unmenschlicher Hitze weiß er, Tierkadaver, Leichenberge, menschliche Überreste zur Unkenntlichkeit verkohlt.

Stille breitet sich aus. Niedergeschlagenheit und Bangigkeit sickern aus jeder Pore. Es riecht nach Angst. Paul empfindet Genugtuung. Und er hat nicht einmal übertrieben. Niemand spricht es aus, sie alle denken dasselbe wie er, allerdings von völlig entgegengesetzten Gefühlen begleitet. Hitlers Reich ist schwer angeschlagen. Hamburg war diesem neuartigen Bombardement hilflos ausgeliefert. Es wird nicht mehr lange dauern, und ein ebenso furchtbares Ende wird über sie alle kommen.

Das ist der richtige Moment, sich mit seinem Problem wieder in Erinnerung zu bringen. Paul hält das Papier aus Aumühle mit den falschen Namen in der Hand, er legt es auf den Schreibtisch vor den SS-Mann, nicht zu schnell, sondern mit dem gebotenen Feingefühl. Er legt daneben seine Kennkarte und seinen permanent gültigen Durchlaßschein ins Generalgouvernement. Was soll ich nun tun? fragt er den SS-Mann. Ich muß sie doch mitnehmen nach Krakau, meine Frau und meine Schwiegermutter, sie haben alles verloren, Wohnung, Kleidung, keine Papiere, nichts, sie haben nur noch mich. Auch das stimmt und ist keineswegs übertrieben.

Der SS-Mann am Schreibtisch greift zu zwei Passierscheinen und füllt sie aus, genau nach Vorlage der Ausbombungsbescheinigung, die Paul ihm hingelegt hat. Und mit der Hand schreibt er hinzu: Befreit vorübergehend vom Ausweiszwang. Er stempelt mit roter Farbe, dann unterzeichnet er mit seinem Namen in schwarzer

Tinte. Und Paul bedankt sich. Es sind zwar nur einmal gültige Passierscheine, nur gültig für die Einreise ins Generalgouvernement, aber es sind die ersten behördlich einwandfreien Dokumente, ausgefüllt mit den gefälschten Daten, bescheinigt und abgestempelt von der Geheimen Staatspolizei in Berlin.

Als Paul geht, wünschen SS und Gestapo ihm und seiner kleinen Familie alles Gute für die Zukunft.

X.

Noch am selben Abend war sie aus Berlin zurückgekehrt, und am Morgen danach stand sie früh auf, duschte, zog sich an, ging zum Bäcker hinunter, kaufte zwei Brötchen, ein dunkles Roggenbrötchen und eine helle Semmel, sowie nebenan am Kiosk eine Tageszeitung. Sie frühstückte auf ihrem Balkon, es war ein milder Septembertag. Schräg gegenüber lehnte ein Mann an der Balkonbrüstung, er hielt seine brennende Zigarette zwischen Daumen und Zeigefinger abgesenkt, um die Kippe so weit wie möglich herunterrauchen zu können. Paul hatte es ebenso gemacht. Der Mann sah sich dabei die Gegend an, wie jemand, der eine erste Nacht hier verbracht hatte, dann ließ er nach einem letzten Zug den Zigarettenstummel fallen, trat ihn aus und bückte sich, er warf die zertretene Kippe über den Balkon nach unten. Und in diesem Moment wurde ihr bewußt, daß ihr Vater tot war.

Vor ihr lagen die beiden Brötchen, und sie bestrich das helle mit Butter und Erdbeermarmelade und belegte das dunkle mit einem französischen Käse. Dazu trank sie Kaffee mit viel heißer Milch. Sie tat alles, wie sie es bis eben zu tun vorgehabt hatte. Bevor sein Tod ihr in zitternder Klarheit gegenübergetreten war.

Ihr fiel ein, nach seinem Taschentuch suchen zu müssen, und sie fand, daß sie es nicht bei sich trug. Sie verließ eilig den Balkon, suchte unter ihrem Kopfkissen, suchte in ihrem Kleiderschrank, in ihrer Handtasche, in ihren Jeans, in ihrer Kostümjacke, sie fand es nicht. Es würde im Auto sein, wahrscheinlich lag es auf dem Beifahrersitz. Sie nahm den Autoschlüssel von ihrem Schreibtisch und warf die Tür hinter sich zu. Sie rannte die Treppe hinunter, fünf Stockwerke, sprang, flog, stand auf der Straße und konnte auf einmal nicht mehr erinnern, wo sie gestern nacht ihr Auto gelassen hatte. Es war weinrot, unablässig wiederholte sie das Kennzeichen, lief den Bürgersteig entlang, glaubte genau zu wissen, ihr Auto nicht in ihrer Straße geparkt zu haben und erinnerte, in der Nacht mehrmals um den Block gekurvt zu sein. Sie hatte keine Lücke finden können und deshalb versucht, in einer großen Kurve, was verboten war, sich zwischen zwei Lastwagen zu klemmen, die dort standen und in aller Frühe wegfahren würden, bevor jemand sie aufschreiben konnte. Sie hatte es nicht geschafft, mit dem Hinterrad die Bordsteinkante hochzukommen, war wieder herausgerollt und weiter herumgefahren.

Jetzt meinte sie sogar, mehrere Straßen zu Fuß gegangen zu sein, bis sie zu dem Haus gekommen war, in dem sie wohnte, und dort war inzwischen eine Lücke frei geworden, in die hätte sie hineingepaßt. Manchmal parkte sie ihr Auto in der Nähe des Marktplatzes, zwischen der dicken Linde und der Einfahrt zur Ladezone für Supermarkt und Drogerie. In der vergangenen Nacht hatte dort ein Motorrad gestanden, eine schwere Maschine. Ihr Blick irrte über Autodächer, und überzeugt davon, Auto und Taschentuch verloren zu haben, glaubte sie für Momente sogar, nicht sie selbst zu sein.

Auf der Straßenseite gegenüber war ein älterer Mann damit beschäftigt, eine Autonummer aufzuschreiben, und sie blieb stehen. Schweißtropfen perlten ihr von der Stirn, mit dem Ärmel wischte sie sich über die Augen. Uniform trug er nicht. Sie ging zu ihm hinüber. Er war ein älterer Mann in olivgrünem Sakko mit grauer Schirmmütze, der plötzlich einen Strafzettel hervorzog und dienstlich zuschlug, einer von den Verkehrspolizisten, die bereits Rente bezogen. Vielleicht hatte er auch ihren Wagen aufgeschrieben und wußte, wo sie parkte. Den Kopf gesenkt, stand er vor dem Kofferraum und notierte das Kennzeichen. Ein Auto wie ihr Auto, und das Kennzeichen war ihre Nummer. Absolutes Halteverbot, sagte er, füllte weiter den Strafzettel aus, und da sie schwieg und überhaupt nicht protestierte, setzte er hinzu, das koste sie dreißig Mark, und von Rechts wegen hätte er sie eigentlich abschleppen lassen können.

Ein Blick genügte. Sie atmete auf. Es lag im Auto. Sie nahm den Strafzettel entgegen, bedankte sich überschwenglich, öffnete ihren Wagen, wartete, bis der Mann um die Ecke verschwunden war, steckte den Strafzettel an die Windschutzscheibe und ging, das Taschentuch küssend, beschwingten Schrittes zurück, fünf Stockwerke hinauf, und als sie oben ankam, stellte sie fest, daß sie sich aus ihrer Wohnung ausgesperrt hatte. Vor der Tür sackte sie zusammen. So konnte es nicht weitergehen, sie achtete nicht genug auf sich, vielleicht sollte sie doch die Tabletten von Konrads Ärztin nehmen. Dann durfte sie nicht mehr Auto fahren. Drinnen klingelte das Telefon. Ich muß heute noch zu Alma, dachte sie. Ihr fiel der Schlüsseldienst

ein, der in solchen Situationen anzurufen war und helfen
konnte. Von irgendwo telefonieren. Kannte sie überhaupt
jemanden in diesem Haus? Sie wohnte hier erst seit ein
paar Jahren. Im Stockwerk unter ihr klingelte sie an beiden
Türen. Niemand öffnete. Danach versuchte sie es an keiner weiteren Tür und schlich unten aus dem Haus.

In der Bäckerei sagte die Verkäuferin, sie dürfe nicht
privat telefonieren. Bitte, flehte sie, nur einmal, nur den
Schlüsseldienst. Ich muß so schnell wie möglich in meine
Wohnung. Hinter ihr standen Kunden, man wollte bedient werden. Tut mir leid, sagte die Verkäuferin, und
mit hochgerecktem Kinn zum nächsten Kunden: Sie sind
dran. Fünf Rundstücke, verlangte eine Männerstimme
hinter ihr. Sie sah sich um und sah in Gesichter, die mit
ihr unzufrieden waren. Warum sie nicht in eine Telefon-
zelle gehe, wurde gefragt. Man fragte nicht sie direkt, man
fragte untereinander.

Hatte sie ihr Portemonnaie bei sich? Nervös fuhr sie in
ihre Hosentaschen. Nichts, nur das Taschentuch und die
Autoschlüssel. Ihr Portemonnaie sah sie entleert irgendwo im Rinnstein liegen. Ein Notfall. Tränen traten ihr in
die Augen. Mein Herd brennt, mein Bügeleisen ist eingeschaltet. Was noch konnte sie sagen?

Versuchen Sie es doch woanders, forderte die Verkäuferin mit erhobener Stimme, während das runde Sägemes-
ser der Brotschneidemaschine kreischend durch ein Din-
kelmischbrot säbelte. Acht Scheiben wurden für die nächste Kundin abgeschnitten. Ich weiß keine Telefonnummer
von einem Schlüsseldienst, sagte die Verkäuferin. Sie sagte
es nicht zu ihr, sie sagte es zu der Frau, die gerade von ihr

bedient wurde. So etwas führen wir nicht. Haben Sie so was bei sich? Die Frau, die noch ein halbes Schwarzbrot wollte, lachte beinahe lautlos durch die Nase und verlangte außerdem ein Baguette, nein, nicht das, das andere, das auch nicht, und begutachtete den Kuchen oder vielleicht ein Stück von der Torte dort, und fand nach einer quälend langen Weile, daß es doch alles gewesen sei.

Sie stand da und konnte sich nicht entschließen, es in einem anderen Geschäft zu versuchen. Diese Möglichkeit gab es überhaupt nicht in ihr. Nur eine Kundin noch war zu bedienen, eine alte Frau. Gestützt auf einen Stock, mit schiefer Schulter und gekrümmtem Rücken, stand sie auf hochhackigen Schuhen, war sorgsam geschminkt, zog einen Einkaufswagen hinter sich her, mußte so um die neunzig sein, und die Verkäuferin sah erwartungsvoll zu ihr hinüber. Bitte sehr?

Aber statt zu sagen, welches Brot oder wie viele Brötchen sie haben wollte, empörte sich die Alte. Meine Güte! Das darf ja wohl nicht wahr sein! Jetzt lassen Sie doch die junge Frau endlich telefonieren! Wovor haben Sie denn Angst? Oder sind Sie aus der DDR? Bei uns brauchen Sie keine Angst zu haben.

Sie sei nicht aus der DDR, erwiderte die Verkäuferin.

Die Alte schnitt ihr das Wort ab. Wir leben hier immer noch in einer Demokratie, auch nach der Wiedervereinigung.

Genau wie Alma, dachte sie, wie meine Mutter.

Und das ist ja wohl ein Notfall, und wenn die Verkäuferin aus der DDR deshalb Ärger mit ihrem Bäckermeister bekäme, und so ging es noch ein paar Sätze weiter.

Schon begann die Verkäuferin ihr leid zu tun, da wandte sich die Frau ihr zu.

Gehen Sie mal nach nebenan zu meinem Türken. Der macht Ihnen das, der hat nämlich auch Sicherheitsschlösser.

Natürlich! Der türkische Schuster. Er kopierte auch Schlüssel. Sie bedankte sich bei der Frau, sagte, sie hätte eigentlich auch selbst darauf kommen können, denn er sei auch ihr Schuster.

Mein Schuster? Ich gehe da schon seit Jahren hin, da waren Sie noch gar nicht geboren. Tüchtiger Mann, besohlt mir meine Pumps, macht er sehr gut, ich trage nämlich nur Pumps, in anderen Schuhen kann ich überhaupt nicht laufen.

Endlich wieder in ihrer Wohnung, der Schuster hatte die Tür mit einer Scheckkarte geöffnet, es war ganz einfach gewesen, eigentlich erschreckend einfach, kehrte sie zurück auf den Balkon. Sie trank mehrere Glas Wasser nach der Aufregung, blätterte beiläufig in der Zeitung, die aufgeschlagen neben dem angebissenen Käsebrötchen lag, sie überflog Überschriften, suchte nach Meldungen über Verkehrsunfälle, betrachtete zwischendurch ihre Fingernägel, kurz gefeilt wie fürs Klavierspiel, was sie seit Jahren nicht wieder aufgenommen hatte, und das Instrument war auch längst verkauft. Dann fuhr sie zu ihrer Mutter.

Auf dem Weg dorthin räumte sie ihren Kopf leer von allem, was sie in den vergangenen Tagen erlebt hatte. Sie sang und fuhr dabei konzentriert und ruhig. Sie sang vom eiskalten Händchen, unterstützt von einer Tenorstimme aus dem Autoradio. Der weltbekannte Sänger auf Italienisch, sie auf Deutsch. So laut es irgend ging, ließ sie ihn singen, ballte in maßlosem Jubel die Faust, da Sänger und Orchester in der vom Komponisten vorgegebenen Generalpause für einen Takt verstummten. Und im nächsten Takt setzten mit dunklem Pizzicato Celli und Kontrabässe ein, ließen das Universum erzittern. So war ihr. Dankbar fühlte sie ihre Brust sich weiten im erneuten Aufrauschen aller Streichinstrumente. Von ferne zeigte die Ampel rot. Sie ließ den Motor sich verlangsamen, kuppelte aus und kam ohne zu bremsen akkurat vor dem Fußgängerübergang und gemeinsam mit den letzten im Piano verklingenden Tönen des Orchesters unter dem Taktstock des Dirigenten zum Stehen.

Obgleich sie sich nicht besonders stabil fühlte, zu wenig schlief, überreizt war und das Empfinden hatte, ihre Haut ließe, was auf sie zukam, durch die Poren in sie hinein, fühlte sie keine Erschöpfung, und es war diese Durchlässigkeit, vibrierend wie sommerhitzige Luft, die ihr Hochgefühle verschaffte. Sie wollte vor der Beerdigung unbedingt nach Krakau. Sie würde nicht fliegen und nicht den Zug nehmen, sondern in ihrem Auto wollte sie dorthin fahren, in ihrem Auto fühlte sie sich sicher und geborgen. Daran hatte der Unfall, an den sie jetzt nicht denken wollte, nichts geändert. Sie konnte auf der Fahrt nach Krakau ihre Musik hören, würde Verpflegung mit sich nehmen, und zurückgelegt war der Autositz sogar ein recht bequemes Bett. Von Hamburg mit dem Auto nach Polen, das war kein Problem mehr, seitdem vor zwei Jahren die DDR zu existieren aufgehört hatte. Zweifellos würde diese Reise anstrengend werden. Sie mußte es schaffen, sie mußte nach Krakau, solange ihr Vater noch nicht unter der Erde war. Daß sich der Beerdigungstermin verzögerte, schien damit irgendwie übereinzustimmen.

Bei Alma angekommen, war sie ausschließlich die Tochter ihrer Mutter. Eine seit langem geübte Schutzhaltung, mit der sie ihr Dasein vor der Elterngeschichte in Sicherheit brachte. Sie war nicht verheiratet, sie hatte keine Kinder. Was hatte sie zu erzählen? Geschichten aus der Kanzlei Brümmel & Partner, streng vertraulich natürlich. Paul hatte stets gern zugehört. Alma hatte geklagt. Und was hab ich von meiner Tochter? Was kann ich den Leuten sagen? Überall bekommen sie Kinder.

Manchmal hatte sie kleine Erlebnisse erfunden. Sie wollte vor Alma nicht inhaltslos sein. In diesen Tagen war das allerdings nicht nötig. Pauls Ableben füllte die Gegenwart vollständig aus. Jede Gewohnheit und jeder Gegenstand mußte sich neu ordnen. Klingelte es beispielsweise an der Wohnungstür und sprang Alma auf, das Gesicht angespannt, fehlte Pauls: Was soll denn nun sein? Du kannst dir Zeit lassen. In seinen letzten Jahren, von denen sie alle drei nicht ahnen konnten, daß es seine letzten sein würden, hatte er dabei öfter die Hand schützend auf seinen Magen gelegt.

Sein Brieföffner sah verwaist aus, und sie fragte ihre Mutter, ob sie ihn für ihren Schreibtisch haben dürfe. Alma gab ihr den Brieföffner, dazu die große Papierschere und ein Foto, das sie für ihre Tochter ausgesucht hatte. Es zeigte Paul vor fünf Jahren, Almas Ehemann, scheinbar völlig gesund.

Sie wollte dieses Bild nicht, sie nahm aus dem Schuh-
karton ungeordneter Fotografien eine Aufnahme heraus.
Paul in jener Zeit. Die Zeit, in der ihn seine Tochter heimlich und inzwischen täglich aufsuchte. Paul, dreißig Jahre alt, Paul, melancholisch verträumt in einem Sessel, die
Hand mit der Zigarette aufgestützt.

Meine Güte, waren wir verliebt, hörte sie ihre Mutter
sagen.

Dann ließ sie dieses Bild doch besser im Karton. Sie
suchte nach einem anderen, ähnlichen Foto, fand keines
und steckte es endlich in ihre Handtasche.

Die Aufnahme, sagte Alma, hat Jurek Harlowski gemacht, in Krakau, du weißt doch, Familie Harlowski. Und
wenngleich sie nickte und bejahte, daß sie wisse, begann
Alma die Geschichte der Familie Harlowski zu erzählen,
während ihre Tochter sich bemühte, nicht so genau hin-
zuhören, was zwecklos war, denn in ihrem Gedächtnis traf
jedes Wort auf seinen Vorgänger und bestätigte echohaft
die wiederholte Wiederholung. Sonst hatte ihr Vater seiner
Frau gegenüber gesessen, und sie war dabei gewesen. Jetzt
war ihr, als müßte sie Alma bestätigen, daß sie alles richtig
erinnerte, als müßte Pauls Tochter etwas von Paul wieder-
herstellen.

Ihre Mutter hatte Hühnerfrikassee gekocht, und da sie
sah, daß Alma in den vergangenen Tagen abgenommen
hatte, aß sie mit ihr und beobachtete genau, wieviel ihre
Mutter zu sich nahm.

Weißt du inzwischen, wann?

Alma sah vom Teller auf. Ich habe es dir gestern auf dein
Telefonband gesprochen. Genau heute in zwei Wochen

um elf Uhr. Hörst du das nicht ab? Ist alles in Ordnung bei dir? Warst du noch einmal beim Arzt?

Eine Ärztin.

Ist die auch tüchtig? Willst du nicht lieber zu Doktor Sommerfeld gehen? Du ißt ja überhaupt nichts. Und dann weinte Alma und schob ihr Hühnerfrikassee beiseite. Sie könne es nicht glauben. Sie fühle sich wie halbiert.

Aber ihre Mutter war in katastrophischen Situationen wie ein Diamant so hart. Sie kämpfte gegen den Impuls, bei ihr zu bleiben, und als hätte Alma die Gedanken ihrer Tochter lesen können, sagte ihre Mutter, sie wisse, sie müsse lernen, allein zu leben.

Und nun erzählte sie, entgegen der festen Absicht zu schweigen, ihrer Mutter von dem Vorhaben, nach Krakau zu fahren. Sie weckte in Alma alle Befürchtungen, die sie selbst in sich weggeredet zu haben meinte, und hitzig argumentierte sie dagegen, als wären es nicht ihre eigenen Bedenken. Viel zu anstrengend. Warum denn jetzt? Du kennst doch da niemanden. Wir könnten zusammen fahren, später, im nächsten Jahr. Beide regten sie sich furchtbar auf, und in dieser Stimmung trennten sie sich. Unten, auf der Straße, sah sie, bevor sie in ihr Auto stieg, am Haus hinauf. Alma stand am Fenster, öffnete es und rief hinunter, sei vorsichtig, komm gesund wieder, bleib gesund. Da konnte sie einsteigen, drehte ihr Seitenfenster hinunter, winkte, warf eine Kußhand hinauf und war glücklich. Gleich morgen oder vielleicht besser doch erst übermorgen würde sie nach Krakau fahren können.

Zu Hause hörte sie ihren Anrufbeantworter ab. Drei Nachrichten waren darauf. Ihre Mutter wegen des Termins der Beerdigung, Konrad Brümmel, den sie nicht zu Ende anhörte, und danach er, der Soldat. Er hatte seine Telefonnummer hinterlassen. Das überraschte sie. Aber wovor sollte der sich fürchten? Die Schuldige nach dem Gesetz war sie, und sie rief ihn an. Die Männerstimme, die sich nach elfmaligem Klingelzeichen meldete, klang verschlafen. Sie sagte nicht ihren Namen. Sie machte es, wie er es mit ihr gemacht hatte. Sie sprang ihn an.

Was wollen Sie von mir?

Ach so, Sie sind das. Sie hörte ihn sich recken und gähnen. Für ihn sei das nicht erledigt. Da sagte sie mit Entschlossenheit, sie wolle ihn treffen, und zwar heute. Damit das ein Ende hatte. Sie war schließlich eine gestandene Frau, sie war Juristin, nicht ganz fertig, aber so gut wie, sie kannte doch solche Typen aus unzähligen Verhandlungen. Der mußte erleben, daß sie keine Angst vor ihm hatte, sonst würde sie den nie loswerden.

Er war einverstanden. Dann kommen Sie aber hierher. Wo das sei? In Trittau. Warum nicht in Hamburg? Weil mein Motorrad kaputt ist, verdammt, und Ihr Auto ist ja wohl heil geblieben. Trittauer Mühle um siebzehn Uhr.

Was für eine Mühle?

Das sei ein kleines Gartenlokal, erklärte er, direkt am Fluß, leicht zu finden.

Nachdem sie aufgelegt hatte, klingelte es, und sie nahm sofort ab, ohne sich zu fürchten. Wer sollte es jetzt schon sein? Es war Konrad. Ob sie seine Nachricht nicht gehört habe, er mache sich Sorgen. Der ehemalige Student habe angerufen, und diesmal sei die Stimme nicht nett gewesen, sondern ziemlich impertinent.

Sag mir die Wahrheit. Was ist mit diesem Typ? Der verfolgt dich. Vielleicht hängt der mit dem Waffenhändler zusammen.

Wie kommst du darauf?

Der könnte im Zuschauerraum gesessen und dich im Gericht gesehen haben.

Was für ein Unsinn, Konrad, bitte, beruhige dich. Damit hat das alles überhaupt nichts zu tun.

Ist das wirklich ein ehemaliger Kommilitone von dir?

Nein.

Wer denn?

Ich habe einen Unfall gebaut.

Ist dir was passiert?

Nein. Sein Motorrad ist hin.

Und jetzt will er was von dir.

Nun ja, begreiflich.

Mach das nicht ohne mich. Versprich mir das.

Und sie versprach es ihm, legte auf, stellte sich vor ihren Kleiderschrank und bedachte genau, was sie zu dem Treffen mit dem Soldaten anziehen wollte. Ihr hellgraues Nadelstreifenkostüm, dazu den großen schwarzen Hut. Als sie fertig angezogen war, steckte sie sich die Ohrringe an, die sie aus Israel mitgebracht hatte, und schlüpfte in schwarze Wildlederpumps. Noch die Handtasche, den Stadtplan, Pauls Taschentuch, Portemonnaie, Haustürschlüssel, alles dabei.

Sie fuhr zu einer Tankstelle, tankte voll, ließ den Ölstand messen und den Reifendruck. So etwas tat sie sonst selbst, aber im Kostüm und mit großem Hut ließ sie es sich machen, kaufte noch eine Landkarte von Polen und eine Tafel Vollmilchschokolade. Sie fuhr, und der Stadtplan lag geöffnet auf ihrem Schoß, in großen Stücken biß sie von der Schokolade ab. Sobald es irgend ging, zog sie ihren Blick von der Straße und irrte auf dem Plan herum, ohne finden zu können, wo sie war. In etwa wußte sie den Weg. Er führte durch Stadtteile, in denen der Feuersturm damals alles verwüstet hatte und die nach dem Krieg schnell neu aufgebaut worden waren. Häuserreihen aus roten Ziegeln flankierten Straßenschluchten, vierspurig und sogar sechsspurig.

Dann wurde es ländlich, sie holperte über das Kopfsteinpflaster der alten Dorfstraße in Trittau, parkte ihren Wagen in der Nähe des Dorfteiches und sah in den Rückspiegel. Ohrringe, Lippenstift. Möglicherweise war er längst hier. Sie hatte sich etwas verspätet. Den Hut noch. Sie nahm ihre Handtasche und schloß den Wagen ab. Aus der Luft waren die städtischen Geräusche genommen. Hier war alles anders. Auch sie konnte eine ihr völlig fremde Dame sein, die zufällig in diesem idyllischen Winkel eine kleine Pause einlegte, bevor sie in ihr rasantes Leben zurückkehrte.

Am Dorfteich standen zwei Jungen, sie angelten. Wasser rauschte durch die Rechenanlage. Das Wort las sie auf einem Schild am Brückengeländer. Rechenanlage. Wahrscheinlich so etwas wie eine Schleuse. Und gleich hier war das von ihm bezeichnete Gartenlokal, nicht mehr als drei Tische. Auf einer schwarzen Tafel war mit Kreide Specksuppe und Kochwurst angeschrieben. Nichts für sie. Sie bestellte Apfelkuchen mit Sahne und dazu ein Mineralwasser. Es war noch milde genug, um draußen sitzen zu

152

können. Das Lokal schien leer zu sein. Der Wirt nahm ihre Bestellung stumm entgegen und brachte ihr gleich darauf Kuchen und Wasser.

Sie wußte nicht, wie er aussah. Sie kannte nur sein bleiches Milchgesicht unterm Stahlhelm. Vermutlich würde sie ihn nicht wiedererkennen. Wußte er, wie sie aussah? Vielleicht hatte er sie inzwischen beobachtet. Ihre Adresse wußte er. Ein altes Ehepaar kam vorbei auf seinem Nachmittagsspaziergang. Enten quakten und hoben sich mit naßschwerem Flügelschlag aus dem Wasser. Sie sah auf ihre Armbanduhr, und dann begann sie, den Apfelkuchen mit Sahne zu essen. Ihre Anspannung ließ nach, und der Kuchen schmeckte vorzüglich. Daß sie hier saß und aß, bewies doch eigentlich ihre Gelassenheit. Mochte er nur kommen. Sie war nicht allein. Da war der Wirt, und da waren die beiden angelnden Jungen, es gab Enten, von denen sich zwei auf der Brücke niedergelassen hatten, und nun kam auch noch ein alter Hund herangeschlichen, er zottelte unmittelbar an den Enten vorbei, die ungerührt weiter aufs Wasser sahen. Offenbar kannte man einander. Als es von einer Kirche sechsmal schlug, bezahlte sie und fuhr davon. Er hatte sie sitzen lassen. Eine Frechheit. Zu Hause war keine Nachricht von ihm auf dem Band. Dann nicht, sagte sie laut zum Telefon, und: Um so besser. Dann hat sich die Sache damit wohl erledigt. Sie zog sich vollständig aus und schlüpfte in ihren Bademantel.

Dunkel war es draußen geworden, und wie jeden Abend rief sie ihre Mutter an. Dort lief der Fernsehapparat. Sie sei unsagbar traurig, hörte sie Almas Stimme, belegt und heiser, aber das Leben gehe weiter, und wenn sie fernsehe, sei sie nicht allein, dann höre sie Paul, was er dazu sage. Ist das ein Wunder? Und eben haben sie den Kaiserwalzer gespielt. Ich habe eingeschaltet, und da war ein Orchester und spielte den Kaiserwalzer von Johann Strauß. Wie oft haben wir den getanzt. Das war ja der einzige Tanz, den er wirklich tanzen konnte.

Freitag abend war es, und Schabbes hatte schon begonnen. Sie öffnete eine Flasche Rotwein, stellte die zwei Leuchter auf den Tisch, zündete die beiden Kerzen an und sprach den Segen darüber. Morgen würde sie ihren Koffer für die Reise nach Krakau packen, und am Sonntag wollte sie fahren.

XI.

Zwei Tage war sie im Auto unterwegs gewesen, hatte in Poznań übernachtet, war am nächsten Tag weitergefahren nach Wrocław, hatte während des Fahrens mit viel Mühe die polnische Aussprache geübt, unter allen Umständen wollte sie vermeiden, Posen oder Breslau oder Krakau zu sagen, war also von Wrocław über kleine Landstraßen bis nach Kraków gekommen, hatte im Hotel ihr Zimmer bezogen, ein Einzelzimmer zur Straße hin, wusch sich rasch die Hände und ging hinunter, um im Restaurant eine Kleinigkeit zu essen. Kaum hatte sie Platz genommen und eine Gemüsesuppe bestellt, als ihr vom Nebentisch ein gemütlicher Dicker mit mächtigem Schnauzbart polnische Banknoten anbot. Im Reisebüro in Hamburg, wo man für sie die Hotelbuchung in Kraków gemacht hatte, war ihr von illegalem Umtausch abgeraten worden, man hatte sie regelrecht gewarnt. Aber der Kurs, den ihr der Mann nannte, und zwar völlig ungeniert nannte, war so günstig, daß sie einwilligte und für fünfzig Mark ein dickes Bündel erwarb, etwas über dreieinhalbtausend Złoty. Aller Voraussicht nach hatte sie nun viel zuviel polnisches Geld bei sich, die kleine Summe hinzugerechnet, die sie bei der Einreise an der Grenze eingetauscht hatte.

Heute war Montag, Freitag morgen würde sie zurück nach Hamburg fahren, und in der Woche darauf war die Beerdigung. Viel zu wenig Zeit für mehr als nur einen ersten Eindruck von Polen. Doch sie wollte wiederkommen. Die Landschaft war schön. In leichten Hügelbewegungen war sie über schmale Chausseen gefahren, entlang riesiger Getreidefelder, die in sanftem Auf und Ab bis an den Horizont reichten, hatte Pferdefuhrwerke und dreirädrige Lastwägelchen überholt, war unter alten Bäumen hindurchgeglitten und hatte manchmal angehalten, um die Luft einzuatmen, um von ferne auf kleine Häuser zu sehen, die aneinandergerückt ein Dorf ergaben. Und um sich zu fragen, ob wirklich und wahrhaftig sie es war, die hier im Auto durch Polen fuhr, kurzatmig und mit beschleunigtem Puls. Daß sie besser zu Hause geblieben wäre, geruht, geschlafen, sich besonnen hätte auf das, was ihr gerade geschehen war, wußte sie und floh davor. Er war gestorben. Das begriff sie. Unbegreiflich war ihr, daß es ihn nicht mehr gab. Sobald sie es zu denken versuchte, weigerte sich ihr Gefühl, mit ihrem Verstand zusammenzuarbeiten. Ihr war, als hätte durch seinen Tod sich etwas von ihrem Leben aus der Welt entfernt. Noch immer war in ihr die Durchlässigkeit, die sie an ihm wahrgenommen hatte. Man konnte nicht durchs Leben gehen und vor jedem Baum dankbar stehenbleiben, erschüttert über die Schönheit der herbstlich rostroten Kastanie, über die mächtige Buche, die schon einige Generationen überlebt hatte und, beklemmender Gedanke, wahrscheinlich auch sie überleben würde. Es wäre gut, im Mai herzukommen, wenn das Korn stand. Jetzt waren die Getreidefelder abgeerntet. Welche Pracht mußte sich dann entfalten.

In den Dörfern, durch die sie fuhr, war ihr die Armut nicht entgangen, die Genügsamkeit der Menschen. Alte

Leute mit stark verwitterten Gesichtern waren ihr unterwegs entgegengekommen, ein zotteliges Pferdchen am Seil führend, mit knotigem Stock eine Ziege vor sich her treibend. Wie aus einem deutschen Märchenbuch. Sie hatte sich gefragt, was elender sein konnte. Hier zu leben, in einer Bauernkate zwischen Hühnern, Ziegen und kläffenden Dorfkötern, mit den Nachbarn vertraut seit Generationen, oder vereinsamt im 26. Stock eines Hochhauses mit Wellensittich und Einbauküche? Solche Fragen waren unzulässig, sie wußte das. Niemand wurde in seinem Leben vor eine solche Wahl gestellt. Doch sie glaubte, Ziege und Hühner vorziehen zu wollen im Alter, denn sie hatte noch keine Ahnung von Gicht oder Rheumatismus, und erst recht nicht kannte sie den Geruch und die Härte einer feuchten Strohmatratze.

Nachdem im Restaurant der Geldumtausch zwischen ihr und dem Dicken zu beiderseitiger Zufriedenheit getätigt war, kam ihre Suppe. Fast machte es den Eindruck, als hätte der Kellner so lange gewartet, und während sie zu essen begann, wandte sich der Devisenhändler nicht etwa ab, sondern wünschte guten Appetit, und er könne ihr Theaterkarten besorgen, ob sie zum ersten Mal in Polen sei? Sofort hatte er deutsch mit ihr gesprochen, überhaupt schienen die meisten Gäste im Hotel Deutsche zu sein.

Sie überlegte, ob er ihr würde helfen können, die Adresse von Tadeusz Jackiewicz herauszubekommen. Im Krakauer Telefonbuch stand er nicht. Ihn wollte sie finden und besuchen, er hatte zur polnischen Widerstandsbewegung gehört, der Mann, der damals Buchhalter bei Welt-

157

burg gewesen war. Einmal hatte er Paul zu einer Aktion mitgenommen. Nachts waren sie in das Krakauer Präsidium eingebrochen.

In den Aufzeichnungen ihres Vaters fehlten an dieser Stelle mehrere Seiten, auf denen er den Einbruch und die Vorbereitungen dazu ausführlich geschildert haben mußte. Vielleicht hatte er die Blätter Jahre später, als er die zweite Textversion schrieb, für eine ausführlichere Darstellung herausgenommen, war dann davon abgekommen und hatte die Seiten schließlich verlegt. Oder konnte es auch nach 1945 Gründe gegeben haben, solche Details besser zu vernichten?

Da Paul nahezu konsequent in seinem Manuskript die Namen der Täter wegließ, die der Helfer und alltäglichen Helden jedoch genannt hatte, um ihren Mut und ihre Menschlichkeit zu würdigen, war davon auszugehen, daß er es mit den Partisanen, die er damals kennenlernte, genauso gehalten hatte. Und nach dem Ende der Naziherrschaft pflegte ihr Vater von Hamburg aus weiter den Kontakt zu Tadeusz Jackiewicz und zu anderen polnischen Freunden. Sie hatten sich geschrieben, und einmal hatte jemand in Hamburg an der Wohnungstür geklingelt, ein Mann mit zwei großen Koffern, jemand aus Polen.

Sie war damals noch nicht geboren, aber sie wußte davon. Es war in jener Zeit nach der Befreiung. Im Dunst dessen, was gewesen war und schon geleugnet wurde. Niemand wollte etwas gewußt haben, und man müsse auch vergessen können. Dagegen demonstrierten täglich vorm Rathaus Kommunisten und Sozialdemokraten. Sie trugen ihre Kazett-Kleidung, gestreifte Hosen und Jacken, darauf der rote Winkel der politischen Häftlinge. Selten sah man den gelben Judenstern. Paul hatte keine Arbeit. Sie hungerten. Auf den wenigen Fotos aus diesen Tagen sahen alle drei entsetzlich mager aus, Alma war nur Augen und Mund, Paul nur Nase und Brille, über Hedwigs fleischlosem Gesicht spannte sich trocken die Haut. Paul hatte ein paar alte Radios organisiert, die er bei Bauern einzutauschen versuchte gegen Kartoffeln und etwas Fett. Und auf einmal stand der Mann mit den zwei großen Koffern vor der Wohnungstür. Es war eine von den Geschichten, deren eigentlicher Sinn verborgen blieb, so oft sie erzählt worden war, und nicht etwa von Paul erzählt, der sie erlebt hatte, sondern von Alma, die nicht dabei gewesen war, und er hatte daneben gesessen, die brennende Zigarette zwischen den Fingern, den Mund auf seine Weise eigentümlich verzogen.

Paul war mit dem Mann und den Koffern sofort und Hals über Kopf aufgebrochen und erst nach einigen Tagen zu Alma und Hedwig zurückgekehrt, ohne den Mann, aber mit einem der Koffer, darin lagen fünf lebende Hummer. Und das war für Alma der Grund dieser Aktion gewesen, denn Hummer aß sie für ihr Leben gern. Was in den Koffern zuvor gewesen war, wurde nie gesagt, und der Name des Mannes war nie gefallen. Das war ungewöhnlich. Sie war als Tochter dieser Eltern angefüllt mit Namen und Beziehungszusammenhängen von Menschen, die sie nicht gekannt haben konnte und niemals würde kennen lernen können. Tote, Verlorene, Verschwundene. Wenn aber nun der Koffermann Misch gewesen war? Oder Leimann? Hatte Paul geholfen, Spuren zu verwischen für ein paar Hummer? Denn Weltburg konnte es nicht gewesen sein. Der hatte einen wie Paul nicht nötig gehabt. Ihr Vater hatte am Ende seiner Aufzeichnungen in einem Nachsatz notiert: Nach dem Krieg und als die Machthaber des Naziregimes abtraten, wurde ausgerechnet dieser Mann Leiter für die Entnazifizierung der Fachgruppe Export.

Es mußte einen Grund für die Namenlosigkeit des Koffermannes geben. Genauso wie es einen Grund gab für das Verschwinden der vier bis fünf Textseiten aus Pauls Aufzeichnungen. Nicht einmal wie viele es tatsächlich waren, konnte sie wissen, da ihr Vater versäumt hatte, die Seiten zu numerieren. Würde sie wagen, in ihrer Rede Namen zu nennen? Nicht einmal den Namen des Dorfes, in dem ihre Eltern die letzten Wochen vor der Befreiung sich verborgen gehalten hatten, würde sie angeben. Noch immer lebte Familie Misch dort, inzwischen in der vierten Generation, deutlich zu Wohlstand und damit zu Ansehen gekommen. Wahrscheinlich waren die Seiten von ihrem Vater mit Vorbedacht entfernt worden.

Der Einbruch ins Krakauer Präsidium hatte im Sommer 1943 stattgefunden, etwa einen Monat nach den katastrophalen Bombenangriffen auf Hamburg. Norddeutsche wurden nach Polen umgesiedelt, und zunehmend zogen Hamburger nach Krakau. Die Stadt war überfüllt. Paul, Alma und Hedwig wohnten die erste Zeit im Hotel Narodowy. Nicht ausgeschlossen, daß ihnen auf einmal jemand begegnete, jemand aus Hamburg, der genau über sie Bescheid wußte. Durch die Hotelhalle eilte ein Page und rief den Namen eines Herrn aus, der an die Rezeption gebeten wurde. Blitzgespräch für Herrn Mecklenburg! rief der Page. Paul und Alma standen in der Nähe der Rezeption, sie sprachen mit einem Polen, ein guter Bekannter namens Bohdan, der selbstverständlich nicht wissen durfte, daß Pauls Ehefrau jüdisch war, und sie wußten nicht, daß dieser nette Pole mit den Nazis kollaborierte. Der Page lief an ihnen vorbei. Sie hörten ihn den Namen ausrufen: Blitzgespräch! Herr Mecklenburg! Blitzgespräch! Mecklenburg hieß der Gestapobeamte, bei dem sie nach Pauls Verurteilung wegen Rassenschande die Trennungsurkunde hatten unterschreiben müssen. Alma, sie war nicht aus Fuhlsbüttel entlassen worden, hatte man in Handschellen zur Gestapo gebracht. Auf dem Flur sah Paul sie kommen, nach Wochen das erste Wiedersehen. Keine Möglichkeit, nur ein Wort miteinander zu wechseln. Zur Unterschrift waren sie einzeln aufgerufen worden in das Büro von Obersturmbannführer Mecklenburg, Jurist im Judenreferat der Hamburger Gestapo an der Rothenbaumchaussee, der schöne Altbau hatte der Jüdischen Gemeinde gehört. Alma wankte, Paul nahm ihren Arm, sie konnten nicht fort, der Pole redete auf sie ein, und in ihrem Rücken näherte sich eiligen Schrittes ein Mann, der Herr Mecklenburg war. Ein anderer Herr Mecklenburg.

Wenige Tage darauf teilte der Empfangschef ihnen mit, sie hätten das Hotelzimmer innerhalb von drei Tagen zu räumen. Die Ausbombungsbescheinigung der beiden Frauen und die Genehmigung der Berliner Gestapo zur Einreise ins Generalgouvernement genügten nicht mehr. Anweisung der deutschen Behörde. Bombengeschädigte aus dem Reich mußten sich registrieren lassen. Wer seine Papiere nicht vollzählig beisammen hatte, Kennkarte mit

Lichtbild, Ariernachweis, mußte die Dokumente aus dem Reich anfordern. Leider waren in Hamburg das Einwohnermeldeamt, die Finanzbehörde sowie die Gestapo im Bombenhagel unbeschädigt geblieben. Auf Schritt und Tritt wurde jetzt in Krakau kontrolliert, manchmal erwischte es einen vier- bis fünfmal am Tag, auf der Straße, in den Hotels und Gaststätten, in Geschäften und Straßenbahnen, bis in die Wohnung. Ausweiskontrolle. Wo sollten sie hin? Wo konnte Paul mit Alma und Hedwig unterkommen?

Leimann half. Zwei Zimmer wurden gefunden. Die Wirtin trug das Parteiabzeichen am Busen. In jedem Zimmer hing der Führer an der Wand. Am Morgen mahnte sie Paul, ihr für die behördliche Anmeldung endlich die deutschen Kennkarten der beiden Frauen zu geben, am Abend brachte er ihr eine Kleinigkeit mit aus Weltburgs reichhaltigem Warenlager. An jeder Straßenecke stand es angeschlagen. Alle Reichsdeutschen mußten im Besitz einer gültigen Kennkarte mit Lichtbild sein. In Pauls Büroschreibtisch stand nun immer eine Wodkaflasche. Abends, wenn sie im Zimmer beieinandersaßen, beruhigte er Alma und Hedwig, spielte ihnen vor, er habe Beziehungen, ich bin doch euer Held, er habe es bislang immer geschafft, oder etwa nicht? Leise, Paul, die Wirtin! Und er flüsterte mit schwerer Zunge und vom Alkohol stark durchtränktem Atem, er werde alles regeln, sah Almas und Hedwigs dunkel zweifelnde Augen, beide Frauen hingen wie Ertrinkende an ihm, und er kippte Wodka in sich hinein, verlaßt euch auf mich. Spät nachts brachte ihn Alma über den Flur in sein Zimmer. Dort fiel er neben ihr in einen rauschhaft unruhigen Schlaf. Tagsüber gab er im Büro den glücklichen Ehemann, dessen junge Frau nun endlich zu ihm aus Hamburg gekommen war.

An einem solchen Tag nahm Paul seine Wodkaflasche aus dem Schreibtisch und verzog sich ins Warenlager. Buchhalter Jackiewicz kam zwischen zwei Regalen auf ihn zu. Paul wollte sich abwenden, auch dieser freundliche Pole durfte nicht sehen, daß ihm Tränen in den Augen standen. Tadeusz Jackiewicz war ein zurückhaltender Mensch. Daß er nun Paul den Weg versperrte und ihn sogar am Arm festhielt, an dem Arm, der die Wodkaflasche zum Mund führen wollte, war ein Vertrauensbeweis. Ob Paul Sorgen habe? Ob er ihm irgendwie helfen könne, flüsterte er.

Ohne Umwege als ein Mensch, der nichts mehr zu verlieren hatte, fragte Paul, ob Jackiewicz Beziehungen zur polnischen Widerstandsbewegung habe. Erschrocken wich der Pole vor dem Deutschen zurück. Auf schmalem Grat in dünnster Luft standen sie voreinander, und Jackiewicz hörte den deutschen Mann flüstern, es sei für zwei Freunde, politische Flüchtlinge aus Hamburg. Still war es zwischen den Regalen und zwischen den beiden Männern.

Drei Zyankalikapseln hatte Paul im Schleichhandel besorgt. Wie Hedwig und Alma trug er seine bei sich. Vor wenigen Minuten hatte er vorgehabt, hier, zwischen den Regalen, seine Kapsel im Mund zu zerbeißen und mit viel Wodka nachzuspülen. Doch als er leise ins Warenlager eingetreten war, hatte er gewußt, daß er nicht einmal mehr diese Freiheit besaß. Nie zuvor in seinem Leben hatte er sich so rettungslos allein gefühlt wie bei diesem Gedanken. Er durfte Alma und Hedwig niemals mehr verlassen.

Jackiewicz lächelte mich mit einem eigenartigen – und hier brach in den Aufzeichnungen ihres Vaters die Zeile ab. Das letzte Wort war in den untersten Rand des Schreibmaschinenpapiers abgerutscht, und die folgende Textseite, die aber nicht die eigentlich folgende war, begann mit den Worten: überstempelte sie, und in rasender Fahrt ging es zurück, dreißig Minuten hatte die Sache gedauert, ich schlich mich wieder in mein Zimmer, zog mich aus, schlüpfte in meine Pyjamahose, und mit wirrem Haar weckte ich unsere Wirtin. Ich bat sie um eine Kopfschmerztablette. Das sollte mein Alibi sein. In den nächsten Tagen machte ich mir oft einen Weg ins Präsidium. Als Angestellter von Webu war das nicht schwer. Der Einbruch war so geschickt mit Nachschlüsseln ausgeführt worden, daß man nichts gemerkt zu haben schien.

Zweifellos war Paul vorher von Jackiewicz zu ein, zwei Treffen der Widerstandsbewegung mitgenommen worden, denn die Partisanen hatten sich vor dem Einbruch ins Präsidium davon überzeugen müssen, daß er kein Spitzel war. Er hatte in einem Keller zugesehen, wie sie auf Kartonmaterial, in Farbe und Aufmachung täuschend ähnlich, deutsche Kennkarten druckten. Nur leider war die Pappe nicht von Leinwand durchzogen wie die der echten Kennkarten. Deshalb sollten die gefälschten Ausweise, nachdem das Lichtbild eingeheftet sowie überstempelt und jede nötige Angabe zur Person samt Fingerabdruck eingetragen worden war, in eine Cellophanhülle eingeschweißt werden. Vorder- und Rückseite würden zu lesen sein, das verräterische Material indessen konnte man nicht mehr befühlen. Bevor das geschah, mußte alles mit

Hakenkreuz und Reichsadler abgestempelt werden. Dieser Stempel mußte unter allen Umständen der echte sein. Und darum brachen sie nachts ins Präsidium ein, in den Taschen Dutzende falscher Kennkarten mit arischen Namen und Fingerabdruck. Paul war dabei.

Keiner der Partisanen hatte etwas gesagt, als er die Namen von zwei Frauen nannte und dazu die Lichtbilder von Alma und Hedwig auf den Tisch legte. Seine politischen Freunde aus Hamburg. Tadeusz Jackiewicz hätte fragen können, wozu die arische Ehefrau eines Reichsdeutschen eine gefälschte Kennkarte brauchte. Er tat es nicht. Erst vor ein paar Tagen war die junge Frau aus Hamburg, die auf dem Lichtbild die Augen aufriß, überraschend im Büro von Weltburg erschienen. Alma, von Eifersucht geplagt, hatte wissen und sehen wollen, wer Pauls polnische Kolleginnen waren.

Durch das Restaurant zog eine deutsche Reisegruppe. Die Gäste suchten ihre Tische, man lachte und war guter Dinge. Sie würde von sich erzählen müssen, sie war aus Deutschland, aber sie war auch Jüdin. Vielleicht mochte der freundliche Dicke Juden nicht. Daß ihr deutscher Vater kein Nazi gewesen war, nahm er bestimmt nicht an, er würde ihr ohnehin nicht glauben. Wahrscheinlich hörte er so etwas oft von deutschen Touristen. Lebte Tadeusz Jackiewicz noch, dann mußte er über achtzig sein, er war älter als Paul gewesen.

Ich suche jemanden, sagte sie, da der Pole begonnen hatte, Prospekte und Postkarten hiesiger Sehenswürdigkeiten vor ihr auszubreiten. Er hielt inne und sah sie aufmerksam an. In seinem Blick erkannte sie Wachsamkeit.

Auf ein Handzeichen von ihm kam der Kellner herbei und brachte zwei Wodka. Polen sei groß, hörte sie ihn sagen, viele große Städte.

Ihre Augen wanderten über die Ansichtskarten. Sie zeigte auf die Tuchhallen, unter deren Vordach ihr Vater gesessen und polnische Vokabeln gelernt hatte. Krakau war im Gegensatz zu Warschau nicht in die Luft gesprengt worden. Die Deutschen hatten es zwar bei ihrem Rückzug vorgehabt, aber die Russen waren schneller gekommen als erwartet.

Polens schönste Stadt, hörte sie ihn sagen. 760 Baudenkmäler, meine Dame, viel Mittelalter, die Tuchhallen gebaut von einem großen Bildhauer Italiens. Er nannte den Namen. Sie kannte ihn nicht. Ich mache Ihnen eine Führung, nur für Sie, Extraführung. Hatte sie so viel Zeit? Sie überlegte, und er rückte vom Nebentisch auf seinem Stuhl etwas näher an sie heran. Mögen Sie mich ausprobieren, meine Dame, wollen wir erst finden, wen Sie suchen in Krakau. Ich kenne manche Leute.

Bislang hatte er Kraków gesagt. Daraus wurde nun Krakau. Sie nannte den Namen Lech Kowalski, der Mann, dem Paul die hundert Fläschchen Vigantol besorgt hatte.

Er lächelte.

Sie kennen ihn?

Erlauben Sie. Er nahm die Postkarten, faltete die Prospekte zusammen, steckte alles in die Seitentasche seiner voluminösen Lederjacke und hob sein Glas. Sie tat es ihm gleich, nippte vorsichtig, und bevor sie ihr Glas wieder absetzen konnte, hatte er den Wodka hinuntergestürzt. Kowalski, wiederholte er und betupfte sich mit einem Taschentuch die Oberlippe, das sei ein so schöner und seltener Nachname wie in ihrer Heimat Meyer oder Schmidt.

Das Wort Heimat berührte sie merkwürdig, und sie überlegte, ob sie es auf sich sitzen lassen sollte. Abermals kam der Kellner herbei und brachte zwei Wodka. Sie wehrte ab. Ritterlich kippte der Dicke beide unter seinen Schnauzbart, und danach stellte er sich vor. Er hieß Bohdan, mit scharfem ch sprach er seinen Namen aus, und daß es sein Vorname war, begriff sie gleich. Auch sie nannte bloß ihren Vornamen, und dann sprach sie von der Firma Weltburg, wobei sie hoffte, ihm würde der Name etwas sagen. Er mußte damals ein Schuljunge gewesen sein, um die zwölf oder vierzehn Jahre alt.

Ob Weltburg ihr Vatername sei, fragte er.

Nein, aber nein! Sie verneinte ganz entschieden. Ihr Vater sei in der Großhandelsfirma Weltburg angestellt gewesen, ein kleiner Angestellter, wie übrigens gleichfalls ein Pole namens Tadeusz Jackiewicz, damals Buchhalter. Ihm zu begegnen, sei ihr wichtig. Sie hoffe, er sei noch am Leben.

Und Ihr Vater? Darf ich um seinen Namen bitten?

Sie zögerte. Warum zögerte sie eigentlich? Fast fünfzig Jahre waren vergangen, Deutschland war ein freies Land, in Polen gab es die Solidarność, eine Bewegung, dank derer sich vor drei Jahren sogar in der DDR Widerstand gebildet hatte, und inzwischen waren die beiden deutschen Teile mit Zustimmung der umliegenden Länder zu einem neuen Deutschland vereint. Aber sie zögerte. Bohdan hatte auch der polnische Kollaborateur in Krakau geheißen. Der mußte heute vermutlich so alt wie Tadeusz

Jackiewicz sein. Den Devisenhändler schätzte sie auf Ende fünfzig.

Wenn ich, hörte sie ihn sagen, jenen Tadeusz Jackiewicz finde, wird er mich fragen, wie heißt der deutsche Mann? Sie verstehen?

Sie verstand. Und sie nannte ihm den vollständigen Namen ihres Vaters. Auch seinen Spitznamen nannte sie, Pan Amerykański.

Bohdan erhob sich, er küßte ihr unter seinem mächtigen Schnauz mit gespitzten Lippen die Hand zum Abschied. Sie werde von ihm hören, wenn nicht heute, dann morgen. Er gab dem Kellner ein Zeichen, zündete sich im Stehen eine Zigarette an und verließ das Restaurant auf Gummisohlen in kurzen, quietschenden Schritten.

Sie kehrte in ihr Hotelzimmer zurück, schloß die Tür hinter sich ab und trat ans Fenster. Auf der gegenüberliegenden Seite einer mehrspurig stark befahrenen Straße sah sie gewaltige Gebäude, martialisch abweisend, möglicherweise stalinistische Baukunst. Nein. Das war unverkennbar NS-Architektur, das war eine Festung, die sich am Außenring der Altstadt Krakaus entlangzog. Dort drüben war ihr Vater ein- und ausgegangen.

Ich war als Angestellter der deutschen Firma Weltburg ein Verbindungsmann zu den NS-Behörden. Stets als strammer Deutscher getarnt, suchte ich, Leute kennenzulernen, deren Zuständigkeit ich für mich, für uns nutzen konnte.

So nahe war er diesen Leuten gekommen. Sie zog die weiße Gardine zu. Mein armer Vater, dachte sie und öffnete ihren Koffer. Sie nahm ihr Waschzeug heraus, legte es

auf das Glasbord über dem Waschbecken und hing Mantel
und Schal in den Schrank. Sie dachte an Konrad Brümmel. Sie dachte nie ohne seinen Nachnamen an ihn.
Wenn sie wollte, konnte es etwas werden. Wollte sie? Ihr
war, als dürfte sie nicht. Wenn er Jude wäre, deutscher
Jude. Wo sollte sie in Hamburg einen deutschen Juden
finden? In ihrem Alter? Und bitte unverheiratet. Sie ging
auf die Vierzig zu. Deutsche Juden in ihrem Alter gab es
nicht in Deutschland. Nur russische Juden, und zur jüdischen Gemeinde hatte sie sowieso kaum noch Kontakt.
Alma war ausgetreten, ihrer Mutter lag das nicht, und
nach dem Tod ihrer Großmutter hatte sie sich nicht mehr
dorthin getraut, nicht allein. Anfangs hatten ihre Eltern in
Hamburg die Nähe zu anderen Juden gesucht. Aber Juden
suchten nach einem irgendwie normalen Leben, und das
war in Deutschland mit andern Juden nicht möglich.
Alma und Paul wollten ausgehen, sie wollten sich amü-
sieren. Und trafen dabei auf welche Leute? Als Kind hatte
sie ein Gespür dafür gehabt, wenn ihr Vater sich tief zu-
rückzog. Er gehörte zu den Deutschen, und er war anders
gewesen. Alma hatte ihren jüdischen Ort. Er hatte seinen
Ort verloren. Heute konnte sich alles das unheimlich und
vertraut in ihr beleben und auf neue Weise mischen.

Aus Israel zurückgekehrt, hatte sie die Ansage auf
ihrem Anrufbeantworter durch einen hebräischen Text er-
gänzt. Sie wollte etwas mehr Eindeutigkeit in ihr Leben
bringen, wenigstens auf dem Anrufbeantworter, gesprochen in ihrer Stimme und zu hören in ihrer Abwesenheit.
Wozu denn diese jüdischen Wörter, hatte Alma gefragt,
kann das überhaupt jemand verstehen? Da hatte sie ihre

169

iranisch-jüdische Freundin aus dem Jerusalemer Ulpan, der Schule für jüdische Einwanderer, hervorgeholt. Pharangis könne außer Persisch nur Hebräisch. Und ruft sie denn manchmal an, hatte Alma wissen wollen. Oh ja! Und mit Bedeutung hatte sie erzählt, Pharangis schicke ihr regelmäßig Briefe für die Familie in Teheran, und sie bringe diese Briefe in Hamburg auf die Post, weil der Iran nichts akzeptiere, was aus Israel komme. Da konnte Alma mal sehen, daß auch ihre Tochter zu tun hatte mit der Verfolgung von Juden in der Welt.

Den Kalender in ihrem Computer hatte sie umgestellt. Der siebte Tag der Woche war bei ihr der Sonnabend, Schabbat, Schabbes. Ergab es sich, ließ sie in ihrem kleinen Bekanntenkreis fallen, wenn Pessach war, weil die anderen Ostern feierten. Und kam das Jüdische Neujahrsfest heran, nannte sie die Zahl, zur Zeit schrieb der jüdische Kalender das Jahr 5752. Das waren 3760 Jahre mehr als der christliche Kalender zählte. Von selbst kamen die anderen nicht darauf. Sie mußte es sagen, sie nannte die Jahreszahl, sah in höfliches Staunen und empfand die Fremdheit ihrer eigenen Welt.

Aber in die Synagoge ging sie nicht. Inzwischen kannte sie dort niemanden mehr. Sie fürchtete sich, von den israelischen Soldaten, die am Eingang Taschen und Pässe kontrollierten, nicht eingelassen zu werden. Als sie aus Israel zurückkam, hatte sie den Davidstern an einer Halskette getragen, anfangs mit Herzklopfen in Hamburg, dann mit Freude. Sie ging zu Veranstaltungen, auf denen Deutsche über tote Juden Vorträge hielten. Im Publikum suchte sie nach anderen Juden. Einer jungen Frau war in der U-Bahn der Davidstern vom Hals gerissen worden. Sie hatte es in der Zeitung gelesen. Seitdem lag ihrer in einem roten Kästchen auf Watte gebettet.

Sie hob den Telefonhörer und ließ sich von der Rezeption ein Amt für ein Ferngespräch geben. Seine Nummer wußte sie auswendig. Sie steckte ihren Finger in die Wählscheibe und drehte eine Zahl nach der anderen. Wie er hieß, wußte sie noch immer nicht.

Das Rufzeichen kam.

Hallo?

Das war seine Stimme. Sie nannte ihren Namen, sie sprach ihn betont klar und deutlich aus.

Ach, Sie wieder.

Warum sind Sie nicht gekommen? Wir waren verabredet in der Trittauer Mühle.

Er lachte leise. Meinetwegen können wir uns jetzt treffen. Ich bin in Hamburg. Sagen wir im Alsterpavillon?

Ich bin nicht in Hamburg.

Wo sind Sie denn?

Ich bin in Krakau. Das war mit Bedeutung gesprochen, mit einem Unterton von Selbstbehauptung und sogar von Würde. Sie war hier, in Polen, um etwas für ihren Vater zu tun. Was genau, hätte sie nicht sagen können, aber daß es so war, wußte sie. Für ihren Vater und für sich wollte sie etwas tun.

In Krakau. Wieder hörte sie ihn leise lachen. Wollen Sie sich Auschwitz ansehen?

Langsam legte sie den Hörer auf die Gabel, langsam setzte sie sich aufs Bett. An Auschwitz hatte sie überhaupt nicht gedacht. Und ausgerechnet er, ausgerechnet der mußte sie daran erinnern. Auschwitz war nicht weit von hier. Im Nebel der weißen Gardinen sah sie die martialischen Bauten von gegenüber als eine geschlossene Front näherrücken. Mein armer Vater, dachte sie und schloß die Augen. Mein armer Vater. Sie wandte sich von der linken auf die rechte Seite, um ihr hämmerndes Herz nicht zu erdrücken. Im Schlaf glaubte sie, wach zu liegen. Alles vollzog sich schnell. Vom Rhythmus angetrieben, eilte sie hinterher, sprang auf den letzten der Güterwaggons, wollte etwas sagen, denn das war ja unglaublich, im Leben hätte sie das nie gekonnt. Doch es war aussichtslos, selbst zu Worte zu kommen. Stimmen bevölkerten ihren Kopf. Gewissenhaft wurde memoriert und debattiert.

XII.

Über Schienen saust der Güterwaggon in die Dunkelheit. Eine Rangierlok hat ihn angestoßen und von hinten auf die Puffer genommen. Ich höre dich klagen. Der Liegestuhl ist unter dir zusammengebrochen. Ich muß meinem Vater aufhelfen. Die Wodkaflasche rollt über die Ladefläche des Lastwagens und zur offenen Hecktür hinaus. Sie wird zerbrechen auf den Planken des Güterwaggons. Cholera piorunie! Machen wir es uns leicht das schwere Leben. Für eine Flasche Wodka gibt dir der Mann von der Bahndirektion Dziedzice das Papier. Du mußt es an jeder Station vorzeigen. Sie kontrollieren überall. Laß mich sehen. Hast du es gefälscht? Ist das echt? Viele Stempel. Damit bringt die Reichsbahn dich und deinen Lkw nach Westen. Du hockst im Laderaum des Lastwagens. Der ist euer Heim. Der ist euer Versteck. Du bist allein. Du mußt mit. Ihr müßt euch trennen. Sonst wird der Wagen von Deutschen beschlagnahmt oder gestohlen von Polen. Das kommt auf dasselbe hinaus.

Du gehst, und du kehrst zurück. Sie warten auf dich. Sie können nur warten. Ich muß mit dir reden, damit du nicht verschwindest. Du bist ja tot. Das wissen wir beide. Ich muß dich fragen. Du weißt schon. Dieser Satz. Daß es wie dort war. Du weißt schon. In vielen Dingen wie dort. So schreibst du, und ich las, in manchen Dingen der Hölle der Konzentrationslager vergleichbar, doch du schreibst, in vielen, in vielen Dingen, und ich war bei manchen Dingen schon erschrocken gewesen. Wer darf so schreiben und ist nicht von dort gekommen. Ich muß dich fragen. Man darf mich nicht aufhalten. Er ist mein Vater. Er entschwindet mir sonst, und ich erwische ihn am Taschentuch. Ich weiß. Erinnerung schläft am Tag. Was weißt du? Finsternis frißt Stille. Es ist das Stück Haut. Darauf das Schin, das Zeichen für Schadai. Ich habe es zu mir gesteckt. Du wirst es mir geben, bevor du stirbst. Du trägst es in deiner Brieftasche. Sag Alma nichts davon. Mein Portemonnaie ist leer. Ich habe nichts bei mir. Du aber trägst die hebräischen Buchstaben durch alle Kontrollen. Geschrieben auf ein Stück Pergament, das ist Haut, beschrieben mit schwarzer Tinte. Verliere es nicht. Es gehörte frommen Juden. In eine Kapsel gelegt und an den Türpfosten genagelt in Augenhöhe rechts oben. Berühre die Mesusa beim Eintreten und Fortgehen. Sei dir bewußt deiner Endlichkeit. Wenn sie das bei dir finden, bist du verloren. Schma Israel Jehu Elohejnu Jehu Echad. Und im übrigen ist es sowieso nicht mehr koscher. Von welchem Türpfosten hast du es genommen? Auch deshalb bin ich gekommen in meinen zierlichen Schuhen auf hohem Absatz. Sie sind beide hin. Sieh nur. Abgebrochen. Es macht mir nichts, ich kann dennoch gehen, ich bin zu dir gekommen, um dich zu fragen. Sag mir alles. Was hast du gesehen? Was hast du getan? Was hast du nicht getan?

Die Wohnung ist leer. Leere Betten, leere Schränke, leere Kommoden. Leimann hat die Mesusa am Türpfosten erschlagen. Leimann hält das Blankgewetzte zwischen Daumen und Zeigefinger. Leimann will es anzuzünden.

Er zückt sein Feuerzeug. Um den Fluch, nicht wahr, den Fluch der Juden zu bannen, sagt Leimann. Die Flamme springt auf. Und mein Vater, darf ich mal? höflich und kurzsichtig wie immer, nimmt das Stückchen Pergament mit den hebräischen Buchstaben und beschließt, dem Gott der Juden diesen kleinen Gefallen zu tun. Er läßt das Pergament in seiner Hosentasche verschwinden.

Ich dachte, du seist mutterseelenallein. Allein sieben Tage und sieben Nächte in einem langen Zug von Polen in die Lüneburger Heide nach W., und jeder Waggon leer. Nur mein Vater auf einem Güterwaggon in seinem Lkw. Sonst niemand. Und draußen die Welt leer wie der Zug. Ich frage dich, wer dachte den Zug so leer und hielt mich darin fest. Jetzt sehe ich klar. Alles schwarz. Finsternis frißt Stille. Wer sagt einem alles? Es ist zuviel. Sie bringen Juden. 222 aus Verona. 650 aus Lyon. 51 aus Drancy. Und aus Majdanek 1200 über Oppeln nach Auschwitz. Du kommst ihnen entgegen. Mein Vater in einem leeren Zug, sie koppeln ihn ab. Von Auschwitz 3000 Jüdinnen nach Neuengamme. Das ist deine Richtung. Sie hängen dich dazwischen. Du gehst mit, und nur du kehrst zurück. Gib mir eine Zigarette, gib mir eine Amerykańskie und gib mir Feuer, Pan Amerykański. Du warst hier glücklich. Jetzt geht es nach Deutschland. Du schreibst an Alma den ersten Brief. Muß unterbrechen, mein Waggon wird rangiert. Um neunzehn Uhr immer noch da. Muß warten, sind noch ohne Lokomotive. An dir vorbei ziehen Personenzüge nach Westen, Salonwagen und Abteile der 1. Klasse. Die haben Vorfahrt. Musik fährt vorbei. Über Schienen tanzen Paare, beladen mit Schuld, beladen mit Kisten, mit Koffern, beladen mit Gold, mit Silber aus Synagogen und aus den Kirchen der Katholiken, mit Schmuck und Gemälden, mit Teppichen und Möbeln, mit Büchern, geraubt aus den Häusern der Juden, aus den Häusern der Polen. Ich will aussteigen. Dein Haß schmeckt süß. Es ist zu spät. Du umfaßt mein Handgelenk. Du zeigst mir deinen Reichtum. Ein Anderthalbtonner Ford, russische Lizenzausführung, von deutschen Truppen erbeutet, deine größte und teuerste Anschaffung im polnischen Schleichhandel. Nach außen getarnt als Lieferwagen. Und hier ein Kanonenofen, und hier Trockenerbsen und zwei Sack Kartoffeln, und hier eine Speckseite und da ein Laib Brot, und hier Pflaumenkompott und Sauerkraut, haben Alma und Hedwig eingekocht. Und hier, alles für euer Kind. Es kann jederzeit so weit sein. Du nimmst den Rauch tief herunter. Du sagst, wir müssen immer damit rechnen. Ich sehe den weißen Schatten deiner Worte. Ich habe dein Taschentuch zu mir genommen.

Du schreibst an Alma. Du hast ihr versprochen, an jedem Bahnhof ein Brief. Drei Tage, sagst du, von Polen nach W. und wieder nach Polen. Höchstens vier. Ich weiß es anders, es werden sieben. Du hast vier Kuverts bei dir für vier Briefe an vier Tagen, schon frankiert. Heute nacht der erste. Gib ihn auf. Was geschehen kann, wird geschehen. Ihr hieltet einander umschlungen. Der Tod sah zu. Heute bin ich es. Ich werde bleiben. Ich setze mich zu dir. Es kommt ein Zug. Der fährt nach Osten. Vorbei, vorbei, vorbei, Waggon nach Waggon nach Waggon. Rauchschwaden und Lokomotivgeheul. Das ist ja ein Betrieb hier. Wir fliehen vor den Deutschen, und die Deutschen vor den

Russen. So weit sind wir schon. Die Rote Armee ist da, die alliierten Truppen sind dort. Sie sind nicht weit fort. Sie sind noch nicht hier. Hier läuft immer noch alles wie seit tausend Jahren.

Hallo! Hören Sie! Vielleicht kann der Mann mit der Uniformmütze das mal machen. Mein Vater hat hier einen Brief für seine rein arische Frau. Niemand kommt. Du mußt gehen. Aber kehre auch zurück. Verliere mich nicht aus den Augen. Sieh dich um. Dieser ist dein Waggon. Wenn das erledigt ist, werde ich dich fragen. Wie war das damals? Sag mir alles. Das muß ich dir antun. Ich bin deine Tochter, ich bin so viel älter als du, mein Vater. Du stehst auf dem Güterwaggon und blickst in die Tiefe. Deine Brille hast du mit Drahtschlaufen hinter die Ohren geklemmt. Schnell, schnell. Mein Vater ist nicht so schnell. Deine Füße tasten nach den Eisenstangen. Deine Brillengläser beschlagen. Schweißperlen tropfen von deiner Nase. Dein Fuß taumelt ins Leere. Du bist zwischen Waggon und Bahnsteigkante gerutscht. Du sagst, uns passiert nichts. Ich kann dir nicht helfen. Du hilfst dir selbst. Du läufst, und du siehst dich um. Sei vorsichtig, möchte ich dir nachrufen. Ich kenne nichts anderes. Sei vorsichtig, wirst du später zu mir sagen, wenn ich von dir fort in den Garten laufe, wenn ich von dir fort in mein Zimmer gehe, wenn alles hell ist, siehst du schwarz. Sie werden mich vor Gericht stellen. Ich habe die Nebelleuchte vergessen. Das hast du vorhergesehen. Sie werden mich fragen, und ich werde sagen, mein Vater ist mein Vater. Er ist kein Jude. Sein Vater, sagte mein Vater, habe ihm keinen Namen gegeben. Er sei einfach dagewesen. Noch nichts Richtiges für einen Namen. Tu eine kleine Kleinigkeit auch einmal für mich. Nichts Schweres. Für sie hast du alles getan. Spiel mit mir. Nur einmal. Mein Vater sagte mir einmal, du vergeudest dein Leben, wenn du auf mich wartest. Und ich ging von ihm fort. Und als ich mich von ihm löste, verletzte er mich.

Du hättest gehen können. Du bleibst. Du siehst ihre Angst um sich und um dich, und du liebst dich in ihr. Sie braucht dich. Sie brauchen dich beide. Sie hängen mit schwerer Hoffnung an dir. Du kratzt dich am Kinn. Du siehst aus wie mein sterbender Vater. Wie ich das liebe. Das Geräusch scheuernder Fingerspitzen auf borstigem Haar. Mein Vater, der Feigling, mein Vater, der Schlappschwanz. Du hast sie gerettet. Das hast du getan. Ich beuge mich über dich. Du bist betrunken, du stinkst nach Wodka und Zigaretten. Ich will dich küssen. Dein Gesicht und dein Hals sind schwarz von Ruß, und so die Hände, und so die Brille schwarz verschmiert. Du ziehst dich am Seil hoch. Das hast du quer durch den Lastwagen gespannt. Darüber willst du deine Wäsche zum Trocknen hängen.

Du wirst dich nicht waschen, du wirst dich nicht rasieren, du wirst dir keine Suppe machen können. Das Wasser im Eimer brauchst du zum Trinken. Nicht auf jedem Bahnhof ist Wasser. Und selbst wenn. Du wirst nicht wagen, deinen Anderthalbtonner zu verlassen, denn der Zug, da er so lange gestanden hat, könnte jede Minute abfahren, und solltest du, wie es deine Art ist, daran erkenne ich meinen Vater, langsam und umständlich vom Waggon klettern, dazu noch mit einem leeren Eimer am Gürtel, und erst, wenn er voll ist? könnte in diesem Moment der Stationsvorsteher das Signal heben, die Lokomotive pfeifen und der Zug abfahren ohne dich. Es geht weiter.

Als Kinder haben wir uns gewünscht, so etwas einmal zu erleben. Durchs Land fahren. Du, ein kleiner Junge auf einem offenen Güterwaggon, und ich, ein kleines Mädchen in einem Zirkuswagen mit vielen Kindern ohne Erinnerung und ohne Aufpasser. Eisiger Wind fegt in den Lkw. Dir ist kalt und ich friere. Du greifst nach der Wodkaflasche, und ich will nichts sagen. Dann sage ich doch etwas. Die Reichsbahn steht im Zentrum des Deportationsprozesses. Und du sagst, jetzt stehen wir wieder. Der Zug ist zum Stehen gekommen. Im Schein flackernder Öllampen koppeln neuntausend Reichsbahnarbeiter Güterwaggons aneinander, und fünftausend Reichsbahnbeamte geben den neuntausend Reichsbahnarbeitern den Auftrag dazu. Durch die Nacht pfeift eine Lokomotive. In deinen Augen glimmt Abenteuerlust. Männer laufen neben dem Zug, sie rufen einander etwas zu. Ihre Gesichter sind schwarz von Ruß. Du winkst. Wir fahren wieder! Dein Güterwaggon ist der letzte, und er trägt wie alle das Zeichen. Alle werden sie danach mit Blausäuregas desinfiziert und dem Wagenumlauf wieder zugeführt. So habe ich es gelesen. Ich gehe mit Büchern ins Bett. Ich schlafe mit ihnen und erwache zwischen den Seiten. Du hast geschrieben, langsam zieht die Eisenbahn durch das oberschlesische Industriegebiet, fährt an Kattowitz vorbei Richtung Gleiwitz. Du hast geschrieben, der große Zeiger meiner Armbanduhr hat die Mitternacht gestreift. Du hast geschrieben, ich stehe im eisigen Fahrtwind, und es ist fast romantisch, wenn die vielen Hochöfen plötzlich im Dunkel einen hellen Funkenregen in den nächtlichen Himmel schießen. Ich lege dir nackte Leichen neben die Schienen, und ich sammle sie wieder auf. So etwas tut man nicht, und warum soll mein Vater nicht für einen Augenblick die Szenerie romantisch finden, und nicht einmal richtig romantisch, sondern nur fast romantisch. Der Güterwaggon poltert über Weichen, die Riegel scheppern in den Eisenschlaufen. Warum geht es mit uns hier herum und nicht da herum? Himmeldonnerwetter ist das laut!

Sie fuhr auf. Etwas polterte gegen ihre Zimmertür. Sie machte Licht. Weinte da jemand, oder war das unterdrücktes Gekicher? Sie öffnete die Tür. Draußen drei Schülerinnen aus Israel, bogen sich vor Lachen, am Boden hockend ein junger Jude, schwer betrunken. Eine hielt die Wodkaflasche, alle vier waren sie schicker. Sie half, den Jungen in ein Zimmer zu tragen und aufs Bett zu legen. Sie zog ihm die Schuhe aus, während ihr die Mädchen von einem komischen Dicken erzählten, der unten in der Bar säße und Złotys verkaufe für Dollar.

Sie drehte den schnarchenden Jungen auf die Seite, stabile Seitenlage, oberes Bein angewinkelt, unteren Arm gestreckt, oberen Arm angewinkelt und den Handrücken unter die aufliegende Wange. Maßnahmen der Ersten Hilfe. Hatte sie in Israel gelernt. Damit der Junge nicht erstickte, falls er sich im Schlaf würde übergeben müssen. Wenigstens das hätte sie machen können, statt ihn einfach da liegenzulassen. Wenigstens in die stabile Seitenlage hätte sie den Soldaten bringen müssen. Habt ihr mal eine Zigarette für mich?

Du kannst auch mehrere haben. Der Dicke hat uns eine ganze Stange geschenkt.

Sie nahm drei, es waren polnische Papierosy. Sie strich dem schlafenden Jungen übers Haar und ging auf den Korridor hinaus. Die Mädchen folgten ihr, flüsterten vielen Dank, mußten unmittelbar darauf kichern und verschwanden in ihren Zimmern. Mitten auf der Straße, polnische Jungen, kleine Zigarettenhändler, flink, halb verhungert, achtsam dabei und mit vorgehaltener Hand. Pan Amerykański! Daß außer ihm es niemand hörte, wie sie diesen Deutschen nannten. Pan Amerykański mochte keine polnischen Papierosy. Und die Jungen besorgten ihm Amerykanskie und Angelskie, mitten im Krieg, unter deutscher Besatzung.

Es war halb zwei Uhr in der Nacht. Sie öffnete das Fenster und steckte sich eine Papierosy an. Sie hatte das Rauchen vor einem Jahr aufgegeben. Weil bei ihm Krebs diagnostiziert worden war, hatte er sie gebeten, nicht mehr zu rauchen. Er rauchte weiter. Sie hatte ihn nach der Gestapo gefragt. Wie das war beim Verhör. Er hatte von Fuhlsbüttel erzählt. Eingepfercht mit vierhundert Männern in einem Saal. Sie lagen auf dem Boden, dicht an dich, dazwischen ihr Vater. Bist du Paul? Ja. Hast du 'ne Ische hier? Ja. Na, dann komm. Paul und der Mann gingen durch den Saal, stiegen über schlafende oder wachende Volksverräter, Hafenarbeiter, Schlossergesellen, Zigarrenhändler, Zuhälter, Journalisten, Krämer, Heizer, Gelbgießer, Drucker, Hausierer, Kaffeegroßhändler. Einige waren Juden, einige waren Kommunisten, einige waren homosexuell, einige waren alles. Paul ging dem Mann nach. Der führte ihn nach hinten in eine Ecke, wo das schmale Heizungsrohr oben durch die Decke stieß. Im Saal darüber waren die Frauen, ausländische und deutsche, vierhundert, fünfhundert Jüdinnen und Alma. Alma kniete auf dem Fußboden, ihr Ohr am Heizungsrohr. Tagelang war sie auf Knien durch die Gefängnisflure von Fuhlsbüttel gerutscht, hatte unter SS-Aufsicht die Fußböden gewischt, hatte sich dazu gemeldet und hatte herausbekommen, was sie wissen wollte. Paul war im Saal unter ihr. Paul! Hörst du mich? Der Mann nahm Paul auf seine Schultern. Er reichte jetzt an die Decke heran, und er hörte Almas Stimme. Sie kündigte ihm seine Freiheit an. Du kommst frei, Paul. Vor Freude erschrak er. Woher weißt du? – Nicht wichtig jetzt. – Und was wird mit dir? – Ich auch. Später. Bestimmt. – Der Mann unter ihm wankte. – Wann? – Ich weiß nicht. Und Paul? – Er hörte sie aufschluchzen. – Hältst du zu mir? – Ja!

Doch er dachte: Nein.

Und bei der Gestapo? Wie oft war er verhört worden? Wurde er geschlagen? So lange er lebte, hatte sie ihn das nie fragen können. Sie wußte von den Methoden der Gestapo. Sie hatte darüber gelesen und versucht, ihren Vater dabei zu sehen, und sich schuldig gefühlt.

Die polnische Zigarette schmeckte ihr, ziemlich stark allerdings. Vermutlich war das nur ihre Entwöhnung. Sie würde nicht rückfällig werden. Bloß drei Zigaretten. Vielleicht auch nur diese eine. Beim Rauchen, dachte sie, ist man nicht so allein. Da ist die glühende Zigarette, und sie gibt etwas Licht, und sie wird mir die Finger verbrennen, sollte ich einnicken. Hatte sie überhaupt schon geschlafen? Sie war aufgewacht von dem Gepolter gegen ihre Zimmertür, fühlte sich jetzt wie gerädert, war mehrgleisig durch die Nacht gesaust. Frei sein, du wolltest frei sein. Hoppla. Jetzt war sie doch beinahe eingeschlafen, und dazu noch mit brennender Zigarette. Sie nahm einen tiefen Zug. Sie konnte nach Israel gehen. Nein, das ging nicht. Sie hatte ihm versprochen, bei Alma zu bleiben. Hatte er das wirklich von ihr verlangt? Vermutlich würde es zu einer Gerichtsverhandlung kommen. Sie war sich fast sicher. Dann konnte sie ihre Karrierepläne endgültig an den Nagel hängen. Alle erheben sich von den Plätzen. Nur du nicht. Du stehst seit Stunden, die Hände auf dem Rücken gefesselt, vorgeführt von zwei Gefängnisbeamten. Das Sondergericht für den Bezirk des Oberlandesgerichts Hamburg erkennt am um im in öffentlicher Sitzung. Mir können die nichts anhaben. Ich bin ja von morgen. Ich werde Verteidigerin. Nach der Volksschädlingsverordnung Verbrechen der Rassenschande deutscher Staatsangehöriger deutschen Blutes. Du sitzt am Küchentisch, und du drehst eine Zigarette für mich, nein, für sie, nein, für euch, zwei Zigaretten aus billigem Tabak. Du hältst Alma das Papier hin, damit sie es selbst anlecken kann. So jung noch ist deine Liebe zu ihr. Mach du es für mich, sagt sie, und das ist wie ein erster Kuß. Das Sondergericht sieht sogenannte Ersatzhandlungen bereits als Geschlechtsverkehr im Sinne des Blutschutzgesetzes an. Jetzt raucht ihr noch eine und noch eine dritte, jetzt gerade, jetzt aus daffke. Ihr eßt den Rauch, ihr seid hungrig auf das Leben. Sie ist erst 17, und du bist so lange kein freier Mensch gewesen. Acht Monate Strafkompanie hinter Stacheldraht. Der Angeklagte fährt für eine Woche nach Sylt. Er will sich von der Jüdin trennen. Die Sehnsucht quält ihn neben der Jüdin, die Sehnsucht quält ihn getrennt von der Jüdin. Braungebrannt kehrt er zurück. Die Jüdin fällt ihm um den Hals. Danach wurde von Zeugen wiederholt beobachtet, daß der Angeklagte und die Jüdin sich gegenseitig zuwinkten. Hedwig will es ihm abends sagen. Alma ist nicht zu Hause. Paul, als er abends aus dem Büro kommt, hat sich vorgenommen, Hedwig zu fragen. Etwas steht zwischen ihm und Alma. Er muß wissen, was es ist. Wir sind Juden. Paul wohnt bei Juden. Alle wissen Bescheid. Nur er hatte mal wieder keine Ahnung, war einfach bloß bis über beide Ohren verliebt. Die Arbeitgeberin des Angeklagten versicherte glaubhaft, daß der Angeklagte auf der Straße die Jüdin an sich heranzog und küßte. Hedwig gibt den beiden Liebenden ihr mannloses Ehebett. Das hatte sie mit ihrer Tochter geteilt. Jetzt liegt Paul da, wo Alma lag, und Alma liegt da, wo Hedwig lag. Sie kommen. Der Gestapobeamte reißt die Bettdecke fort. Da liegen ihre Pyjamas beieinander. Ein ehemaliger Mitschüler des Angeklagten, hier als Zeuge vernommen, traf den Angeklagten in Begleitung der Jüdin in einem Lokal an, namens Alsterpavillon. In Hamburg nennen sie das Lokal Judenaquarium. Dort wurde Negermusik gemacht. Damit ist jetzt Schluß. Der Angeklagte und die Jüdin sitzen vor einem Eisbecher mit zwei Löffeln. Da kommt ja Karl-Heinz, mit dem bin ich zur Schule gegangen. Der kommt direkt auf uns zu. Sieh nicht hin, Parteiabzeichen, er trägt den Bonbon am Revers. Steht am Tisch. Stößt mit der flachen Hand schräg nach oben, brüllt den deutschen Gruß, knallt die Absätze zusammen. Menschenskind, Paul! Du mit einem Juden-flittchen! Du gehörst doch zu uns! Schlägt dabei Paul mit der Faust gegen die Brust. Paul wehrt sich nicht. Von Nachbartischen recken sich Stimmen hoch. So eine Schan-de! Raus mit den Juden! Sie wollen zum Ausgang. Nur schnell weg. Ja! So ist es richtig! Blutsauger! Noch die Zeche prellen! Paul gibt dem Kellner ein Fünfmarkstück. Zweimal so viel, wie er bezahlen muß. Einen Moment zögert er, hofft auf Wechselgeld. Alma wartet, den Kopf gesenkt. Sie wagt vor den Leuten nicht, Pauls Arm zu berühren. Der Kellner grinst, steckt das Geldstück ein. Pfiffe und Gejohle treiben sie hinaus. Auf dem Jungfern-stieg, der ist ja noch immer da draußen und liegt neben der Alster, auf dem Jungfernstieg flattern rote Hakenkreuzban-ner. Wieso behauptet Alma immer, Hamburg sei gegen die Nazis gewesen? Weil sie hier geboren ist, weil sie hier leben will. Warum seid ihr nur geblieben. Da habt ihr mir ja was Schönes eingebrockt. Wen soll ich denn mal nehmen? Hier finde ich keinen. Alles verdorben. Das stinkt ja zum Himmel.

Sie fuhr auf. Ihr Haar war versengt. Weiter war nichts passiert. Nur ein kleiner Brandfleck auf einer Seite seiner Aufzeichnungen. Sie war eingenickt und hatte geträumt. Es war alles durcheinandergegangen, und irgend jemand hatte sie ständig unterbrochen. Wahrscheinlich Alma. Jetzt war sie hellwach. Sie konnte ein bißchen an ihrer Rede arbeiten. Sie nahm ihre Notizen aus dem Koffer und legte sie auf den Tisch, neben seine Aufzeichnungen. Manchmal, las sie, beschlich mich das Gefühl, ihr hättet ein Geheimnis vor mir. Hedwig hatte Alma mit einem

Juden verheiraten wollen, der nach Palästina auswandern wollte. Hatte der das geschafft? Alma mochte den nicht. Und was soll ich da? Nur Sand. Alma wollte Paul.

Sie hatte recherchiert. Sie hatte die Reiseroute ihres Vaters neben die Listen der Deportationszüge gelegt, die zwischen dem 7. und dem 14. September 1944 von Westen kamen und nach Auschwitz fuhren. Sein Güterzug schaukelte langsam durch die Nacht und fuhr am Morgen in Gleiwitz ein. Das war noch nicht sehr weit fort. 8. September, 8.45 Uhr. In Gleiwitz bestach Paul einen Mann von der Bahn, und sein Waggon wurde an einen Zug gehängt, der sofort weiterfuhr. Zwischen Oppeln und Breslau Fliegeralarm. Sie hielten auf freier Strecke. Er kroch unter den Güterwaggon. Die US-Armee war in Italien so weit heraufgerückt, daß sie von dort ihre Piloten nach Oberschlesien schicken konnte, um Rüstungsbetriebe und Bahngleise zu bombardieren. 16.30 Uhr, Brief an Alma: Nach einer glücklichen Nachtfahrt liege ich bequem im Liegestuhl, zugedeckt mit Plaiddecken, und du, mein liebes Kleines, hast alles so gut für mich vorbereitet, daß es mir an nichts fehlt, an fast nichts. Wir sind leider nur eine Stunde gefahren. Wenn ich aus dieser Gegend heraus bin, werden die Züge, an die sie mich hängen, längere Strecken zurücklegen, dann geht es schneller dem Ziel zu. Aber so kam es nicht. Er mußte oft warten, stand mit seinem Lkw auf dem Güterwaggon auf Abstellgleisen, wartete, wurde irgendwo dazwischengehängt, fuhr weiter und nicht einmal immer in die richtige Richtung. Nun mache ich den Brief postfertig, damit ich ihn jemandem mitgeben kann.

Seit Anfang August kamen wegen zunehmender Fahr-
plandichte die Güterzüge und Sonderzüge nur langsam
voran. Am 3. September fuhr aus dem Kazett Westerbork
in Holland ein Zug ab mit 1019 Juden. Das war fünf Tage
vor seinem ersten Brief an Alma. Sie kamen ihm von
Westen entgegen. 1019 Juden von Westerbork nach Auschwitz. Für die Reichsbahnbeamten waren das zehn bis
zwölf bereitzustellende Güterwaggons. Am 4. September
wieder ein Zug aus Westerbork, diesmal mit 2087 Juden.
In den Transportpapieren der Deutschen Reichsbahn be-
zeichnet mit DA Sonderzug. Sonderzug hieß Juden, DA
bedeutete Deportationszug mit Herkunftsort außerhalb
Polens. Zuständig für Sonderzüge war die Dienststelle 33.
Für Güterzüge und für Sonderzüge mit Juden wurden
Bedarfspläne aufgestellt. Waren alle Zeitspalten im Ver-
kehrsplan besetzt, wurden Güterzüge und Sonderzüge mit
Juden über viele kleine Freistrecken geleitet. Dann mußten sie große Umwege fahren, sogar vorübergehend die
Richtung ändern oder längere Zeit auf Abstellgleisen warten. Und manchmal wurden Güterzüge und Judenzüge
aneinandergekoppelt. Jeder Judenzug wurde von einem
höheren SS- und Polizeiführer sowie mindestens zwölf
Mann Wachpersonal begleitet, pro Mann ein Karabiner
mit sechzig Schuß sowie eine Pistole mit fünfzig Schuß,
pro Zug zwei Maschinenpistolen à dreißig Schuß.

Früher Morgen auf einem Bahnhof. Ihn quälte sein
Magen. Brot und kalter Speck. Kein Kaffee, keine warme
Suppe und viel zuwenig Wasser. Jemand schlug von außen
gegen seinen Waggon. Er rappelte sich hoch, taumelte aus
dem Lastwagen und auf die Waggonplatte. Über ihm

Starkstromkabel, zwischen Eisenbahnschienen ein Gleisarbeiter. Sie koppelten ihn ab. Er wurde an einen anderen Zug gehängt Richtung Berlin. An welchen? Nach ihren Recherchen konnte sie ihn an diesen Zug anhängen. Viele Güterwaggons, nach oben offen. Transport zum Schlachthof Berlin. Schweine quieken, Rinder brüllen. Dazwischen Hundegebell. SS-Männer und Frauen in Uniform mit Peitschen. Sie treiben Frauen und Männer auf offene Waggons. Das geht völlig reibungslos. Die Gefangenen sind so ausgemergelt, sie können nicht weglaufen, sie können gerade noch vorwärts stolpern und mitlaufen. Auf dem Gegengleis fahren Soldaten und Erntearbeiter. Sie winken. Langsam rollt sein Zug weiter. Sie hängen aneinander. Paul mit seinem Anderthalbtonner diesmal ziemlich in der Mitte. Vorn Güterwaggons mit Wertsachen fürs Reich. Hinten werfen Häftlinge zwei Leichen auf die Gleise. Sie hatte es recherchiert. Sie hatte es nachgelesen. Sie konnte ihm alles das auf seine Reise mitgeben.

Berlin, Lehrter Bahnhof, 9. September. Lokomotivwechsel. Die ausgemergelten Gestalten mußten Trümmer räumen. Das las sie in seinen Aufzeichnungen. Die Berliner hasteten an ihnen vorbei. Für Paul sollte es weitergehen bis Falkenberge, von dort Richtung Stendal. Noch war die Lok nicht da. Er lehnte an einer Säule des Lehrter Bahnhofs. Er schrieb an Alma: Heute ist Sonnabend, und ich denke, daß ich spätestens am Dienstag am Ziel bin. Hedwig soll zu Herrn Surowiecki gehen und sich ein Huhn geben lassen für Dich zur Kräftigung. Ich mache alles bei Surowiecki später in Ordnung, habe es so vor meiner Abfahrt mit ihm besprochen. Auf einmal tobte

Sirenengeheul durch die Bahnhofshallen, Fliegeralarm, Bomben schlugen ein. Das Dach der Haupthalle stürzte herunter, Glas splitterte, Mauerwerk krachte zusammen. Paul lehnte an der Säule.

Nachts ging die Fahrt weiter durch Sachsen. Umwege aus den üblichen Gründen. Güterzüge mußten warten. Deportationszüge hatten Vorfahrt. Abends stand er allein auf einem Abstellgleis. Die hintere Ladetür vom Lkw hatte er festgehakt und sah in die Nacht. Ob seine Briefe bei Alma ankamen? Ob das Kind bereits geboren war? Ob man sie abgeholt hatte? Er hockte sich auf den Boden. Ein Schluck aus der Wodkaflasche. Brot und Speck zum Abendessen. Eingeschlafen und beim Erwachen gedacht, es sei nachtdunkler Tag. Wie im Tod gewesen und wieder aufgetaucht, verdreckt, verkrümmt, verrußt, verweint. Wieder angekoppelt an einen anderen Zug. Weiter. Beim nächsten Halt Kühlwasser für die Lokomotive. Endlich Wasser.

Vor den Waggons der Häftlinge patrouillieren SS-Männer. Er muß daran vorbei. Wasser schwappt aus seinem Eimer. Er geht mit gesenkten Augen den Zug entlang. Eine Frau flüstert durch die Holzlatten: Durscht. Gib. Durscht. Er wagt es. Wagt es nicht. Mach schon, kipp einfach das Wasser durch den Lattenspalt. Irgend jemanden wird es erfrischen. Er tut es. Tut es nicht. Doch! Aber nein. Das soll ihr Vater getan haben? Und was ist dann? Was hätten sie mit ihm gemacht? Vielleicht hätte es keiner der SS-Männer gesehen? Sie konnte es ihn tun lassen. Denn wenn sie es ihn tun ließ, würde er dafür weder verhaftet noch erschossen werden. Er war ja durchgekommen, er war ja

189

weitergefahren. Er kam ja an in der Lüneburger Heide, stellte seinen Lastwagen dort unter und fuhr den langen Weg mit der Eisenbahn wieder zurück, holte Alma und Hedwig in den Westen, meldete sich wieder einmal mit gefälschten Papieren bei der NS-Volkswohlfahrt in Uelzen als Ostflüchtling mit Familie, so frech konnte er sein, solche Chuzpe, und bekam ein Flüchtlingsquartier zugewiesen in W., ausgerechnet bei den Eltern von Misch.

Die drei Papierosy waren aufgeraucht. Sie brachte seine und ihre Aufzeichnungen zurück in den Koffer. Sie zog sich nicht aus. Sie konnte nicht einfach zu Bett gehen. Angezogen schlüpfte sie unter die Decke.

Was wolltest du? Der Zug schlingert über Weichen. Ich kann dir das nicht sagen. Antworte doch. Er rutscht ihr durch die Finger, er droht, sich zu verflüchtigen. Sie packt ihn bei den Schultern. Das darf ich nicht tun. Er ist so dünn und so erschöpft, und er ist doch mein Vater, aber ich bin hier schließlich die Ältere von uns beiden. Die Gestapo hat ihn in Einzelhaft genommen. Absolutes Redeverbot. Er hört die Schritte. Sie kommen. Das Kommando: Halt! Schlüssel klirren. Riegel werden zurückgeschlagen. Neben ihm. Jede Nacht, wochenlang. Wand an Wand hört er den zum Tode Verurteilten weinen. Jede zweite Nacht ist es ein anderer. Sie kommen morgens. Kommen bis zu seiner Tür. Öffnen die daneben. Alma legt ihm ein Kind in den Arm. Und er weint vor Freude. Hedwig gibt ihm zur Geburt seines ersten Kindes ein Fläschchen. Da ist Zyankali drin. Woher hast du das Fläschchen, fragt er. Von dir, sagt Hedwig, aus der Kiste mit den hundert Zyankalifläschchen für Herrn Kowalski.

190

Er schlägt mit der Faust auf den Tisch. Alma und Hedwig sehen erschrocken aus. Paul sagt, lieber ins Kazett als weiter fliehen und nicht wissen, was kommt jetzt, was kommt noch? Lieber endlich Ruhe im Kazett.

Sie fuhr hoch. Es war halb vier. Nicht einmal zehn Minuten hatte sie geschlafen. Sie drehte sich auf die rechte Seite, dachte, mein Vater wollte sich einfach nur mal seines Lebens freuen, und schlief ein, traumlos und tief.

XIII.

Das Telefon klingelte. Vor dem Fenster war es taghell. Sie sah auf ihre Armbanduhr, halb zehn. Eine weibliche Stimme wünschte auf polnisch und auf deutsch guten Morgen. Ob sie einen Herrn empfangen könne?

Nein, vollkommen unmöglich, erwiderte sie hastig. Ich bin noch nicht angezogen. Was ja nicht stimmte. Sie war im Gegenteil noch immer angezogen, war völlig verschwitzt, sie fühlte sich schmutzig und hatte viel zuwenig geschlafen.

Wer ist es denn?

Es war Bohdan. Auch er wünschte ihr einen guten Morgen. Er habe die Adresse. Liegt hier, an der Rezeption. Nehmen Sie Taxi. Zu Fuß sei es zu weit, sie werde sich verlaufen.

Ich habe ein Auto und einen Stadtplan, entgegnete sie. Dieser Bohdan meinte es allzu gut mit ihr. Das mochte sie nicht. Außerdem war sie für ihn eine deutsche Touristin. Das mochte sie noch viel weniger.

Kostet nicht viel, hörte sie ihn sagen. Besser bequem, besser mit Taxi. Herr Jackiewicz erwarte sie auf heute nachmittag.

Herr Tadeusz Jackiewicz?

Ja. Der alte Jackiewicz.

Und hat er Telefon?

Wenn Sie ihn anrufen wollen, bitte sehr, er hat kein

192

Telefon. Wozu anrufen? Telefon ist bei der Nachbarin, zwei Treppen hoch, er lebt allein, muß er hinaufsteigen. Kommen Sie um fünf. Nehmen Sie Taxi.

Erregung packte sie. Ihr war, als stünde ihr eine Begegnung mit ihrem Vater bevor, ein heimliches Treffen in Krakau, zudem sie keine Berechtigung hatte. Für ihn hatte es stets nur Alma gegeben. Die Frau, die seine Tochter heute war, konnte es damals nicht gegeben haben in seinem Leben, das ihn nach Krakau gebracht hatte, hierher, wo sie jetzt war, am selben Ort, und obwohl in einer anderen Zeit, würde sie heute nachmittag um fünf Uhr, vielleicht besser etwas nach fünf, man sollte sie nicht der deutschen Pünktlichkeit verdächtigen, sie würde den Mann sehen und sprechen, der Paul, den jungen Paul erlebt hatte, ihren Vater in seinem dreißigsten Lebensjahr. Jetzt erinnerte sie, geträumt zu haben, mit ihrem jungen Vater in einem Güterzug gewesen zu sein, und er hatte ihr seine Aufzeichnungen vorgelesen. Wir mußten unterschreiben. Der Gestapobeamte stand daneben. Wir durften bei Androhung schwerster Strafen nicht mehr zusammen sein und würden beobachtet werden. Jedoch in Hamburg bleiben, in derselben Stadt, und nicht miteinander sprechen, sich nicht sehen, der Gedanke war unerträglich. Darum ging dein Vater erst einmal nach Krakau. Alma und Paul hatten mit einem Mund gesprochen, und jedesmal hatte sie das dichte Gewebe bestaunt und nicht zu berühren gewagt. Sie konnte diesen Gobelin jederzeit vor sich ausrollen. Sie hatte ihn bei sich seit ihrer Kindheit. Botschaften waren darin eingewebt, die schleppten Geheimnisse durch sämtliche Falten. Darum ging dein Vater

erst einmal nach Krakau. In ihr war ein Bild von einem
Mann, der hob sein Bein und knickte sein Knie und
streckte den Fuß und kam nicht voran. Sie hatte den
Telefonhörer in der Hand, obgleich unten, an der Rezeption längst aufgelegt worden war. Ein Ton fiel heraus wie
Kieselsteine. Ihr Herzschlag kam der Wahrheit näher. Vorsichtig legte sie auf.

Warum denn nach Krakau? Warum denn so weit weg?
Almas Fragen. Und auf einmal hob der Mann seine Beine
und rannte davon. Paul hatte den Arbeitsvertrag bei Weltburg für Krakau unterschrieben, als Alma noch im Kazett
Fuhlsbüttel gewesen war. Ohne Almas Wissen hatte er
unterschrieben. So war es gewesen. Er war vor ihr entlassen worden. Er hatte Alma sein Ja in Fuhlsbüttel gegeben. Und er schwor sich, es einzulösen, wenn alles vorbei
war. Wenn alles vorbei war, würde alles vorbei sein. Das
wußte er. Er wußte genug. Und seine Tochter sah ihn
sich krümmen unter der Mitwisserschaft. In vielen Dingen der Hölle der Konzentrationslager vergleichbar. Wimmernd verteidigte er sein Recht auf Leben, zähneknir-
schend forderte er es. Seine Vergehen gegen die Gesetze
der Nazis, Wehrkraftzersetzung, Volksverhetzung, Rassenschande, hatte er abgebüßt, und vielleicht würde es ihm
mit Hilfe seines kleinen Magengeschwürs gelingen, der
Ostfront zu entkommen. Er hatte sich im Militärhospital
röntgen lassen und Schläuche geschluckt, bis man endlich
etwas in seinem Innern entdeckte, bis man ihn endlich für
den Kriegsdienst untauglich befand. Alma hatte ihm dabei
geholfen. Alma war mit dem Wehrpaß ihres angeblichen
Verlobten in der Kaserne in Hamburg erschienen, um sei-

ne vorläufige Entfernung aus der deutschen Wehrmacht eintragen und abstempeln zu lassen. Er fürchtete sich, selbst zu gehen. Er fürchtete, sie würden ihn gleich dabehalten und als Simulant wieder in die Strafkompanie stecken.

Hältst du zu mir? Sein Ja war durch das Heizungsrohr zu Alma hinaufgestiegen. Wie denn anders in dieser Situation? Mit Alma diskutieren? Während der Mann, der Paul auf seinen Schultern trug, sich mit gepreßter Stimme erkundigte, ob es etwa noch lange dauern könne? Und durfte Alma in dieser Situation Paul fragen, ob er nach seiner Entlassung weiter zu ihr halten werde? Aber wann denn, wenn nicht in diesem Augenblick, und wen sonst, wenn nicht ihn?

Alma, deren Vater verschwunden war, der Almas Mutter verlassen, verworfen hatte vor langer Zeit, Alma wollte von dem Mann, den sie liebte, eine ehrliche Antwort durchs Heizungsrohr. Sie wollte nicht von Paul belogen werden. Jedoch im Frauentrakt über Paul, zwischen Jüdinnen, deren Deportation nach Osten bevorstand, französische Jüdinnen, deutsche Jüdinnen, sogar polnische Jüdinnen, als Zwangsarbeiterinnen nach Hamburg verschleppt und von furchtbaren Lagern in Polen erzählend, Alma brauchte in dieser Massenzelle weinender, klagender, versteinerter Frauen nichts mehr als den Trost, wahrhaft geliebt zu werden von diesem Mann, der kein Jude war. Und wenn Paul unmittelbar danach auch schwer zu schleppen hatte an seinem Ja, so war ihm, die Lippen am kalten Heizungsrohr, in dem Moment die Liebe in heißer Seligkeit durch die Adern geströmt, hingegeben der über ihm verzweifelt schluchzenden Frau, hingegeben seiner aus Kindertagen ihm innewohnenden Bereitschaft zur Selbstaufgabe, die seinen Willen bei weitem überstieg.

Krakau war Pauls Versuch gewesen, der furchtbaren, der todbringenden Last zu entkommen. Und seine Tochter war dankbar für diese Erkenntnis. Sie fühlte sich sogar gestärkt davon, und sie warf die Bettdecke zurück und stand auf. Daß ihr Vater sechs Wochen später Alma und Hedwig aus dem brennenden Hamburg herausgeholt hatte, um sie mit sich zu nehmen nach Krakau, war seine Entscheidung gewesen, beflügelt von dem Glauben, es sei nun bald zu Ende mit dem tausendjährigen Reich.

Sie zog sich aus und stand lange unter der Dusche. Sie wollte nach Auschwitz fahren, und während sie sich einseifte, sah sie ihn vor sich, hingestreckt auf dem Asphalt, das bleiche Gesicht vom Helm nahezu verborgen. Ich brauche mich nicht vor Auschwitz zu fürchten. Sie sprach halb laut vor sich hin. Auschwitz ist für uns Juden heute ein großer Friedhof. Gleich nach dem Frühstück würde sie dorthin fahren, und am Nachmittag dann zu Tadeusz Jackiewicz. Sie trocknete sich sorgsam ab, cremte ihren Körper ein, begann mit den Füßen, von dort die Beine hinauf, umkreiste ihren Bauchnabel, rieb den Rücken ein mit Hilfe umständlicher Verrenkungen, ihre Arme und ihre Brüste. Sie frottierte und bürstete ihr Haar, sie tat es mit Bedacht, wie man etwas Wertvolles pflegt, sie cremte ihr Gesicht sorgfältig, besonders um die Augen herum, sie waren vom Weinen im Schlaf etwas verquollen, denn sie hatte viel geweint im Traum. Jetzt fiel es ihr ein. Geträumt hatte sie, ihr Vater weine. Sie malte sich, vorgebeugt über

196

das Waschbecken zum Spiegel hin, einen großen, roten Mund. Noch die Ohrringe, die sie in Tel Aviv gekauft hatte, kleine, grüne Halbkugeln aus Elatstein. Im Zimmer schlug sie ihre Bettdecke zurück und öffnete die Fensterklappe. Sie zog Jeans an und ein schwarzes T-Shirt, streifte darüber ihren dunkelroten Kaschmirpullover und nahm einen zweiten dunkelblauen Pullover aus ihrem Koffer. Sie hatte ihn von einer Freundin in Israel geschenkt bekommen, ein Pullover aus den Beständen der israelischen Armee. Es war nicht besonders kalt draußen. Sie legte ihn über den Arm. Wer weiß, dachte sie, wie das Wetter dort ist, und es kann sich verändern. Sie trug schwarze Lederstiefelchen mit kleinem Absatz, besohlt mit Gummi, es waren ihre Lieblingsschuhe, und sie konnte darin viele Stunden bequem laufen. Sie ging noch einmal ins Badezimmer, nahm Hautcreme und Lippenstift vom Glasbord, steckte die Haarbürste in ihre Handtasche, und sie vergewisserte sich bei der Gelegenheit zum dritten oder auch vierten Mal, daß Pauls Taschentuch darin steckte, und ihr Portemonnaie und der Paß.

Die Rezeption war umlagert von einer israelischen Reisegruppe. Sie schob sich dazwischen, ließ sich die Adresse von Tadeusz Jackiewicz geben. Ob sie weitere Wünsche habe, erkundigte sich die blonde Polin.

Wie komme ich am besten nach Auschwitz?

Sie erfuhr von organisierten Busfahrten mit Führer. Sie war unaufmerksam, sie stand in einer schillernden Luftblase israelischen Geplappers und Gelächters. Es waren junge Leute, gerade der Schule entkommen und noch nicht vom Militär eingezogen. Viele junge Mädchen darunter, schön wie Esther mit mandelförmigen Augen, schön wie Rachel mit Locken Kaskaden gleich, schwarz glänzend, wie die Opale der Königin von Saba oder golden wie die Morgensonne über Jerusalem, der Schönen. Sie entdeckte die drei Mädchen von gestern nacht. Den Jungen sah sie nicht.

Hast du deine Gasmaske mit, Anat?

Habe ich vergessen. Scheiße, was für eine gute Idee. Wir hätten alle unsere Gasmasken mitnehmen sollen.

Meine Matratze ist unmöglich. Mir tut mein Hintern weh.

Jael, gib mir mal deinen Lippenstift. Wo ist Joram?

Der ist oben im Zimmer, er betet.

Schmock!

Laß ihn. Wann werden wir abgeholt?

Die Hotelangestellte schob ihr ein Faltblatt zu und erklärte ihr etwas. Sie überließ ihrem Kopf, zustimmend zu nicken. Untergegangen war sie, abgesoffen in der sie umdrängenden israelisch-jüdischen Herrlichkeit. Sie zog sich zurück und schlich ins Restaurant. Ihr Davidstern lag im roten Kästchen in Hamburg. Hier würde er sie trotz ihrer deutschen Stolper-Polter-Sprache als Jüdin ausgewiesen haben. Sie seufzte, fand aber noch einen Einzeltisch an der Wand, und obschon innerlich bedrückt, frühstückte sie ausgiebig. Sie aß zwei Spiegeleier auf Toast, dazu weiße Bohnen in einer Tomatensauce, sie rührte Pflaumenkompott in Sahnejoghurt, trank dazu starken Kaffee, hielt sich beim Essen krumm mit hochgezogenen Schultern und war erst richtig in ihrem Körper, als sie im Auto saß. Sie drehte das Seitenfenster hinunter und atmete tief durch.

198

Der Tag war erleuchtet von einer Herbstsonne, deren weißes Licht gemildert war durch viel buntes Laub. Neben ihr, auf dem Beifahrersitz, lag die Polenkarte und darauf ein kleiner Reiseführer. Das Büchlein trug den Titel „Polen – kennen und lieben" und war 1987 in einem Lübecker Verlag erschienen. Sie würde einfach in ihrem Auto hinfahren. Zwischen Krakau und Auschwitz war eine Entfernung wie zwischen Hamburg und Lübeck, rund sechzig Kilometer. Die innere Buchumschlagseite war mit einer Karte bedruckt. Sie suchte nach Auschwitz und fand es nicht. Ebensowenig Oświęcim. Sie schloß das Büchlein, öffnete es erneut, suchte wieder nach Auschwitz, wiederholte ein drittes Mal den Versuch und traute ihren Augen erst, als sie weder Sobibór, Treblinka oder Majdanek eingetragen sah. Sie warf den Reiseführer auf den Rücksitz und startete.

Über die Weichsel und nach Westen zur Stadt hinaus. Auschwitz würde angezeigt sein. Doch entweder hatte sie die Schilder übersehen, oder man ging davon aus, daß der Weg nach Auschwitz allgemein bekannt war und Fremde sich mit dem Bus hinbringen ließen, sie jedenfalls hatte sich nach einer Dreiviertelstunde verfahren und hielt auf einer holperigen Landstraße neben einer jungen Frau, die von irgendwo nach irgendwo zu Fuß unterwegs war.

Oświęcim? Sie rief es zum Fenster hinaus und dehnte das Fragezeichen auf der vorletzten Silbe. Die polnischen Vokabeln, die sie sich für eine solche Gelegenheit eingeprägt hatte, waren aus ihrem Hirn verdunstet.

Zu ihr ans Auto heran traten ein Paar blonde Zöpfe und eine eckige, schwarze Brille mit dicken Gläsern in einem runden Gesicht. Gleich darunter hob sich ein hoher, junger Busen. Wollen Sie nach Auschwitz? Sie sind Deutsche, stimmt's? Hab ich gleich an Ihrer Nummer gesehen. Kann ich mit? Ist meine Richtung.

Und schon saß die junge Frau, sie mochte Mitte Zwanzig sein, neben ihr. Jadwiga Maria heiße sie. Sagen Sie Jadwiga zu mir. Sind Sie West? West ist gut, West ist besser. Jadwiga trug eine rosa Jeansjacke und schwarze, glatte Schaftstiefel, die ihr bis unters Knie reichten, dann kam eine Weile nichts, das heißt, da waren ihre kräftigen Schenkel auf dem Beifahrersitz, bis ein hellblauer Minirock einsetzte, gehalten von einem schwarzen Lackgürtel.

Vorwärts, fahren Sie vorwärts, ich sag schon.

Die Landstraße war in einem schlechten Zustand, der sich noch verschlechterte. Schlaglöcher und große Feldsteine mußte sie umfahren. Gelber Sandstaub wirbelte auf. Sie kurbelten die Fenster hoch. Obgleich sie langsam fuhr, wurden sie heftig durchgerüttelt und schwiegen beide geradeaus; sie konzentriert, mit den Händen krampfhaft das Steuerrad haltend, Jadwiga knabberte an ihren Zöpfen. Nach einem kleinen Waldstück wurde aus dem Weg endlich eine Chaussee, schmal, von Laubbäumen gesäumt. Sie atmete auf, denn sie war besorgt gewesen um die Auspuffwanne. Auch Jadwiga atmete auf, ließ ab von ihren Zöpfen und begann zu sprechen.

Jetzt wird gut, ist sehr gute Straße. Noch von Deutschen gebaut, sagte die junge Polin neben ihr. Haben Sie Eltern, alte? Suchen Sie Pflege für alte Eltern? Deutsche kommen, suchen gute polnische Pflege für alte Eltern zu Hause in Westdeutschland. Wir können machen, helfen gern, große Familie, nicht teuer, kommen Tante, Nichte, Schwester, Bruder, Onkel, wenn man braucht. Keine Probleme. Bruder stark, Onkel stark, können alte Eltern tragen. Darf ich rauchen?

Ja, meinetwegen, rauchen Sie. Aber das sind doch die alten Nazis, die Sie da pflegen. Und was haben die mit den Polen gemacht!

Stimmt. Ja. Ist vorbei.

Und jetzt pflegen die Polen die alten Nazis?

Leben geht weiter. Sie haben Eltern? Brauchen Pflege?

Meine Eltern, meine Eltern. Meinen Eltern geht es gut. Wohin wollen Sie eigentlich? Wohin soll ich Sie fahren?

Auschwitz. Gleiche Richtung.

Es stellte sich heraus, daß Jadwigas Großeltern in Oświęcim wohnten.

Kommen Sie herein, auf einen Kaffee, bitte sehr. Auschwitz ist um die Ecke, Zeit genug.

Sie wollte nicht. Sie ging mit. Der Boden schien ihr verseucht zu sein. Hier hatten SS-Männer mit ihren Ehefrauen und Kindern gewohnt. Teils aus Neugier folgte sie Jadwiga, und weil sie sich in unmittelbarer Nähe von Auschwitz nun doch fürchtete, allein dort hinzugehen. Auch konnte die kleine Stadt schließlich nichts für das, was die Deutschen aus ihr gemacht hatten. Jadwiga öffnete eine Pforte. Im Garten scharrten Hühner. Ein Hund bellte dringend und umknurrte die Fremde, er beruhigte sich erst, als Jadwiga ihn tätschelte.

Das Haus war klein. Es roch nach kalten Kartoffeln und Kohl. Die Haustür stand offen und führte direkt in die Küche. Auf einer Bank hockte ein alter Mann, mit dem Rücken zum Fenster. Jadwigas Großvater. Er trug eine dunkle Schirmmütze und eine dicke Joppe. Vor dem Herd stand gebückt seine Frau, sie fegte Holzspäne zusammen. Ihr Kopftuch war ins Gesicht gezogen, ein Wollschal lag um ihre Schultern. Meine babcia, sagte Jadwiga, und als die Alte sich stöhnend aufrichtete, gab die Enkelin ihr einen Kuß. Auf dem Herd schlugen Flammen aus der runden Kochstelle.

Jadwiga begrüßte ihren Großvater. Der alte Mann segnete seine Enkelin, er zeichnete ihr ein Kreuz auf die Stirn, und sie machte einen Knicks in ihrem hellblauen Minirock und den schwarzen Stiefeln.

Die Küche war der Wohnraum, sogar ein Bett stand darin, in einem Alkoven. Es waren arme Leute, und sie überlegte, nachher, wenn sie ging, ein paar ihrer vielen Złotyscheine auf dem Küchentisch zurückzulassen. Neben einem Küchenschrank thronte eine nagelneue Geschirrspülmaschine. Wahrscheinlich eine Errungenschaft der Altenpflege in Westdeutschland. Das blinkende Gerät war nicht angeschlossen, hellblaue Folie klebte an den Seitenwänden, es war zum Podest geworden für ein großes Marienbild, eine jugendliche Maria mit schräg gelegtem Kopf und blutendem Herz in den Händen.

Jadwiga sprach mit ihrem Großvater. Augenscheinlich ging es um sie. Der Alte sah zu ihr hinüber, nickte mit dem Kopf, und sie erwiderte stumm den Gruß. Sie wäre jetzt lieber gegangen, blieb stehen, setzte sich, von der Großmutter genötigt, auf einen Stuhl, und der Alte kam zum Tisch. Sie wollte vom Stuhl aufstehen, er bedeutete ihr, sitzen zu bleiben, und als er vor ihr stand, ziemlich dicht sogar, begann er mit feierlichem Ausdruck zu sprechen. Die ersten Worte verstand sie nicht. Nur, daß er Deutsch sprach, verstand sie. Das war Deutsch. Es war ihre Sprache, und was er sagte, fiel sie an.

Gerächt hat es sich, jawohl. Die bösen Taten von den Żydżi, den Jidn. Jawohl.

Draußen setzte hysterisch kläffend der Köter ein. Der Alte schrie zur offenen Tür hinaus: Cholera, diabelskie nasienie, zamknij pysk! Offenbar ein paar saftige Flüche, und jaulend kuschte das Tier. Wieder zu ihr gewandt, vergaß er, seine Stimme auf normale Lautstärke zu senken, schrie, Christentum gehöre in die Welt, und stieß dabei mit seinem Stock auf den Boden. Sie fürchtete sich vor dem Alten, es hielt sie aber die Neugier auf dem Stuhl fest, dieselbe Neugier, mit der sie Jadwiga in dieses Haus gefolgt war, Neugier nach dem Unheimlichen, von dem sie wußte, ohne es bisher erlebt zu haben. Haß auf die Juden, frei geäußert wie ein selbstverständliches Recht.

Jawohl, die Jidn haben ihn getötet! Da, Maria! Ihr Sohn! Mit seiner gichtigen Hand zeigte er auf die Geschirrspülmaschine, und die alte Frau schlug ein Kreuz. Herrschaft der Christenheit. Der Jid vereitelt es.

Vom Herd her sprach die Alte zu ihrem Mann. Ihre Stimme hatte einen warmen Klang, tief und etwas belegt. Vermutlich versuchte die Frau, ihren Mann zu mäßigen. Und wirklich, er sprach auf einmal freundlich.

Jawohl, ihr Deutschen, ihr habt die Jidn getötet. Er lächelte, er hob seine Hand vor ihr Gesicht, und bevor er das Kreuzzeichen machen konnte, hatte sie gegen seinen Arm geschlagen und rutschte darunter hervor. Sie lief aus

203

dem Haus und an Jadwiga vorbei, sie spuckte auf den Weg, rannte zu ihrem Auto, suchte mit zitternden Fingern nach dem Schlüssel in ihrer Hosentasche, fand ihn, ließ ihn fallen, hob ihn auf, stieg ein, schlug krachend die Autotür zu, startete, fuhr mit quietschenden Reifen ab, fuhr die Straße hinunter, kehrte am Ende um, da es dort nicht weiterging, kam wieder an dem Haus vorüber, sah draußen Jadwiga stehen, die gewartet hatte, um ihr zu zeigen, wo der Weg nach Auschwitz ging.

Dritte rechts, dritte rechts, rief Jadwiga und winkte ihr nach.

Sie bog nicht ab. Sie fuhr nach Krakau zurück. Auschwitz konnte sie immer noch besuchen. Sehr viel Zeit hätte sie jetzt sowieso nicht mehr gehabt. Sie wollte so schnell wie möglich ins Hotel. Dort angekommen, ging sie nochmals unter die Dusche, stellte sich her mit der gleichen Sorgfalt wie am Morgen, ging danach hinunter zur Rezeption und ließ sich ein Taxi kommen.

Dem Fahrer gab sie den von Bohdans Hand geschriebenen Zettel, und er fuhr los, ohne den Taxameter einzuschalten. Über die Schulter nannte er ihr eine Summe, die bestimmt viel zu hoch war. Sie hatte jetzt keine Lust zu handeln. Sie dachte an ihren Batzen Złotyscheine und nickte stumm. Die Straßen wurden bald dunkler und enger.

Das Haus, vor dem der Chauffeur hielt, war von Ruß geschwärzt wie jedes Haus in diesem Viertel, alte Fassaden, eigentlich recht hübsche Bürgerhäuser, jedoch schwer vernachlässigt. Sie las die Namen neben den Klingelknöpfen. Die Haustür stand weit offen. Lubiński, Kubiński, Łomiński, Różański und Poznański. Jackiewicz. Sie klingelte und trat ein. Das Licht im Treppenhaus funktionierte nicht. An den meisten Wohnungstüren standen keine Namen und sowieso hätte sie kaum etwas entziffern können. Es war ziemlich dunkel auf der Stiege. Sie hoffte, daß der alte Jackiewicz auf ihr Klingeln hin seine Tür bereits geöffnet hatte. Und so war es. Im dritten Stock links stand ein großer, alter Mann im Eingang zu seiner Wohnung. Sie hatte einen kleinen, alten Mann erwartet. Wieso eigentlich einen kleinen? Er war etwa so groß und schlank wie ihr Vater.

Als sie einander zur Begrüßung guten Tag sagten, sie auf polnisch, er auf deutsch, fürchtete sie, mit ihm allein zu sein. Und ebenso fürchtete sie, er könne andere Polen, die ihren Vater gekannt hatten, benachrichtigt haben. Allzu viele Menschen, die Paul auf jene oder eine andere Art erinnerten, hätte sie jetzt nicht verkraften können. Wahrscheinlich war es überhaupt unzulässig und irgendwie verkehrt, sich den eigenen Vater durch subjektiv veränderte Erinnerungen fremder Menschen vorführen zu lassen. Wovor fürchtete sie sich? Auf keinen Fall würde sie ihm sagen, daß sie jüdisch war. In Hamburg hatte sie überlegt, was sie ihm mitbringen konnte. Bohnenkaffee war bestimmt willkommen. Sie überreichte ihm in einer Plastiktüte zwei Fünfhundert-Gramm-Pakete, und er nahm sie, als seien sie dafür verabredet gewesen.

Wenn es Ihnen nichts ausmacht, setzen wir uns in die Küche, dort ist es warm. Er ging ihr voran durch einen schmalen Flur. Wie mein Vater, dachte sie, mit hängenden Schultern. Sie beteuerte, es mache ihr überhaupt nichts

205

aus, sie säße auch zu Hause in Hamburg am liebsten in ihrer Küche oder auf dem Balkon, wenn das Wetter es erlaube, verstummte, denn jemand hatte gehustet, und zwar hinter der geschlossenen Zimmertür, an der sie gerade vorübergegangen waren, und Tadeusz Jackiewicz erklärte, ein paar Zimmer seien vermietet, die Wohnung sei ihm zu groß geworden. In der Küche schenkte er zur Begrüßung Wodka ein. Es waren Wassergläser, und es war angenehm, einen ersten Schluck Feuer in sich zu spüren. Sie sah ihn über den Rand ihres Glases an. Er trank, als sei es Wasser und hielt beim Trinken die Augen geschlossen. Er war sorgsam gekleidet, und sie vermutete, er habe die weinrote Krawatte zum dunkelbraunen Kordanzug eigens für sie umgebunden.

Sie sprechen Polnisch? Er setzte sein Glas ab.

Nein, leider, überhaupt nicht. Sie schüttelte den Kopf. Nur wenige Wörter. Guten Tag, danke und bitte. Das ist beinahe alles. Ich komme aus Deutschland und erwarte, daß man mich hier versteht. Eigentlich peinlich. Sie hob um Verzeihung bittend Schultern, Hände, Augenbrauen, dachte in der Bewegung plötzlich, laß das, jüdische Gestik, und trank einen Schluck Wodka.

Er sprach auffallend langsam, machte Pausen, wo man sie nicht erwartete, setzte aus im Sprechen und schien selbst nichts davon zu merken, denn es stellte sich heraus, daß er den ersten, den sozusagen abgehängten Teil seines Satzes nicht wiederholte, sondern auch nach langer Unterbrechung einfach weitersprach. Sie mußte ihm mit erhöhter Aufmerksamkeit zuhören und gab sich dabei alle Mühe, keine Verwirrung zu zeigen.

In meiner Generation werden Sie, und nun stockte er und schwieg, und sie blickte in ihr Glas, wartete und war besorgt, ob er den Zusammenhang auf immer verloren sah, worüber er zu sprechen eben noch vorgehabt hatte. Da sagte er: Stets Menschen finden, die der deutschen Sprache mächtig sind. Und sie atmete durch.

Man schätzt in Polen und nicht nur in Polen, wieder schwieg er, kam diesmal erfreulicherweise rascher weiter, in Osteuropa schätze man die deutsche Kultur sehr hoch. So war es vor Zeiten und auch heute wieder. Jetzt sah er sie an, ernst, dann starr und dann verlor er sie aus seinem wässerig dunklen Blick. Wir, die Inteligencja, ob polnisch oder rumänisch oder jüdisch und sogar russisch, wir hofften auf die Deutschen. Und als sie kamen, wieder schwieg er und ließ seinen Mund halb offen stehen. Ein Raum, der sprachlos zurückgeblieben war. Man hätte meinen können, er lausche oder höre etwas. Wir glaubten, wir hofften, das deutsche Kulturvolk werde gemeinsam mit uns die Russen zurückdrängen. Und Ihr Vater? Geht es ihm gut?

Das kam überraschend schnell, ohne die kleinste Pause zum Vorhergesagten.

Mein Vater? Sie schwieg.

Tadeusz Jackiewicz schenkte Wodka nach. Hatte sie ausgetrunken? Sie betrachtete den Haarkranz auf seinem Kopf. Er hatte ihn rasiert. Ein kantiger, großer Kopf mit großen Ohren, einer hohen Stirn und einem starken Kinn. Der Mund, sein Mund, der sogar offenstehend nichts herauslassen konnte, dieser Mund war auffallend weich.

Mein Vater, sagte sie, ist vor ein paar Tagen gestorben.

Sein Gesichtsausdruck veränderte sich, seine Augen hinter den Brillengläsern wurden runder, und sein Blick zog etwas von ihr ab, was ihr bereits zugutegekommen war. Er hatte geglaubt, ihr Vater habe sie geschickt. Sie sah, daß seine Brille an einem Bügel mit Klebeband umwickelt war. Ihr Vater war Handelsvertreter für Brillen gewesen. Das war sein Beruf geworden. Bei Alma standen zwei große Koffer mit Damen- und Herrenfassungen im Keller. Paul, dachte sie, hätte Tadeusz Jackiewicz mehrere Brillengestelle mitgebracht.

Warum kommen Sie zu mir?

Diese einfache Frage verstörte sie völlig. Sie wußte nichts zu antworten, trank Wodka, fühlte mit Entsetzen Tränen in sich aufsteigen und begriff auf einmal, daß sie gehofft hatte, von diesem alten Mann, der ihr am schmalen Küchentisch gegenübersaß, in die Arme genommen zu werden. Warum war sie gekommen? War sie überhaupt hier? Als Kind hatte sie sich in Situationen schwerster Überforderung innerlich wegbringen können. Sie war abgestürzt in hohes Fieber. Das war vorbei, und wahrscheinlich waren ihre Panikattacken, gegen die ihr die Ärztin von Konrad Brümmel Tabletten verschrieben hatte, eine Variation davon.

Warum bin ich gekommen? Sie wiederholte die Frage und sah ihn dabei an. Sie wollte seiner Frage standhalten, mochte der Wodka ihre Knie aufweichen. Mein Vater arbeitete bei Weltburg, Sie doch auch.

Eine Katze kam zur Küche hereingeschlichen. Sie war rötlich und weiß gefleckt, hatte in ihrem ausgeleierten Bauchfell bestimmt viele Würfe ausgetragen und nahm,

208

indem sie sorgsam ihren Schwanz um sich ringelte, mitten in der Küche Platz.

Sie ist scheu, sagte Tadeusz Jackiewicz. Sie tut nichts. Sie geht nicht zu Fremden. Er rief leise ihren Namen. Zofia. Aber Zofia rührte sich nicht vom Fleck.

Seine Nachbarin habe leniwe kluski vorbereitet. Er müsse sie nur in der Pfanne wärmen. Ob sie leniwe kenne. Sie verneinte, dachte, es würde gut sein, etwas gegen den Wodka zu essen, und war erfreut zu sehen, daß der Teller, den er aus einer Vorratskammer neben der Küche herein-trug, bedeckt war mit kleinen Pfannkuchen. Während er die leniwe in eine Pfanne legte und ihr dabei den Rücken zudrehte, schwiegen sie beide. Sie sah der Katze zu. Zofia putzte sich. Tadeusz Jackiewicz stellte die Pfannkuchen auf den Tisch, dazu zwei Teller, Besteck für sie und für ihn, zwei Servietten sowie eine Schale mit Pflaumenkom-pott und ein Schälchen, in dem Zimt mit Zucker ver-mischt war.

Sie aßen. Es schmeckte ihr. Unterm Stuhl strich Zofia um ihre Beine. Sie nahm wieder einen Schluck Wodka. Sie mochte Katzen nicht, und darum kamen Katzen gern zu ihr.

Über Weltburg also, sagte Tadeusz Jackiewicz.

Ja, bestätigte sie, über die Firma Weltburg und über den Einbruch damals ins Präsidium, um die gefälschten Kennkarten abzustempeln. Ich weiß von meinem Vater davon, allerdings nicht viel, nur die Tatsache eben.

Weltburg, ich war Buchhalter bei Weltburg & Co. in Krakau. Ein Vertrauensposten. Er wiederholte, ein Ver-trauensposten, und dann schwieg er, ohne auf den Einbruch von damals einzugehen. War es taktlos von ihr, so bald darauf zu kommen? Vermutlich hatte das Wort ihn brüskiert. Einbruch. So etwas taten Kriminelle. Aus Verlegenheit griff sie nach dem Wodkaglas. Er schwieg, er ruhte irgendwo in seinem Satz. Und sie vergaß zu atmen. Sie brannte darauf, von diesem Einbruch zu hören, ihr Vater war daran beteiligt gewesen. Unvorstellbar. Ihr Vater kletterte durch ein Fenster mit Taschenlampe und Pistole. Sie wollte alles darüber erfahren.

Wo ist Zofia? Auf eine Untertasse legte Tadeusz Jackiewicz ein Stückchen Pfannkuchen, um es der Katze zu geben. Er sah unter den Tisch. Seine Katze saß zwischen ihren Füßen, den Kopf an ihren Waden reibend. Sie hatte versucht, das Tier vorsichtig mit dem Fuß wegzuschieben und dafür spitze Krallen zu spüren bekommen. Er stellte den Teller für die Katze auf den Fußboden.

Sie mag sie. Sein Gesicht war gerötet. Ich war Buchhalter bei Weltburg, und Ihr Vater, aber das wird er doch erzählt haben. Wissen Sie nicht? Das müssen Sie wissen, Ihr Vater hatte die Aufgabe in seiner Eigenschaft als Verbindungsmann zu den NS-Behörden, Tadeusz Jackiewicz sah vor sich hin, hielt seinen im Sprechen innehaltenden Mund geöffnet, lauschte, schwieg, ließ Pauls Tochter über einem Abgrund hängen und vervollständigte seinen Satz, indem er wiederholte, daß ihr Vater, Paul also, mein Vater, mein Vater, Verbindungsmann zum Wirtschaftsverwaltungshauptamt Zweigstelle Krakau gewesen sei, einer sehr bedeutenden NS-Behörde im Generalgouvernement, und er habe die Aufgabe gehabt, einmal im Monat die angesammelten Textil- und Eisenpunkte, die in den Einzelhan-

210

delsgeschäften der Firma Weltburg & Co. vereinnahmt wurden, mit dem WVHA abzurechnen, beziehungsweise diese Punkte dort abzuliefern.

Tadeusz Jackiewicz hatte den gesamten Rest ohne eine weitere Pause vorgebracht, und sie hatte dabei mehrere Schlucke Wodka getrunken, um ihren Kopf klar zu halten gegen aufsteigende Panik. So nah war ihr Vater dem geldgierig mörderischen Geschäft der Nazis gekommen. Der Mann ihr gegenüber lachte und schenkte Wodka nach. Warum lachte er? Für ihn war sie eine Deutsche, die deutsche Tochter eines deutschen Verbindungsmannes zu einer der wichtigsten NS-Behörden. Sie mochte sein Lachen nicht, obgleich es kein böses Lachen war, kein gehässiges Lachen. Wie können Sie lachen? Das war nicht nett von ihm. Sie hatte ihn gemocht. Sie hatte ihn sogar attraktiv gefunden in seinem dunkelbraunen Kordanzug. Er war ein alter Mann, er konnte ihr Vater sein, und sie konnte nicht leugnen, sich zu ihm hingezogen zu fühlen. Er sollte nicht schlecht von ihr denken. Sie konnte doch nichts dafür. Und wenn sie ihm verriet, daß sie jüdisch war, würde das seine Meinung ändern, aber vielleicht nicht verbessern. Er war Pole, und die Polen mochten die Juden nicht. Er war bestimmt kein geifernder Antisemit wie der Bauer aus Oświęcim, aber Pole war er, und sie war doch eigentlich auch nur, was ihr mitgegeben worden war in ihr Leben. Jüdisch und deutsch. Eine irrsinnige, eine blödsinnige, eine völlig meschuggene Mischung.

Sie hörte ihn lachen. Das waren Hunderte, Tausende. Er lachte aus seinem weichen Mund. Pan Amerykański, ihr Vater habe abgeliefert und ließ sich quittieren. Hunderttausende. Und alle würden sie vernichtet werden. Das war Ihrem Vater klar, denn sie waren nicht mehr verwendbar. Alle kamen da hinein und wurden vernichtet.

Eine Gabel sprang hoch. Das nahm sie gerade noch wahr. Und den reißenden Wolf, von dem sie Tadeusz Jackiewicz hatte reden hören. Wieso eigentlich ein Wolf? Das konnte nur ein Deutscher Schäferhund gewesen sein. Er kam ihr zähnefletschend nachgesprungen. Hunderttausende nahmen sie auf, nahmen sie mit.

XIV.

War sie ohnmächtig? Träumte sie? Ihr Zustand war ihr nicht unangenehm. Sie war weggetreten, ohne gegangen zu sein. Das gab es. Die fremden Menschen, von denen sie umdrängt war, störten sie nicht. Alle sprachen sie durcheinander, ziemlich aufgeregt sogar. Sie mußte nichts sagen. Sie verstand sowieso kein Wort. Sie saß in der Küche von Tadeusz Jackiewicz, in der es auf einmal stockdunkel geworden war. Und stockdunkel blieb es, obwohl jemand ein Fenster öffnete. Waren deshalb alle so aufgeregt? Sollte man das Fenster besser wieder schließen? Jemand drehte vorsichtig ihren Kopf zur Seite, denn sie war auf die Stirn gefallen. So konnte sie besser atmen.

Ona nie jest do niego podobna. Podobna do niego nie jest.

Das hätte sie auch bei vollem Bewußtsein nicht verstehen können.

Córką Pana Amerykańskiego?

Es war eine Frau, die gesprochen hatte. Und jetzt sprach ein Mann.

Ona jest córką Pana Amerykańskiego. Pan Amerykański z Hamburga.

Sie hätte, würde sie in diesem Zustand sprechen können, gern darum gebeten, den letzten Teil noch einmal für sie zu wiederholen. Die redeten doch über ihren Vater.

Pan Amerykański, so viel verstand sie. Und Hamburga war selbstverständlich Hamburg.

Ja w to nie wierzę.

Jeśli ja ci to mówię.

Ja w to nie wierzę!

Wieder dieselbe Frauenstimme. Sehr aufgebracht. Und jetzt sprachen sie alle durcheinander. Aber deutlich hatte sie Weltburgs Namen gehört. Die Frau lachte. Ziemlich gehässig sogar und böse. Dafür hatte Pauls Tochter vollstes Verständnis. Weltburg sollte man anklagen und nach Fuhlsbüttel bringen. Nicht sie. Das drohte ihr in Hamburg. Hier durfte sie frei sprechen. Außerdem trug sie ja ihre Anwaltsrobe. Meine Damen und Herren Geschworenen, ich verstehe kein Polnisch, aber Sie werden mich verstehen, wenn ich Ihnen sage, daß die Lebensbeunruhigungen der vergangenen Tage, der wenige Schlaf und darüber der reichlich getrunkene Wodka ausgereicht haben würden, mich endlich einmal in Ohnmacht zu versetzen. Doch ich bin der Gegenwart entzogen, weil die vergangene, die damalige Gegenwart, als Tadeusz Jackiewicz in seiner bedachtsamen Art sie in seiner Küche vor mir herzustellen begann, nicht mehr die vergangene Gegenwart werden konnte, die ich gewohnt bin, aus dem gemeinsamen Mund meiner Eltern hervortreten zu hören, und die ich seit langem als deren Hüterin bewohne. Dem Mann gegenüber, dem mein Vater sich einst in größter Not anvertraut hatte, kann ich diese Aufgabe vernachlässigen. In dieser polnischen Küche hat der gemeinsame Mund zu schweigen. Zwar bin ich in den vergangenen Tagen der Wirklichkeit von damals nähergekommen. Aber

214

was ist denn Wirklichkeit? Wirkung und Einwirkung. Eine verschlossene Zellentür in Fuhlsbüttel ist nicht bloß eine verschlossene Zellentür, sondern es kommt darauf an, wie sie auf denjenigen wirkt, der vor ihr steht, drinnen oder draußen. Ich habe einmal ein ehemaliges Kazett besichtigt, nicht Auschwitz, das werde ich noch nachholen, ein Konzentrationslager in Deutschland, und in der Baracke, in der, laut Begleitheft, die Gedenkstättenverwaltung alles wie damals hergestellt zu haben meinte, waren die Stockbetten von Ikea.

Die Geschworenen lachten. Ein alter Jude, er war der oberste Richter, strich ihr mit seiner Pelzmütze über die Stirn. Wieder lachten alle, und eine Katze miaute. Manchmal war es diesem Mann und dieser Frau, die später ihre Eltern geworden waren, gutgegangen, richtig gut, und ausgerechnet in Polen. Wie konnte es ihnen gutgehen? Um welchen Preis? Solche Fragen gab es in ihr, sie schleppte schwer daran. Als hätte sie wünschen können, daß es Paul und Alma schlechtgegangen wäre. Immer wieder vergaß sie Zusammenhänge, und fragte sie danach, sagte Alma, ach, das haben wir doch so oft erzählt, und dann war es nichts Besonderes gewesen oder ging unter in einer sich daraus ergebenden anderen Geschichte, und Tage später fiel ihr ein, daß sie es wieder nicht erfahren oder doch wahrscheinlicher noch, wieder nicht richtig danach gefragt hatte, und sie gab sich und ihrer Ermüdung im Strom der immer gleichen Geschichten die Schuld daran.

Nun wußte sie es. Das Fehlende hatte nicht erzählt werden können. In den vergangenen Tagen hatte sie Zusammenhänge aufgefaßt und eingefügt, über die der ge-

215

meinsame Mund schwieg. Sie sah auf Elendes und verstand. Schwere Seelenarbeit war zu leisten gewesen, und auf einmal war alles so einfach, schwindelerregend einfach. Sie hatte gefürchtet, sie käme niemals davon los. Jetzt begriff sie. Das war ihr Besitz, auf sie überkommen. Und war sie damit beschäftigt, hatte sie es mit sich zu tun. Zum Beispiel war sie niemals auf die Idee gekommen, sich zu vergegenwärtigen, daß und wie oft ihr Vater Heil Hitler gesagt haben mußte. Diese Peinlichkeit, diesen unanständigen Ausdruck damaliger Wirklichkeit, hatte sie vor sich verborgen gehalten. Das war nun nicht mehr möglich, denn Tadeusz Jackiewicz hatte etwas gesagt, was sie gerade noch gehört hatte, bevor der gemeinsame Mund sie in seine Höhle einsog. Paul, mein Vater, in seiner Eigenschaft als Verbindungsmann zu einer der wichtigsten NS-Behörden zappelte durch ihr Hirn, zog die Hacken zusammen und machte die obszöne Armbewegung. Um dem zu entkommen, mußte sie auftauchen aus dem Bewußtseinsnebel. Einfach war das nicht.

Laßt uns auf deutsch reden, sagte eine Frau. Es war nicht die Frauenstimme von vorhin. Wenn wir deutsch reden, kommt sie vielleicht wieder zu sich.

Gute Idee, Renata, sagte Tadeusz Jackiewicz. Sie erkannte seine Stimme.

Ta kobieta, ona jest w ogóle do niego niepodobna! Das war die andere Frau. Sehr aufgebracht. Eine Hand strich über ihr Gesicht, und ein Mann sprach. Sie kommt hierher, heißt wie Pan Amerykański, weiß von Weltburg, weiß von uns, ich vertraue ihr. Wie nett er sprach. Tadeusz Jackiewicz war es nicht, aber die Stimme kannte sie.

216

Was heißt das schon? Wieder diese kratzbürstige Frau. Diesmal auf deutsch. Kann sie alles genauso wissen als Tochter von Nazis. Die hatte was gegen sie. Jetzt war es aber an der Zeit, daß sie ihren Kopf hob.

Auch vom Einbruch ins Präsidium weiß sie.

Na und? Ist das nicht verjährt?

Ein SS-Mann wurde damals von einem von uns erschlagen. Vielleicht verheimlicht sie etwas. Seien wir wenigstens darauf vorbereitet.

Zofia mag sie, und ich auch. Wieder der Nette. Sie öffnete ihre Augen. Licht blendete sie. Sie schloß die Lider, aber nun war sie vollständig bei Bewußtsein. Die Stimme erinnerte sie an Konrad Brümmel, was merkwürdig war, oder eher eigentümlich. Ein eigentümliches Wort, Eigentum, eigentümlich. Sie würde es sich einmal näher betrachten müssen. Etwa so, wie die fremde Frau ihre Handtasche inspizierte. Jetzt nehmen sie mir mein Portemonnaie weg. Gut, daß ich endlich mal sehe, wie es geschieht. Ich werde sie zur Rede stellen müssen. Dazu muß ich meine Augen öffnen. Was waren das überhaupt für Leute?

Sehen wir nach, ob sie heißt, wie sie sagt, und ob sie aus Hamburg kommt. Sie wird ihren Paß bei sich haben, sagte die Frau, die von den anderen Renata genannt wurde.

Ein weißes Herrentaschentuch kam zum Vorschein, mehrfach zusammengefaltet. Die Frauenhand steckte es zurück in die Damentasche und zog einen deutschen Paß heraus, hielt ihn zwischen den Fingern und reichte ihn weiter. Jemand sagte: Sieh du nach.

Tadeusz Jackiewicz nahm den Ausweis, durchblätterte

ihn, und ein Zettel glitt heraus, flatterte zu Boden. Bevor
Zofia ihn sich krallen konnte, hatte ihn eine Hand aufgehoben, faltete das kleine Stück Papier auseinander und las
langsam und laut vor. Sie wußte, was darauf geschrieben
stand. Sie hatte den Zettel in der Brieftasche ihres Vaters
gefunden. Ein Stückchen Rechenpapier. Zweieinhalb Zeilen fehlerfrei in Schönschrift: Kann ich zu Arzt gehen.
Muß ich wieder das Stottern heilen.

Eine Frau schluchzte auf. Moja kartka! To ja napisałam!

Na, siehst du, sagte eine Männerstimme. Ist sie doch
nicht Weltburgs Tochter. Was ich dir gesagt habe.

Sie hob den Kopf vom Tisch.

Die Polin, die den Zettel in der Hand hielt, eine alte
Dame, etwa im Alter ihres Vaters, weinte und küßte das
Stück Papier. Er hat mich immer gehen lassen, immer.
Ich habe den Zettel auf seinen Schreibtisch gelegt. Immer wenn wir Treffen hatten, unsere Treffen, Tadeusz, du
weißt, unsere Treffen in kościele Piotra-i-Pawła. Ich habe
den Zettel hingelegt, und er hat gesagt dobrze, dobrze,
schon gut. Wieder drückte sie den Zettel an ihre Lippen.

Sind Sie da? Na also. Sie waren ohnmächtig, wissen Sie
das?

Tadeusz Jackiewicz beugte sich über sie, während diese
Renata der anderen Frau den Zettel wegnahm, ihn in den
Paß legte, und zurück damit in die Handtasche.

Ein fremder Mann hielt ihr ein Glas an die Lippen.
Angewidert wandte sie sich ab.

Es ist Wasser, kein Wodka, trinken Sie. Ich bin Jurek,
Jurek Harlowski und hier, meine Frau, Renata Harlowska.

Sie trank ein paar Schlucke.

218

Wir werden Sie nach nebenan bringen, dort können Sie sich legen. Renata Harlowska reichte Pauls Tochter die Handtasche, als habe sie nur deshalb danach gegriffen, um sie der Besitzerin zu geben.

Mit zitternden Knien erhob sie sich vom Stuhl. War sie denn so geschwächt, daß sie rechts und links von zwei Männern gehalten werden mußte?

Meine Frau und ich, wir waren Nachbarn Ihrer Eltern.

Natürlich, Harlowskis. Das waren also Harlowskis, die das Foto gemacht hatten von Paul mit seiner Zigarette und seinem Lächeln. Es stand bei ihr zu Hause im Küchenbord, gelehnt gegen das kleine Radio. Der andere war der Dicke aus dem Hotel, der Devisenhändler. Darum war ihr die Stimme bekannt vorgekommen.

Er sei Edzio sagte der Dicke, Edzio Piotrowski, vor fünfzig Jahren Laufbursche bei Weltburg in Krakau.

Nein, sie schüttelte den Kopf. Bohdan.

Doch, doch, er ist Edzio, sagte der andere Mann rechts von ihr, nicht Bohdan, Edzio, und ich bin Jurek.

In dem Bemühen, zu sich und zurück zu kommen, erinnerte sie, beim Eintreten in diese fremde Wohnung und auf dem Weg zur Küche, vorbei an der geschlossenen Zimmertür, jemanden dahinter gehört zu haben. Wer hat vorhin gehustet?

Jurek, sagte Edzio. Und Jurek erzählte, sie hätten alle vier nebenan gesessen, wir konnten nicht glauben, daß Sie wirklich, daß Pan Amerykański seine Tochter zu uns geschickt hat.

Sie hatten das Wohnzimmer erreicht, wo sie sich auf eine Couch legte. Renata Harlowska schob ihr mehrere

Kissen in den Rücken, und erklärte ihr, sie habe eine rote Ohnmacht gehabt, weshalb sie besser aufrecht sitze, statt zu liegen, denn, sagte Jurek, meine Frau war Krankenschwester, und sie war eine sehr gute Krankenschwester, operiert hat sie, sogar ohne Arzt.

Laß doch, Jurek, unterbrach ihn seine Frau.

Dachten Sie, ich sei Weltburgs Tochter?

Es war still.

Und selbst wenn, sagte sie, selbst wenn ich Weltburgs Tochter gewesen wäre. Was hätten Sie zu befürchten?

Ach, wissen Sie, antwortete Tadeusz Jackiewicz, eigentlich nichts, aber es kommen Leute aus Deutschland nach Polen, und haben Forderungen. Sie fordern dies, sie fordern das, sie wollen Auskünfte über Familienangehörige, die verschwunden sind. Man kann es verstehen. Alte Geschichten. Nicht immer schöne Geschichten. Aber lassen wir das. Wie geht es Ihnen. Hoffentlich besser? Sie sehen, wenn ich das sagen darf, sehr geschwächt aus. Kann man ihr etwas geben, Renata. Möchten Sie ein Stärkungsmittel?

Nur die andere Polin hatte noch nichts gesagt. Die hatte noch keinen Namen. Die hielt sich im Hintergrund. Um sie herum wurde gesprochen. Jetzt wieder ausschließlich auf polnisch. Klingt wie Vogelgezwitscher, hatte ihr Vater gesagt. Renata Harlowska trat zu ihr. Sie hatte eine Tasche aus dunklem Leder bei sich, von ernstzunehmendem Umfang, eine Arzttasche. Daraus nahm sie eine Spritze und eine Ampulle. Sie machte ihren Arm frei. Es tat gut, versorgt zu werden. Und wer die andere Frau war, würde sie schon noch erfahren, sie würde heute noch viel erfahren. Ihr Puls wurde gefühlt, sie bekam zu trinken.

Wer waren sie eigentlich überhaupt, diese fünf Polen? Und was hatte Tadeusz Jackiewicz gemeint mit den Hunderttausenden, die vernichtet worden waren? Was hatte ihr Vater damit zu tun gehabt? Und nun setzte sie sich entschlossen auf und sagte:

Entschuldigen Sie bitte, ich möchte jetzt wissen, was mein Vater gemacht hat.

Das habe er ihr ja gerade erzählen wollen, sagte Tadeusz Jackiewicz, und da sei sie auf einmal besinnungslos geworden. Für die Firma Weltburg war Ihr Vater Verbindungsmann zu einer der wichtigsten NS-Behörden. Zum WVHA, NS-Wirtschaftsverwaltungshauptamt, We Vau Ha A. Haben Sie mal davon gehört?

Sie preßte die Lippen aufeinander und verneinte stumm. Ihr Vater? Verbindungsmann für die Nazis?

Das hat er nicht erzählt? Aber wieso denn nicht? Das war doch unser aller Glück!

Sagen wir du, unterbrach Edzio. Sagen wir du, und alles ist leichter für mein Deutsch.

Noch einmal nannten alle ihre Namen, auch die Frau, die bisher geschwiegen hatte. Sie hieß Hania. Man zog Sessel heran. Jurek brachte Wodka und Gläser aus der Küche. Für Pauls Tochter wurde ein Fencheltee gekocht. Sie bekam leicht geröstetes Brot mit etwas Butter bestrichen und mit Salz bestreut. Draußen war es dunkel geworden. Wurst und Brot und barszcz, eine heiße Suppe, kamen auf den Tisch. Beim Essen erfuhr sie Einzelheiten über das staatlich organisierte deutsche Beraubungs- und Verteilungssystem sowie über die bedeutende Aufgabe, die Handelsfirmen wie Weltburg & Co. dabei erfüllt hatten.

Das NS-Wirtschaftsverwaltungshauptamt kontrollierte die Konzentrationslager. Wirtschaftliche Aspekte waren neben der Ausbeutung der Häftlingsarbeit das Sammeln, Sortieren und Verteilen gewaltiger Massen von Raubgut. Inventarisierung, Lagerung, Nutzbarmachung und Verteilung. Gold, Silber, Uhren, Schmuck, Edelmetalle, Devisen, Möbel, Hausrat, Teppiche, Pfannen, Töpfe, Kleidung. Judensterne vorher abtrennen, von Blutflecken reinigen. Lumpen, Schuhe, Damen-, Herren-, Kinderschuhe, Stiefel. Pelze an die SS-Kleiderfabrik in Ravensbrück, Seidenwäsche direkt ans WVHA. Bettwäsche, Federbetten, wollene Decken, Schirme, Kinderwagen, Bücher, Ledergürtel, Geigen, Tabakspfeifen, Zahnbürsten, Sonnenbrillen, Taschenspiegel, Koffer, Stoffe. Zahnprothesen, Brillen und rahmenlose Gläser ans Medizinische Referat. Wertvolle Uhren an SS-Männer zu Weihnachten, an verwundete SS-Soldaten, an Familien von SS-Männern, Männerober- und Unterkleidung an die Volksdeutsche Mittelstelle, für Neusiedler, Aussiedler, Umsiedler, für Ausgebombte, für Reichsdeutsche, für Volksdeutsche, an Truppenverkaufsläden für Soldaten. Taschenuhren und Armbanduhren, Füllfederhalter, Drehbleistifte für verdiente Frontkämpfer, Rasiermesser, Taschenmesser, Scheren, Taschenlampen, Brieftaschen. Alles deklariert als deutsches Staatseigentum. Alles zu beziehen auf Marken, sogenannte Bezugspunkte.

Was nicht ins Reich verfrachtet wurde, ging an Bezugsläden, wie auch Weltburg sie im Generalgouvernement besaß. Dort konnten die Sachen gegen Punktmarken erworben werden. Hunderttausende, Millionen Punktmarken. Pauls Aufgabe war es gewesen, einmal im Monat die in Weltburgs Geschäften angesammelten Punkte mit dem NS-Wirtschaftsamt abzurechnen und die vielen Bezugspunktmarken dort abzuliefern. Auf einem vorgefertigten Begleitschreiben der Firma Weltburg wurde die Zahl quittiert. Jeder Punkt ein Stückchen Papier, nicht größer als eine sehr kleine Briefmarke, der Rand gezackt, graugrünlich bedruckt und federleicht. Das waren regelmäßig Kilopakete Punkte.

Er könne sich nicht vorstellen, hatte Paul zu Tadeusz Jackiewicz gesagt, daß die von ihm abgelieferten Punkte auf dem NS-Amt nachgezählt würden. Sie kämen bestimmt in den Reißwolf. Im Schleichhandel hatte ein einziger Punkt einen Wert von zwölf Złoty. Dort kostete ein Kilo Butter fünfhundert Złoty, gleich 42 Punkte. Pan Jackiewicz, hatte Paul gesagt, Sie wissen von mir, ich lebe außerhalb des Gesetzes, ich muß alles einsetzen, um das Leben meiner kleinen Familie zu retten, genau wie Sie, steigen wir also groß ein in den Schleichhandel.

Und so geschah es, sagte Tadeusz Jackiewicz. Pan Amerykański ließ sich im WVHA bedeutend mehr Punkte quittieren, als er wirklich dort ablieferte, und die so gewonnenen Punkte gab er an seine polnischen Freunde weiter.

Wir haben Geld gescheffelt, lachte Edzio. Für deutsche Punktmarken gab es alles. Waffen, Munition, Kleidung, Schuhe und zu essen. Und Pan Amerykański bekam, was er für sich und seine beiden Frauen brauchte. Sogar einen Lastwagen.

Darin sind sie glücklich entkommen, ergänzte Tadeusz Jackiewicz.

Entkommen? Entkommen den Russen, sagte Jurek. Aber zurück nach Hitlerdeutschland.

Jedoch vorher, das wußte sie aus den Aufzeichnungen ihres Vaters, mußte Paul noch einmal nach Krakau. Bei seiner Rückkehr aus der Lüneburger Heide war er in Dziedzice Leimann in die Arme gelaufen, ein seliger Paul, vor wenigen Stunden Vater geworden.

Paul ist aufgelöst in Freudentränen, und Leimann bedrängt ihn, Paul müsse zurück. Er müsse noch einen Lastwagen nach Westen fahren. Der Lkw stehe bei Weltburg in Krakau auf dem Firmenhof, beladen mit Leimanns Eigentum. Wenigstens bis hierher, nach Dziedzice, müsse Paul den Lastwagen bringen. Für ihn, Leimann, stehe viel auf dem Spiel. Paul wisse ja selbst, was das bedeuten könne, deutlicher müsse er wohl nicht werden.

Das ist eine Drohung, und Paul kann sich nicht leisten, sie mißzuverstehen. Schon am selben Abend trifft er in Krakau ein. Wo soll er hin, wo kann er über Nacht bleiben? Alles, was Alma und ihm gehört, haben sie verschenkt, bevor sie abgereist sind. Um keinen Verdacht zu erregen, haben sie sich von niemandem verabschiedet. Nur Tadeusz Jackiewicz und Edzio wußten Bescheid und hatten die Erlaubnis, Pauls Wohnung leerzuräumen. Das ist inzwischen geschehen. Noch weit mehr ist passiert. Tadeusz Jackiewicz ist von der Gestapo verhaftet worden. Auch nach Paul suchen sie im gesamten Generalgouvernement. Edzio hat Pan Amerykański im Dunkeln auf der Straße abgefangen, um ihn zu warnen. Irgend jemand muß ihn angezeigt haben. Vielleicht hat Tadeusz Jackiewicz unter der Folter seinen Namen preisgegeben. Edzio

224

weiß von Pan Leimann, Pan Amerykański kommt, um für Pan Leimann einen Lkw nach Westen zu fahren. Edzio hat beim Aufladen geholfen. Viele Flaschen Wodka, Koffer, Kisten. Edzio darf als Pole im Dunkeln nicht mehr auf der Straße sein. Auch Paul nicht, obwohl er Deutscher ist, aber er ist kein Soldat und darum unbewaffnet. Ein deutscher Mann, so schreibt es die Besatzungsmacht vor, muß auf der Straße sofort schießen können, besonders im Dunkeln.

Paul schleicht in der Nacht zu Harlowskis. Sie sind Polen, und der Mann ist angeblich deutschstämmig, jedenfalls war er eine große Nummer im polnischen Transportwesen und ist darum für die Besatzungsmacht irgendwie wichtig. Jurek Harlowski und seine Frau sprechen sehr gut deutsch. Paul vertraut dem Ehepaar. Er hatte sie einige Male vor Razzien warnen können. Harlowskis haben zwei große Söhne, die verstecken sie, damit die beiden Jungen nicht von der Wehrmacht an die Front und ins Sperrfeuer gejagt werden. Darum vertraut Paul ihnen.

Eines Nachts, als sie in völliger Dunkelheit bei Harlowskis saßen, Renata, Jurek, die beiden Söhne, Alma und Hedwig und Paul, während draußen SS und Soldaten Gewehrsalven abfeuerten – an dieser Stelle hatten ihre Eltern immer den Satz eingeschoben: Natürlich wußten Harlowskis nichts von uns – in dieser Nacht, in der die Razzia überhaupt nicht enden wollte und nicht die Angst, begann Renata Harlowska in der Dunkelheit des umstellten Hauses Goethes Faust zu deklamieren, auf deutsch. Alma, die aus Gründen, die Harlowskis nicht wissen durften, in Hamburg aus der Schule geworfen worden war, hörte

Goethes Faust in dieser Nacht zum ersten Mal und aus
dem Mund einer Polin.

Ich Ebenbild der Gottheit, das sich schon
Ganz nah gedünkt dem Spiegel ew'ger Wahrheit,
Sein selbst genoß in Himmelsglanz und Klarheit,
Und abgestreift den Erdensohn;
Und, schaffend, Götterleben zu genießen
Sich ahnungsvoll vermaß, wie muß ich's büßen!

Als sie wieder Licht machten, sagte Jurek Harlowski,
meine Frau kennt den Faust auswendig, aber bloß den
ersten Teil.

Nachts habe es an ihre Tür geklopft, erzählte Renata.
Ich sag zu Jurek, du bleibst hier, ich geh, ich öffne. Ich habe
stets geöffnet, Jurek nie. Wer ist da? Pan Amerykański. Ich
kannte seine Stimme. Gut. Ich lasse ihn schnell ein. Er
werde, sagt Pan Amerykański, morgen in aller Frühe Krakau für immer verlassen. Das darf er nicht sagen. Er muß
als deutscher Mann im Generalgouvernement bleiben. Er
hat Angst, diese Fahrt mit einem Lkw beim zweiten Mal
nicht mehr zu schaffen. Er hat Angst, daß jetzt, da er Vater
geworden ist, daß sie ihn jetzt, da von allen Seiten die Befreier endlich kommen, daß sie ihn jetzt schnappen werden. In dieser Nacht, sagte Renata, breitet er alles vor uns
aus. Alma, Hedwig, Jüdinnen, Rassenschande, Strafkompanie. Und ich, unterbrach Jurek seine Frau, mittendrin
springe ich auf, und er sprang auf, und ich sag zu ihm, mein
lieber Pan Amerykański, weil, sagte wieder Renata, denn
Jurek weinte, weil mein Mann Jude ist, und da haben wir
nun Monate nebeneinander gelebt und haben einander
vertraut und doch nicht vertraut.

Renata war verstummt. Erschöpft schwiegen sie alle. So und nur so hatten auch ihre Eltern darüber sprechen können. In solchen Sätzen glitt Vergangenheit ins Gegenwärtige. Erinnernde Rede mutierte zu lebenden Körpern, Wörter zu Körperwörtern. Als Kind wurde sie davon erfaßt, taumelte ihre Körperseele fremden Seelenkörpern entgegen.

Er ist am nächsten Morgen gefahren, sagte Renata. Die beiden Männer haben so viel Wodka in der Nacht getrunken, so leichtsinnig, er ist anderntags über die Beskiden gefahren auf Schleichwegen, und er ist angekommen bei seiner Alma.

Auch sie würde morgen fahren müssen, zurück nach Hamburg. Am Montag würde ihr Vater beerdigt werden. Morgen war Donnerstag. Sie würde noch einmal in Poznan übernachten und am Freitag in Hamburg zurück sein.

Edzio brachte sie in seinem Wagen zum Hotel. Sie lag kaum im Bett, da schlug der Schlaf sie nieder.

Das Telefon klingelte. Sie fuhr auf. Eine weibliche Stimme wünschte ihr guten Morgen. Ob sie schon jemanden empfangen könne?

Nein, auf keinen Fall. Wer ist es denn?

Im Hintergrund hörte sie eine aufgeregte Stimme. Hania. Moja kartka. Die Frau von gestern.

Dann wieder die Dame an der Rezeption: Ich gebe sie Ihnen. Ein Sturzbach von Wörtern ergoß sich in ihr Ohr.

Sie sei nicht angezogen. Es tue ihr leid. Ob man zusammen im Restaurant frühstücken könne?

Nein, nicht Frischtick, Zimmer, bitte.

Gut. Kommen Sie herauf.

Solle man, fragte die Dame von der Rezeption, das Frühstück hinaufbringen?

Ja, gern, und bitte dazu eine zweite Portion Kaffee.

Wird gleich serviert.

Da klopfte es schon.

Hania Zusmanowa, stellte sich die alte Dame vor. Sie war sorgsam zurechtgemacht, trug Perlenschmuck, trug einen eleganten Hut zu einem eleganten Kostüm, duftete nach Parfum, und Pauls Tochter stand im Pyjama vor ihr. Sie wolle duschen und sich anziehen, und wenn der Etagenkellner komme, möge Frau Zusmanowa ihn bitte hereinlassen. Damit verschwand sie im Bad. Vorm Spiegel holte sie tief Luft, dann drehte sie das Wasser auf. Frau Zusmanowa würde etwas warten müssen. Das war nun nicht zu ändern.

Unter der Dusche fiel ihr ein polnisches Wort ein. Czorsztyn. Der Name einer Stadt. Für ihre Zunge ein komplizierter Name, und um so erstaunlicher, daß ihr gerade dieser Name einfiel. Czorsztyn. Es schien, daß sie sich an die polnische Sprache gewöhnte. Zum Beispiel eben, der Name Zusmanowa war ihr von der Zunge geflossen, einfach so. Sie genoß das warme Wasser. Nach Czorsztyn. Wegen einer Geschäftsfahrt. Wegen einer Privatfahrt in unserem Geschäftswagen. Sie trocknete sich ab und hörte das Klopfen des Etagenkellners. Frau Zusmanowa, dachte sie und schaltete den Haartrockner ein, wird wohl öffnen, wenn sie nicht fortgelaufen ist. Und jetzt hatte sie es und wußte es. Sie hatte den Namen

Czorsztyn in Weltburgs Drohbrief an ihren Vater gelesen, mehrfach gelesen, nicht nur einmal, und im Zimmer nebenan saß die Dame, die der Gestapo Pauls Namen genannt hatte. Was würde jetzt auf sie zukommen? Schamgefühle, Schuldgefühle, ein Geständnis. Das wollte sie nicht. Sie wollte für sich sein. Sie wollte einfach nur ihre Ruhe haben. Sie wollte Kaffee mit viel heißer Milch und keine Gestapogeschichten. Es war ja gutgegangen. Sie war schließlich der lebende Beweis. Sie würde aus dem Badezimmer kommen, sagen, sie wisse alles, und dann konnte Hania Zusmanowa gleich wieder gehen.

Frau Zusmanowa hatte den Hut abgelegt. Ihr kurzes dickes Haar war schlohweiß. Der Kaffee war bereits eingeschenkt, und er war lauwarm geworden.

Bleiben wir bei du und du, sagte die Polin.

Pauls Tochter nickte. Es war für Frau Zusmanowa sprachlich einfacher, es war nicht etwa ein Ausdruck von Nähe. Allerdings, wie die alte Dame den Namen ihres Vaters aussprach, denn sie sprach nicht von Pan Amerykański, sondern von Paul, wie sie das A und das U beinahe getrennt voneinander aus ihrem Mund hervorbrachte, das hatte nicht nur etwas Nahes, sondern Intimes.

Die alte Dame gestand, damals der Gestapo bei ihrer Verhaftung verraten zu haben, daß Paul sie und ihr Kind aus Krakau herausgebracht hatte. Verstehst du? Er hat geholfen. Ich mit Kindchen. So ein guter Mensch, Paul.

Schon wieder. Sie konnte ihren Blick nicht von dem weiblichen Mund wenden, wie sich die Lippen zum A öffneten und vorwölbten ins U. Halbwegs wußte sie von der Geschichte. Sie hatte nur wenige Sätze dazu in seinen

Aufzeichnungen gefunden, in der ersten oder in der zweiten Fassung. Im Geschäftswagen von Weltburg hatte er Hania Zusmanowa und ihr Kind heimlich und verbotenerweise nach Czorsztyn gefahren. Dort war sie verhaftet worden.

Warum nach Czorsztyn?

Frau Zusmanowas Ehemann war aus Płaszów entflohen, einem Kazett am Stadtrand Krakaus. Hania war die Nachricht von Partisanen zugetragen worden: Treffpunkt Czorsztyn.

Mein Mann war Jude. So wie du, von der Mutter her. Frau Zusmanowa zündete sich eine Zigarette an. Ich wußte von Paul, er und Alma, und daß Alma, na, du weißt schon. Sie selbst sei nur ein bißchen jüdisch, nur sehr wenig, nur vom Vater ihres Vaters. Aber bei uns, für Polen gab es andere Rassengesetze. War ein Pole nur ein bißchen jüdisch, war er für die Deutschen wie richtiger Jude. Sie habe schwere Schuldgefühle. Noch heute. Wegen Paul. Sie habe geglaubt, dann komme sie frei. Sie habe die Hoffnung gehabt, Gestapo gibt mir Kindchen zurück.

Und?

Die alte Dame schüttelte stumm den Kopf. Ob ihre Stimme versagte? Ob ihr Kopfschütteln das Furchtbare bedeutete? Sie wollte es jetzt nicht genauer wissen. Und vielleicht würde und mußte sie es nie erfahren. Ich muß bei mir bleiben, dachte sie. Ich muß auf mich aufpassen. Ich muß gleich mit dem Auto durch halb Polen fahren, und am Montag wird mein Vater beerdigt.

Sie überlegte einen Moment, dann gab sie Hania Zusmanowa den Zettel. Die alte Dame nahm das Stück

Papier, drückte es rasch und wie verbotenerweise gegen ihre Lippen, und sah dabei kokett und gleichzeitig schuldbewußt zu Pauls Tochter.

Mein Vater hat, sie zögerte vor dem nächsten Wort, wollte Zettel sagen, sagte dann aber mit Bedacht das dem polnischen kartka verwandte deutsche Wort, mein Vater trug Ihre Karte in seiner Brieftasche. Sie hätte erwähnen können, daß dort auch eine Haarlocke Almas und ihr erster Babyzahn und das kleine Pergament aus der Mesusa gelegen hatten und nicht etwa nur allein dieser Zettel. Sie war versucht, es zu sagen. Alles drängte sie, es auszusprechen. Ihr Mund, das spürte sie deutlich, sah jetzt aus wie Almas Mund, und ihre Augen blickten wie Almas Augen.

Pauls Tochter schwieg.

XV.

Es war früher Nachmittag, als sie am Freitag in Hamburg eintraf. Die Stadt entleerte sich ins Wochenende. Sie fand mühelos einen Parkplatz, obendrein direkt vor ihrer Haustür, so ideal, daß sie ihr Auto eine Weile dort würde stehenlassen müssen. Nur frühmorgens, wenn die Pädagogen zur Schule gingen, oder am späten Abend, wenn in den Szenelokalen die Stühle auf die Tische gestellt wurden, fand sie in ihrer Straße eine Lücke für ihr Auto.

Im Hausflur, gleich neben dem Treppenaufgang, quoll ihr Briefkasten über von Werbung. Es ist eine Pest, dachte sie, stopfte alles in ihre Reisetasche, entdeckte einen großen Umschlag von Pharangis aus Israel und eine Benachrichtigung der Post. Wahrscheinlich ein Päckchen. Wer schickte ihr ein Päckchen? Ins Treppenhaus kam ein Mann. Über der Schulter trug er eine große Umhängetasche. Er zögerte, und sie sagte, geben Sie her, dann muß ich es nicht aus meinem Kasten holen. Ohne eine Miene zu verziehen, gab er ihr ein mit viel Rot bedrucktes Faltblatt. Sie las: Croque Schweinebraten, saulecker! Angewidert sah sie auf. Der Mann steckte in jeden Briefkasten einen Zettel, auch in ihren. Sie schleppte ihr Gepäck die Treppen hoch bis in den fünften Stock. In der Wohnung ließ sie alles zu Boden fallen.

Diesmal werde ich sie nicht unterbrechen, dachte sie und nahm das Telefon, um Alma anzurufen. Sie würde

232

nur zuhören und sich nicht verschließen. Wenn ich mich verschließe, werde ich zappelig, und sie spricht und spricht. Vielleicht hörte das auf, wenn sie ihr einfach nur zuhörte. Und wenn sie mich fragt, wie es in Krakau gewesen ist, nein, sie würde nichts sagen. Während sie die Rufnummer eintippte, dachte sie an das Telefon im Hotelzimmer in Krakau. Es hatte eine Wählscheibe gehabt, wie damals der schwarze Telefonapparat im Wohnzimmer ihrer Eltern. Den Finger ins Loch stecken und drehen. Als Kind war das ein oft wiederkehrendes Traumbild gewesen. Frühe Momente heimlicher Lust. Sie erinnerte nicht, sich dessen bewußt gewesen zu sein.

Gott sei Dank, daß du da bist. In drei Tagen ist die Beerdigung.

Soll ich am Abend vorher kommen und bei dir übernachten?

Nein, ich hole dich am Morgen ab, sagte Alma. Ich komme mit dem Taxi vorgefahren. Wir müssen rechtzeitig dort sein, ich muß mit dem Redner absprechen, was er sagen soll.

Unmittelbar vor der Beerdigung?

Das hat man mir so gesagt. Nur ein paar Angaben. Das weißt du doch. Das haben wir alles schon besprochen, und ich will nicht, daß du dort, also, bitte, versprich mir, daß du da nichts machst.

Was sollte ich denn da machen? Sie sprach wie ein Schulmädchen, gespielte Empörung, ertappt beim Denken von Verbotenem.

Dann ist ja gut, hörte sie ihre Mutter, dann kann ich mich auf dich verlassen.

Sie fuhr sich mit der Hand ins Haar. Meine Gedanken zerlaufen. Es ist beschämend. Nebelhaft waren die Erinnerungen an das, was sie vorgehabt hatte. Sie riß und zerrte, bis die Kopfhaut schmerzte.

Du hast zu mir gesagt, hörte sie Almas Stimme, du willst vor allen Leuten über Paul reden, über unsere Vergangenheit. Das kannst du mir nicht antun.

So habe ich es nicht gesagt, widersprach sie. Aber genauso hatte sie es gemeint. Gesagt hatte sie, sie wolle über ihren Vater reden, als Tochter wolle sie reden. Seine Vergangenheit war nun einmal auch die von Alma, und allein die Reihenfolge der beiden Namen, daß sie Paul und Alma sagte und nicht Alma und Paul, war bereits eine von ihr vorgenommene Neuerung gegenüber dem, was in ihrer Familie bislang üblich gewesen war. Er ist mein Vater, ich bin eine Tochter, deren Vater gestorben ist. Es muß doch möglich sein, daß ich über meinen Vater sprechen kann.

Mir kannst du immer alles sagen, hörte sie ihre Mutter.

Nein, so meine ich es nicht, nicht zu dir, sondern, und sie suchte nach einem passenden Wort, aber das war es eben, sie fand es nicht mit Alma in ihrem Ohr.

Kannst du ja, sagte Alma, allerdings nicht darüber. Meinetwegen stell dich dort hin und sprich über deinen liebevollen Vater. Er hat sich immer nur Töchter gewünscht, nie Söhne. Und einmal, du warst noch so klein, da hast du zu ihm gesagt, und ihre Mutter wich aus ins Anekdotische.

Spar dir doch diesen Redner. Was kann der schon sagen? Hohle Worte. Von mir wird man nur ein paar Sätze hören. Du hast mir so oft gesagt, ich könne stolz sein auf meinen Vater. Warum darf ich dann nicht darüber sprechen?

Was wir erlebt haben, geht niemanden etwas an. Ich muß schließlich mit den Leuten klarkommen. Er ist tot, und wenn du mir das antust. Nein, das wirst du nicht tun. Nicht so lange ich lebe.

Und wann darf ich? Wann wird das sein? Wenn ich sechzig bin oder siebzig? Und warum mußt du vorher sterben? Meinetwegen nicht. Ich habe seit fast vierzig Jahren mit euch zu tun. Das ist schließlich auch meine Lebensgeschichte. Ich kenne eure Vergangenheit besser als meine.

Womit habe ich das verdient, das möchte ich mal wissen. Ich soll mich nicht aufregen, hat Doktor Sommerfeld gesagt.

Du warst beim Arzt?

Ja, das versuche ich dir die ganze Zeit zu sagen.

Ist es etwas Ernstes?

Das weiß er nicht genau.

Wieso weiß er das nicht genau? Wozu ist er Arzt?

Herzrhythmusstörungen. Er will nächste Woche ein EKG machen. Ich soll mich schonen. Laß uns Schluß machen.

Sie konnte diesen Satz nicht ertragen. Laß uns Schluß machen. Es war albern und mehr als geschmacklos, dabei stets an einen gemeinsamen Selbstmord zu denken. Sie konnte es jedoch nicht ändern, und deshalb führte dieser Satz zu weiteren Sätzen, die sie überhaupt nicht hatte sagen wollen, wie zum Beispiel, versteh mich doch.

Ich verstehe dich ja, erwiderte Alma, aber versteh du mich auch.

Und sie bestätigte, daß sie ihre Mutter verstand.

Ich werde also, hörte sie Alma sagen, am Montag um halb zehn im Taxi vorfahren. Der Chauffeur wird bei dir klingeln.

Ich werde unten sein.

Mußt du nicht, ich sage dem Chauffeur, er soll bei dir klingeln. Deine Klingel geht doch?

Ihre Mutter würde eine Viertelstunde mindestens vor der verabredeten Zeit eintreffen.

Und ruhe dich aus von der anstrengenden Reise. War es denn auch schön in Polen? Du kannst mir ja später davon erzählen.

Kindliche Gefühle überrannten sie danach. Nichts, absolut nichts würde sie erzählen. Eine furchtbare Niederlage stand ihr bevor. Hatte sie nicht ein Recht darauf? Auf was eigentlich? Pauls Tochter wollte eine Rede halten am Sarg ihres Vaters. Was war so verwerflich daran? Der Sarg würde dort stehen. Und ihr Vater würde darin liegen. Sein Leichnam. Sie mußte sich daneben stellen oder davor, wie man das so machte. Wie machte man das?

Sie sah sich zwischen Kränzen und riesigen Blumengebinden stehen, verdeckt von einem aufdringlichen Fächer weißer Nelken, bat sie um Aufmerksamkeit, woraufhin ein Harmonium gurgelnd einsetzte und sie wegspülte. Es mußte keine lange Rede sein. Ein paar Worte nur. Wie man so sagte. Man sagte, man wolle ein paar Worte am Sarg sprechen. Und dann kam irgend etwas pathetisch Sentimentales zustande. So etwas hatte sie überhaupt nicht vor. Sie hatte lediglich vor, Leimann und Misch und Weltburg am Sarg ihres Vaters zu erschlagen.

Sie stürzte sich auf den Haufen Post, sie zerfetzte Werbezettel, mehrere Lotterieangebote und Aufforderungen zur Altkleidersammlung. Ihre Nachbarn pflegten ihre Kästen in jenen zu entleeren, dessen Eigentümer abwesend war. Sie hatte das auch schon mal gemacht. Leimann gehörten jüdische Häuser und Grundstücke in bester Wohngegend. Alles vererbte der weiter an seine Nachkommen. Ihre Familie mütterlicherseits war alles andere als wohlhabend gewesen, dennoch fühlte sie sich beraubt. Sie riß den Umschlag auf, den Pharangis ihr geschickt hatte. Zwei Luftpostbriefe an die Familie in Teheran waren darin und ein kleiner Brief an sie, ein paar Zeilen geschrieben in Ivrit auf der Seite eines Rechenheftes. Liebe Freundin, las sie, habe kleine Wohnung in Tel Aviv. Zwei Zimmer, Küche, Duschbad, kleiner Balkon. Alles schön. Wo bist du? Komm her. Der nächste Satz war länger, sie konnte ihn nicht so schnell entziffern. Alles später. Halt, da war die Benachrichtigung der Post. Kein Päckchen. Ein Einschreibebrief sei persönlich unter Mitbringung des Personalausweises abzuholen.

Sinnlos war ihr Vorhaben. Was sie zu sagen hatte, würde niemanden erschüttern. Außer Alma und die paar jüdischen Freunde. Und die würden ihr womöglich die gleichen Vorwürfe machen wie Alma. Warum tust du uns das an? Vor diesen Leuten? Statt sich zu schonen, Psychotabletten zu schlucken und in einer Mannschaft Volleyball zu spielen, wie die Ärztin ihr aufgetragen hatte, war sie nach Krakau gefahren. Sogar die Begegnung mit Misch im Altenheim, alles das hatte sie für sich getan. Beschäftigten sich andere Leute etwa nicht mit der Vergangenheit ihrer Eltern? Sie fuhren zu Kriegsgräbern, fragten ihre Mütter nach Großmutters Rezept für gespickten Rehrükken und bastelten kleine Flugzeuge, in denen ihre Väter und Großväter gesessen und Bomben abgeworfen hatten. Und genau so selbstverständlich konnte sie etwas über ihren Vater erzählen. Auf der Beerdigung. An seinem Sarg. Vor allen Leuten. Am besten nicht mehr daran denken. Bis es soweit war.

Am Sonnabendvormittag, auf dem Weg zur Post, ging sie durch schmale Straßen, an kleinen Gärten vorüber. Ein Kofferraum war geöffnet, darin lag ein großer Metallkoffer, ordentlich eingeräumt daneben zwei Taschen. Ein Mann, den Kopf im Autoinnern, schob eine aufgerollte Wolldecke zwischen die Gepäckstücke. Neben dem Wagen stand seine Frau, sie blinzelte in die Sonne, die Hände überm Bauch gefaltet. Wie eine dicke Katze nach befriedigender Mahlzeit. Der Mann rüttelte an den Gepäckstücken, er prüfte, ob sie verrutschen konnten während der Fahrt. Würde ihre Mutter allein leben können? Alma war zäh. Würde sie es auch ohne Paul sein?

Auf der Post stand hinterm Schalter der nette Postmann. Seit über zehn Jahren hatte sie hier ein Postfach, und als Ausdruck von Vertrautheit, und da sie sonst nichts voneinander wußten, sprachen sie stets ein paar Worte zu laufenden Gerichtsverfahren, bei denen die Anwaltskanzlei Brümmel & Partner die Verteidigung übernommen hatte.

Ich staune immer wieder, sagte der Postmann, er nahm die beiden Luftpostbriefe nach Teheran, legte sie auf die Briefwaage, frankierte sie und stempelte die Marken ab. Muß man doch staunen, oder? Er musterte die Benachrichtigungskarte für das amtliche Einschreiben. In der Zeitung steht ja beinah jeden Tag was drin über Ihren Prozeß, nicht Ihren, ist ja klar.

Ich versteh, sagte sie. Die große Trennscheibe im Gerichtssaal, Panzerglas. Erinnerungen fetzten vorüber. Ein Richter mit Stiernacken und Säbelstimme. Muß ich erst mal in philologische Zusammenhänge bringen.

Aber für Sie ist das normal sozusagen, haben Sie ja mit zu tun. Unsereiner kennt das nur aus dem Fernsehen. Prostitution, Rauschgift, Waffenhandel. Millionengeschäft, ach, was, Milliarden. Hab ich recht?

Stumm nickte sie. So würde es weitergehen in ihrem Leben. Damit würde sie beschäftigt sein als Strafverteidigerin. Ihr war, als wäre alles schon gewesen. Sie zog ihren Paß aus der Tasche. Der Postmann winkte ab.

Lassen Sie mal stecken. Kommt der Kronzeuge frei? Er beugte sich vor und senkte die Stimme. Wenn Sie mich fragen, unsern Innensenator sollten die einlochen. Der ist nicht koscher. Da gehen die Drähte bis nach oben. Also, das hat mich ja doch schockiert. Immer die gleiche Mischpoche, stimmt's oder hab ich recht?

Über ihrem Lächeln hoben sich ihre Augenbrauen. Das würde sie nie lassen können. Der Mann war guten Willens, war nett, war entgegenkommend, hatte wahrscheinlich nichts gegen Juden, wußte noch wahrscheinlicher überhaupt nichts von den Juden damals, vor, während, nach der Nazizeit. Doch Mischpoche und koscher. In diesen zwei jiddischen Wörtern hatte es seinen Ort.

Er verschwand hinter Regalen und kam zurück mit einem grünen Umschlag. Sie quittierte den Empfang.

Es war ihre Verurteilung. Sie wußte es und steckte das Kuvert zu sich. Erst zu Hause wollte sie es öffnen. Kaum hatte sie das Postamt verlassen, überfiel sie der Gedanke, es besser auf der Straße zu lesen, hier war sie wenigstens unter Menschen. Der Wind schlug gegen das Papier. Neben ihr trat man vom Bürgersteig herunter und überquerte die Fahrbahn, von gegenüber kamen Fußgänger. Jemand stieß sie an. Ist grün, haben Sie nicht gesehen? Sie murmelte Entschuldigung, buchstabierte sich durch den Gerichtsbeschluß. Schuldig in vollem Umfang. Bremsen quietschten. Jemand schimpfte aus einem Wagenfenster. In vollem Umfang. Das empörte sie. Sie konnte schriftlich Widerspruch einlegen. Als abgebrochene Jurastudentin vor der Wiederaufnahme ihres Studiums war das unklug. Sie schlich nach Hause und die Treppen hoch. Vorbestraft. Das würde sich durch ihre Personalakte ziehen bis zur Rente. Im dritten Stock ruhte sie auf den Stufen aus und hastete über die bedruckten Seiten. Sie konnte das Schreiben nicht mit Sorgfalt lesen. Was sie bereits ereilt hatte, davor floh sie. Zwei Jahre auf Bewährung und eine Geldstrafe von 3600 Mark. Das Treppenhauslicht verlosch. Sie blieb sitzen.

Unten wurde die Haustür geöffnet. Es kamen Leute die Treppe herauf. Eine Frau sprach. Schlüssel klapperten, es wurde aufgeschlossen, Füße traten sich ab, krachend fiel eine Tür ins Schloß. Leise erhob sie sich, leise stieg sie die Stufen zum fünften Stock hinauf, und leise betrat sie ihre Wohnung. 3600 Mark. So viel hatte sie nicht auf dem Konto. Alma würde sie nicht um Geld bitten. Die Beerdigung kostete genug. Sie mußte einen Kredit aufnehmen. Vielleicht konnte sie Konrad anpumpen. Sie rief ihn an und verabredete sich mit ihm zum Essen.

Wie üblich trafen sie sich im Chez Bernard.

Wenigstens ißt du mit mir, da du mich schon nicht heiraten willst. Darf ich dich einladen? Mein Spesenkonto ist sowieso überlastet. Wann kommst du denn wieder in die Praxis? Ich sitze vor einem Berg unerledigter Akten.

Wer sagt denn, daß ich dich nicht heiraten würde? Machte er ihr jetzt sofort einen Heiratsantrag, könnte sie sich vorstellen, einzuwilligen. Ihr Bedürfnis nach Ruhe war übermächtig. Er würde für sie die 3600 Mark bezahlen. Er würde mitkommen zur Beerdigung. Sie würde einen Mann neben sich haben, ihren Mann, sie würde ihn bitten, sich zwischen sie und ihre Mutter zu setzen. Das würde Alma guttun. Sie würden Alma abholen, in seinem Auto. Und sie würde nichts sagen müssen am Sarg ihres Vaters. Was so ein Mann durch seine schlichte Anwesenheit zu erledigen imstande war. Sie lachte leise.

Ja, lach mich nur aus, sagte Konrad. Wenn ich mal heiraten sollte, wirst du meine Trauzeugin. Und da die Wirtin an ihren Tisch gekommen war, bestellte er für sie pochierten Lachs und für sich Filetsteak mit vielen Zwiebeln und Pommes frites.

Als Vorspeise haben wir heute gebratenen Knoblauch, sagte die Wirtin.

Heute nicht. Sie lehnte ab. Keinen Knoblauch für mich.

Mir legen sie den gebratenen Knoblauch aufs Filet, sagte Konrad. Und du? Wieso heute nicht?

Sie wußte darauf keine Antwort.

Als sie das Lokal verließen, erkundigte er sich nach ihrem Verfahren wegen Fahrerflucht. Hast du was gehört?

Sie nannte ihr Urteil. Er stand an seinem Wagen. Ich fahre sowieso ins Gericht. Soll ich Widerspruch für dich einlegen?

Nein, sagte sie, danke. Wozu sich anlegen mit diesen Leuten?

Hast recht, sagte er etwas lahm und schon halb in seinem Wagen.

Sie winkte ihm nach. Dann wandte sie sich um, bog um die Ecke und ging eine vierspurige Straße hinunter. Hier irgendwo, davon hatte sie neulich gehört, sollte der einzige jüdische Laden Hamburgs eröffnet haben. Sie konnte eine Mesusakapsel kaufen. Dichter Autoverkehr strömte in Richtung Innenstadt. Es war warm und sonnig wie im Juli oder August.

Ein häßlicher Flachdachbau zwischen hohen alten Bürgerhäusern, der Überrest eines vor fünfzig Jahren zerbombten Hauses, präsentierte in seinem Schaufenster Kerzenleuchter für Chanuka, Gebetschals waren dekoriert, Rotwein, koscher aus Israel, und da lagen auch Mesusakapseln in verschiedenen Größen. Sie trat ein. Der Mann hinterm Tresen trug eine Kippa, unter seinem Pullover hingen die geknoteten Fäden des Gebetschals heraus. Sie ließ sich Mesusakapseln zeigen und wählte eine aus, schlicht und schlank und mit dem Zeichen Schin geschmückt, Schin für Schadai, das Zeichen Gottes.

Sie bezahlte, verließ den Laden, ging zur U-Bahnstation und wurde angesprochen von einem jungen Mann. Mit ihrem Namen sprach er sie an. Wahrscheinlich irgendein Mandant.

Erkennen Sie mich nicht? Er grinste.

Ich weiß wirklich nicht. Er war ein großer Kerl, stand breitbeinig vor ihr in schwarzem Leder, ziemlich abstehende Ohren, und den Kopf voller roter Locken.

Denken Sie sich meine Haare weg. Na? Mit Helm? Er hob einen Motorradhelm hoch, den er unter den Arm geklemmt hielt. Erst jetzt bemerkte sie, daß sein Lederanzug eine Motorradfahrerkluft war. Das Milchgesicht. Vor ihr stand der Soldat.

Ich kenne Sie nicht, sagte sie kühl, denn sie hatte sich nun doch noch erschrocken. Nicht einmal Ihren Namen kenne ich.

Stimmt. Hab ich nicht verraten. Kalitsch, Henry Kalitsch. Er zog seinen Handschuh aus, und sie gab ihm ihre Hand, wobei sie es als völlig verkehrt empfand, sich von ihm ihre Hand schütteln zu lassen.

Nagelneue Maschine, sagte er und sah sehr zufrieden aus. Ihre Versicherung hat schnell gezahlt. Steht da drüben. Die werden Ihnen bestimmt bei der nächsten Vertragsverlängerung kündigen.

Wie kommen Sie darauf? Sofort dachte sie an ihre Vorstrafe. Konnte er davon wissen?

Das machen die immer, wenn sie mal richtig haben blechen müssen. Haben die mit mir auch gemacht.

Sie kennen mein Gesicht so gut, daß Sie mich auf der Straße ansprechen? Verfolgen Sie mich?

Nicht mehr. Habe ich. Aber Sie waren ja auf einmal weg. Und dann haben Sie mich angerufen. Fand ich kraß.

Er schien einer dieser Wichtigtuer zu sein, sie mochte ihn ganz und gar nicht, doch dies hier war die Möglichkeit, alles ein für allemal zu beenden. Und dazu mußte sie mit ihm eine Weile sprechen. Sie hatte ihn zur Strecke gebracht. Es war deutlich sein Bedürfnis, sich vor ihr herzustellen. Außerdem wollte sie sich darüber Gewißheit verschaffen, ob er zur rechten Szene gehörte. Denkbar war es. Vielleicht stand er tatsächlich in Verbindung zu Brümmels Mandant. Konrad hatte diesen Verdacht geäußert.

Wollen wir einen Kaffee zusammen trinken, sagte sie.

Können wir machen.

Sie sah sich um. Wissen Sie hier irgend etwas in der Gegend, wo man sitzen kann?

Hier direkt nicht. Alsterpavillon. Ich hab meine Maschine hier stehen. Trauen Sie sich, aufzusteigen?

Ja, sagte sie. Und dann sagte sie nein. Was war denn auf einmal mit ihr? Wie konnte sie ja sagen! Hinten, auf seinem Motorrad sitzend, hätte sie sich an ihm festhalten müssen. Ich nehme den Bus. Bis gleich. Sie drehte sich um und ging. Sie wollte nicht zusehen, wie er seinen Helm aufsetzte und sich auf die nagelneue, glitzernde Maschine schwang, bezahlt von ihrer Versicherung, und dafür würde man aller Voraussicht nach den Vertrag mit ihr kündigen, und ob bei dieser oder einer anderen Gesellschaft, in jedem Fall würde sie die nächsten Jahre einen stark erhöhten Beitrag zu zahlen haben. Sie überquerte die Straße. An der Bushaltestelle brauste er an ihr vorbei. Da fuhr ihr Geld, unbeschwert in Schräglage.

244

Der Soldat erwartete sie im Alsterpavillon. Als sie eintrat, erhob er sich und winkte. Er trug eine Sonnenbrille, seine abstehenden Ohren leuchteten. Obgleich sie seinen Namen nun wußte, nannte sie ihn bei sich der Soldat. Harry Kalitsch. Oder war es Henry gewesen? Für sie blieb er der Soldat, und er hatte als der Soldat an Schrecken für sie verloren. Allmählich war in ihr die unbändige Furcht vor dem, was sie getan hatte, zur Ruhe gekommen. Entfernter vom Zeitpunkt des Unfalls und ihrer Flucht, hatte ihr Herz zu flattern aufgehört. Nur wenn sie konzentriert daran dachte, züngelte Übelkeit hoch. Sehr viel Zeit war nicht vergangen, jedoch viel war geschehen, und in ihr hatte sich etwas wiederhergestellt und behauptet, durch das sie zunehmend in ein altes Recht gesetzt wurde. Der deutsche Soldat war ihr Feind. Dieser allerdings, der hier an einem Zweiertisch mit Blick auf die Alster saß, gehörte nicht zu dem mörderischen Ganzen. Viel zu jung war er. Gleichwohl behauptete sich in ihr das, was nicht Angst war, sondern tatsächlich Haß, und gleichzeitig Scham darüber, daß es in ihr so zuging. Alles das stand bereit, sie freizusprechen von Schuld. Das erschreckte sie zwar, jedoch blieb es machtvoll und beharrte darauf, nur einen habe es gegeben, der gut war, nur einen einzigen. Paul.

Hier hatten ihre Eltern gesessen, vor einem Eisbecher mit zwei Löffeln. Paul und Alma im Judenaquarium. War der Alsterpavillon eigentlich schon vor der Nazizeit so genannt worden? Das hat ja nicht erst 1933 angefangen, sagte Alma immer.

Er bestellte für sich einen großen Eisbecher mit Sahne. Sie nahm einen Eiskaffee. Und dann schwiegen sie und

sahen auf die Alster, bis die Kellnerin Eisbecher und Eiskaffee brachte und den Eisbecher mit Sahne vor die Dame
stellte und den Eiskaffee vor den jungen Herrn.

Genau umgekehrt, sagte der Soldat. Und nachdem das
korrigiert war, nahm er die Sonnenbrille ab und begann,
sein Eis zu löffeln.

Es fiel ihr nicht schwer zu schweigen. Ihm fiel es
schwer, und das machte es ihr um so leichter. So stimmte
es doch auch? Was sollte so einer mit ihr zu reden haben?

Da sagte der Soldat: Sie haben sich bestimmt gefragt,
warum ich so oft angerufen habe, na ja, so oft war es
eigentlich auch nicht.

Sie sog aus dem Strohhalm Eiskaffee, der nach Vanille
schmeckte.

Weil Sie einfach abgehauen sind. Ich hätte krepieren
können, und Sie, einfach weg. Eiskalt. Total verantwortungslos.

Es machte ihr nichts, ihn so reden zu hören. Er sprach
manches von dem aus, was in ihr war, er sagte es auf seine
Weise, primitiv, simpel. Sie fühlte, etwas davon auf sich
überspringen oder in ihr anspringen, etwas tierhaft Ein-
deutiges, das sich herausbiß aus der Kompliziertheit; be-
schädigt, doch unverkennbar Begierde.

Eine Stinkwut, nein eine Mordswut habe er auf sie
gehabt, hörte sie ihn sagen.

Er würde einer solchen Begierde standhalten. Kein
Wort kam von ihr. Kein verständnisvolles Kopfnicken. Sie
saß ihm stumm gegenüber, hörte ihn an, sah ihn an, prüfte
heimlich ihre Festigkeit.

Und mein Unteroffizier, dem habe ich das erzählt,

mußte ich ja, bin ja dienstuntauglich jetzt für 'ne Weile, und mein Unteroffizier, der meinte, geh zum psychologischen Dienst. Hab ich gemacht.

Er war hoffentlich nicht ramponiert. Sie musterte ihn, besah seine nackten Arme, sah den oberen Muskel jedesmal, wenn der Löffel mit etwas Eis darauf zum Mund geführt wurde, sich spannen und wölben. Er war völlig intakt in seiner festgefügten Körperlichkeit. Und sie würde ihn einfach mit nach Hause nehmen. Der Gedanke war auf einmal da. Sie wollte alles, was sie an Paul und Alma, was sie an Alma und Paul, was sie an Alma mit ihrem Paul erinnern konnte, alles wollte sie aus dem Weg räumen. Damit das aufhörte, daß es für sie hier nur das Recht gab auf einen einzigen, und der war vergriffen. Sie sah, er hatte seinen Eisbecher fast ausgelöffelt.

Und der Psychotyp da, der hat gemeint, ruf die an, Mann! Mach der das klar. Friß das nicht in dich hinein. Und dann meinte der noch, vielleicht steht die ja unter Schock, und dann ist es auch richtig, wenn du mit der sprichst. Und das fand ich gut, echt gut. Ich hab gleich gehört am Telefon, Sie hatten Angst vor mir. Hat mir echt gutgetan.

Ich habe am Unfallort gewartet, bis der Krankenwagen kam. Erst dann bin ich weggefahren, als Sie versorgt wurden. Ich habe Ihnen und dem Krankenwagen meine Visitenkarte gegeben.

Sie sind abgehauen, als die Polizei kam.

Ich bin vorher weggefahren. Der Polizei bin ich unterwegs begegnet. Nachdem der Krankenwagen gekommen war. Erst danach.

Und wenn die Polizei vor dem Krankenwagen dagewesen wäre?

Keine Ahnung. Ihm konnte sie so simpel kommen. Keine Ahnung.

Er beugte sich vor, schlürfte mit einem Strohhalm von unten den Rest flüssig gewordener Sahne auf, leckte sich über die Lippen, lehnte sich im Stuhl zurück und verschränkte seine Arme vor der T-Shirtbrust. Warum denn überhaupt? Ich meine, wenn Sie allen Ihre Adresse und Telefonnummer geben, wozu dann abhauen? Ich meine, das ist ja total bescheuert.

Was verstand er schon? Was konnte er ihr schon anhaben? Nichts. Zu Boden gestreckt hatte sie ihn, und er saß vor ihr, gesund und munter. Sie winkte der Kellnerin. Daß er inzwischen begonnen hatte, von seinem Dasein als Bundeswehrsoldat zu erzählen, hörte sie mit halbem Ohr. Ach ja? Das paßte immer. Von der spannenden Begegnung mit NVA-Soldaten erzählte er, von der Wiedervereinigung der deutschen Armee. Na, vielen Dank.

Sie hatte für ihn mitbezahlt. Er bedankte sich nicht. Er schien es selbstverständlich zu finden. Beide standen vom Tisch auf. Jetzt kam es darauf an.

Zwischen den anderen Tischen schlängelte sie sich hindurch zum Ausgang. Er ging hinter ihr.

Können Sie mich nach Hause fahren? Sie drehte sich zu ihm um. Sie wissen ja, wo ich wohne.

Sie meinen bei mir hinten drauf?

Draußen, auf der Straße, gab er ihr seinen Helm. Sie setzte ihn auf. Er half ihr dabei. Plötzlich fiel ihr die Tätowierung ein. Sie hatte im Alsterpavillon nicht darauf

248

geachtet. Wie konnte sie das übersehen haben? Sein Unterarm war vor ihrer Nase ständig in Bewegung gewesen, vom Eisbecher zum Mund und wieder zurück, und sie hatte dabei seine Muskeln beobachtet.

Übrigens, ich glaube, Sie hatten da so eine Tätowierung, ein Tattoo.

Er schwang sich aufs Motorrad, startete und ließ die Maschine aufheulen. Er sah sie an. Haben Sie das gesehen? Meine Hose war doch heil geblieben.

Ich meine, auf Ihrem Arm.

Auf meinem Arm? Er gab ihr ein Zeichen, sich hinter ihn zu setzen.

Sie blieb stehen. Auf Ihrem Arm, ja, eine Tätowierung.

Nee. Nie gehabt. Ich hab einen Delphin auf 'm Arsch.

Sie setzte sich hinter ihn, stemmte ihre Hacken gegen seine Maschine, und er brauste los.

XVI.

Am Sonntagmorgen, nach dem jüdischen Wochenrhythmus der erste Tag, nagelte sie die Mesusa an den rechten Pfosten ihrer Wohnungstür, darin das Pergament aus Pauls Brieftasche. Es war gegen sieben Uhr. Hammerschläge, kurz und stark, hallten durchs Treppenhaus. Das war nun von draußen zu sehen. Vor einem Orthodoxen würde sie damit nicht bestanden haben. Das Pergament war nicht mehr koscher. Zu ihr, fand sie, paßte es. Sie legte ihre Hand auf das Zeichen Schin und sprach den Segensspruch, der seit Jahrtausenden wie alle Segenssprüche mit Baruch Ata Adonaj begann und beim Anbringen der Mesusa seit Jahrtausenden endete mit likboa m'susa. Wie der Brauch entstanden war, wußte sie nicht. Sarah und Abraham jedenfalls hatten es nicht getan, und während der Zeit der Sklaverei in Mizrajim, wie die Juden damals Ägypten in den Schriften nannten, war es nicht üblich gewesen. Allerdings von dort konnte der Brauch kommen, hergeleitet vom Blutfleck am Haustürpfosten, Blut eines frisch geschlachteten Schafes, so hatte Mosche vor dem Auszug aus Ägypten den Juden aufgetragen, damit der Engel des Todes, der durch Mizrajim zog und jeden Erstgeborenen tötete, eine so bezeichnete Tür übersprang. Daraus mochte die Mesusa geworden sein. Der auf dem Pergament geschriebene Text stand im fünften Buch Mosche VI, Vers 4 – 9, sowie XI, Vers 13 – 21. Höre

Israel, der Ewige unser Gott ist ein einiges ewiges Wesen. So begann der Text, und er endete mit dem Versprechen: Auf daß sich mehren eure Tage und die Tage eurer Kinder auf dem Erdboden, den der Ewige geschworen euren Vätern, ihnen zu geben – wie die Dauer des Himmels über der Erde.

Diese Worte, und es waren insgesamt recht viele Wörter, sollten die Juden, wenn sie erst einmal im gelobten Land waren, auf die Pfosten ihrer Häuser und an ihre Tore schreiben. Das stand ebenfalls in diesem Textabschnitt. Ein praktischer Mensch war darauf gekommen, daß ein Zettel in einer Kapsel es auch tue. Eine Art Reisenecessaire in späteren Zeiten der Vertreibung. Während der Christenverfolgung zeigte die Mesusa den römischen Heerscharen an, daß hinter solcher Tür kein Christ wohnte. Danach zeigte sie den christlichen Heerscharen an, hinter welcher Tür Juden wohnten, noch später der Gestapo, und heute konnte man am rechten Pfosten mancher alter Wohnungstür in Deutschland die beiden Löcher ertasten, wo einmal zwei Nägel eine Mesusa gehalten hatten, vornehmlich in Häusern der alten DDR, denn dort hatte das Geld zum Abbruch und Neubauen gefehlt.

Sie ließ den Siddur, das Buch, dem sie den Segensspruch entnommen hatte, aufgeschlagen auf dem Tisch liegen. Siddur hieß Ordnung, Regelung, und der vollständige Titel dieses jüdischen Gebetbuches ließ sich wörtlich übersetzen mit Regelung der Lippenwahrheit.

Die Schönheit des frühen Morgens, der Kaffee mit viel heißer Milch, ein Glas Wasser dazu, alles schien ihr auf einmal kostbar zu sein. Sie entdeckte neben ihrem Sessel das Buch, das sie zu mögen begonnen hatte. Sie hob es vom Fußboden auf. Dort hatte sie es liegen gelassen, als ihr Vater noch lebte. Und gestern hatte neben diesem Sessel der Soldat auf ihrem Teppich gelegen. Das Milchgesicht, aber diesmal ohne Helm und äußerst lebendig. Sie hatte sich alles genommen, was sie wollte, sie hatte sich alles erlaubt. Sie hatte alles für ihre Lust getan, ohne einen Anflug von Scham. Im Bewußtsein der eigenen Kraft und der eigenen Erschöpfung.

Danach hatte sie gesucht. Nach ihrem Körper. Im unmittelbaren und wesenhaften Dasein zählte nur das, nur das Leben zählte. Wenn sie an den Soldaten dachte, dachte sie nicht an ihn, sondern daran. Und dachte sie daran, dachte sie ausschließlich an sich. Sobald sie versuchte, so etwas wie eine Spur von Dankbarkeit ihm gegenüber zu empfinden, drohte das, was ihr gutgetan hatte, zu verderben. Sie mußte ihm für nichts dankbar sein, sie mußte sich nicht sagen, er habe schließlich auch etwas davon gehabt. Das alles mußte sie nicht und wollte sie nicht. Und wenn bei diesen Überlegungen irgendwo am Horizont seine abstehenden Ohren auftauchten, lachte sie leise, und weg waren sie.

Im Laufe des Sonntags fuhr sie zu ihrer Mutter, blieb dort ein paar Stunden, aß mit Alma, fand sie ruhig. Sie werde aufatmen, sagte ihre Mutter, wenn die Beerdigung vorbei sei. Rituale seien gut und wichtig, aber dieser Schmonzes mit Kerzen und Blumen und Musik und salbungsvollen Worten, das sei nicht ihre Welt. Ich habe meinen Mann bei mir. Und ihre Tochter nickte stumm. Nach der Rede fragte ihre Mutter nicht mehr. Jeder Gedanke daran war hinter dem verschwunden, was unabänderlich geschehen war und in weniger als zwanzig Stunden durch die Zeremonie im Krematorium bestätigt werden würde. Am Abend dann, wieder zu Hause und bei sich, war sie mit dem beschäftigt, was sie am nächsten Morgen sagen wollte. Für die Nacht nahm sie eine halbe Schlaftablette.

Als der Wecker um acht Uhr morgens klingelte, stand sie bereits am Küchentisch. Sie bügelte ihren hellgrauen engen Rock und die lila Bluse, sie schlüpfte in schwarze Wildlederpumps und setzte ihren großen schwarzen Hut auf. Die Rüstung einer Dame. Sie nickte sich im Spiegel zu. Noch ihre Tasche. Pauls Taschentuch war darin. Es sah inzwischen etwas mitgenommen aus nach der Polenreise, sie wollte es nächstens waschen und bügeln. Desgleichen ließ sie ihren Paß in der Handtasche. Unter Umständen mußte man sich dort ausweisen, daß man dazu gehörte.

Überpünktlich stand sie um Viertel nach neun auf der Straße. Das Taxi mit Alma darin bog um die Ecke. Auf dem feuchtschwarzen Fußweg trat sie vorsichtig zwischen sonnengelbe Lindenblätter und an den Wagen, öffnete die Tür und setzte sich nach hinten neben ihre Mutter. Alma schien seit Stunden mit Gott und der Welt zu reden.

Das hätten die mit mir nicht machen können. Ich hab ihn aus dem Krankenhaus geholt. Ich bin zu dem Arzt ins Zimmer, und die Oberschwester hatte sich davor aufgebaut, da können Sie nicht hinein, die Herren haben zu tun. Zu tun?! Und mein Mann soll hier aufgeschnitten werden und stirbt doch, und Sie wollen an ihm herumex-

253

perimentieren? Ich habe die zur Seite geschoben, und da
standen die beiden Ärzte am Fenster mit Brötchen und
Kaffee, die machten Mittagspause. Ich verlange, daß Sie
meinen Mann augenblicklich entlassen.

Ich weiß. Schon mehrmals hatte sie gesagt, daß sie wisse.

Du warst doch überhaupt nicht dabei.

Aber du hast es mir erzählt.

Zu Hause, in meinen Armen ist er gestorben. Ich müsse das verantworten, sagt der Chefarzt zu mir. Was wissen
Sie von Verantwortung, habe ich zu dem gesagt. Mein
Mann wird hier nicht noch einmal aufgeschnitten. Das
hat doch gar keinen Zweck mehr, und wenn Sie wüßten,
was Verantwortung ist, dann würden Sie mir recht geben.
Ja, sagt er, aber wir haben unsere Vorschriften. Vorschriften, habe ich gesagt, an Vorschriften krankt dieses ganze
Land. Sie kennen Ihre Vorschriften, und ich weiß, was
ich zu tun habe, also, machen Sie jetzt die Papiere meines
Mannes fertig, sonst komme ich mit meinem Rechtsanwalt. Wenn sich mir da einer in den Weg gestellt hätte,
nein, da hätte mich keiner aufhalten können.

Sie schloß die Augen. Sie wußte, was danach kam. Sie
war zu ihrem Vater ins Krankenhaus geeilt. Alma stand
neben Paul, der auf der Bettkante saß. Er war angezogen,
trug eine dunkle Hose und einen Pullover, dessen einer
Ärmel hochgekrempelt war, am Arm den Tropf, aufgehängt an einem fahrbaren Ständer. Sie waren alle drei auf
den Flur gegangen, bis ans Ende, dort hinten am Fenster
hatten sie sich hingesetzt. Paul war bereit gewesen, sich
ein zweites Mal operieren zu lassen, wenn Alma es wolle,
wenn Alma für sich Hoffnungen daran knüpfe. Und du,

hatte Alma ihn gefragt. Er wisse, es sei aussichtslos. Er wolle nach Hause, und am liebsten wolle er jetzt sofort eine Zigarette. Beide weinten, und sie war hinunter zum Krankenhauskiosk gegangen und hatte dort eine Schachtel Zigaretten ohne Filter für ihren Vater gekauft.

Der Taxifahrer ließ sich vernehmen. Sie haben ja so recht, meine Dame. Er sah hoch in seinen Rückspiegel und nickte ihrer Mutter zu. Nämlich, meine Frau, die ist nun schon zwei Jahre unter der Erde. Er unterbrach sich, da er sich links einordnen mußte, was schwierig war. Alma schien ihn nicht gehört zu haben.

Ihre Mutter rang noch immer mit den Ärzten. Die Oberschwester neben mir, die hatte mich nicht zu den Ärzten hineingehen lassen wollen, nachher hat sie stumm dagestanden, aber das war mir nicht mehr wichtig. Hauptsache, ich konnte meinen Mann mitnehmen, Hauptsache, daß sie Paul entlassen haben.

Weil der Taxichauffeur seinen Rückspiegel auf Alma ausrichtete, darum wandte sie sich rasch mit einer Frage an ihre Mutter. Wie Paul eigentlich ausgesehen habe, als er und Alma sich das erste Mal begegneten.

Paul? Er kam aus der Strafkompanie.

Richtig. November 1937. Es gab keine Frage, die auf harmloses Gebiet treffen konnte.

Das weißt du doch. Er war gerade entlassen worden. Er war schrecklich mager. An seinem Hals hatte er hinten zwei Kuhlen, derartig tief, daß eine Faust hineinpaßte. So hat er jetzt zuletzt wieder ausgesehen.

Sie fühlte Almas Hand nach ihrer Hand tasten, Almas Finger waren eiskalt, sie spürte es durch den schwarzen

Wildlederhandschuh ihrer Mutter. Alma hatte die Augen geschlossen, und auch sie lehnte sich nun zurück und memorierte hinter gesenkten Lidern, was in absehbarer Zeit sie am Sarg ihres Vaters würde sagen wollen. Alles in allem höchstens sechs Minuten. Etwas zu den Zusammenhängen damals, etwas zu Paul und Alma und Hedwig, und dann Pauls Text. Sie hatte ihn so oft gelesen, sie konnte ihn auswendig.

Es war in vielen Dingen der Hölle der Konzentrationslager vergleichbar. Jedes kleinste Vergehen wurde mit Arrest bestraft. Die Zelle so groß, um darin stehen zu können. Nasse Wände, der Lehmboden mit Exkrementen bedeckt. Sich hinhocken war bei Strafe verboten.

Durch einen Sehschlitz wurde man von einem Unteroffizier kontrolliert. Stundenlang strammstehen, das Gewehr schultern, präsentieren, absetzen. Fauliges Wasser und eine Scheibe trockenes Brot. Jeder Tag Arrest verlängerte die Haftzeit. So wurden aus meinen dreißig Tagen 193 Tage. Jeder Tag war angefüllt mit Hunderten gefährlichen Momenten.

Wie alles im Dritten Reich, war die brutale Realität mit einem anders klingenden Namen überdeckt. Sonderabteilung des X. Armeekorps. Das konnte eine Eliteeinheit sein. Wir wurden bewacht und militärisch geschult von Unteroffizieren und Offizieren, Männer, die eben noch einen Hund liebkosten, plötzlich aufsprangen und einen von uns traktierten, peinigten, demütigten, um ihn dann zur Bestrafung zu melden. Unsere Aufpasser waren gleichfalls strafversetzt. Nur eine Chance hatten sie, hier

256

herauszukommen: möglichst viele Untergebene zur Bestrafung zu melden.

Wir mußten grundsätzlich immer den Stahlhelm tragen, den Spaten und 25 Pfund Gepäck. Jeden Tag vier Stunden Exerzieren und vier Stunden im Gelände. Die Baracken waren von Stacheldraht eingezäunt. Wir mußten uns stets im Laufschritt bewegen. Beim Mittagessen im Speisesaal durfte kein Wort gesprochen werden. Wir bekamen nur die halbe Ration. Sogar der Schlaf in den Baracken war Dienst. Im heißesten Sommer Militärnachthemd und um den Hals Spindschlüssel am Band. Die Unteroffiziere kontrollierten in tiefster Nacht. Mir war das Schlüsselband gerissen. Drei Tage Arrest.

Es war ein heißer Sommertag. In der üblichen Strafkompanieausrüstung hatten wir einige Stunden Exerzieren hinter uns. Aber es nahm kein Ende. Wir wurden immer wieder über den Platz gejagt, und dort am Ende angekommen, mußten wir uns hinwerfen. Dann senkte sich der Staub auf uns nieder, legte sich aufs Gesicht, setzte sich zwischen die Augen und Zähne. Völlig erschöpft, mit hämmerndem Puls lagen wir für einige Sekunden auf dem Hof und warteten auf das heisere Bellen des Offiziers, um auf die andere Seite zu hetzen. Am Rand standen die Unteroffiziere. Sie sahen sich das Schauspiel an, das der Offizier ihnen bot.

Er nahm uns heute einmal extra vor. Wir waren manches gewohnt und durch das monatelange Schleifen trainiert. Jetzt wurden die ersten Kameraden auf dem Platz ohnmächtig.

Tragen Sie diese Schweine vom Platz!

Wir mußten weitermachen, laufen, hinlegen. Auf! Marsch! Marsch! Vor den Augen begann es zu flimmern, der Schweiß rann unterm Stahlhelm in Strömen, vermischte sich mit Staub und Dreck in den Augen. Wir liefen nicht, wir taumelten. Das Blut pochte in den Schläfen, trotz großer Hitze begann im Nacken ein Frösteln herunterzurieseln.

Und wieder ist das eine Ende auf dem Platz erreicht, und das Kommando bellt über den Hof. Hinlegen! Wir stürzen hin, völlig kraftlos, für wenige Sekunden Ruhe, dabei in ängstlicher Erwartung der brüllenden Stimme. Auf! Marsch! Marsch! Mühselig reißen wir uns von der Erde los, ein todmüder Körper mit hundert Armen und Beinen. Wir ziehen uns am Gewehr hoch, beim Aufkommen rutscht der 12,5-Kilo-Tornister nach vorn in den Nacken und stößt uns wieder hinunter. Unter dem schweren Stahlhelm baumelt der Kopf gegen die Brust. Mit wild aufheulendem Atem kommen wir hoch, müssen laufen, weiter.

Neben mir ein Kamerad, der wegen seiner kommunistischen Einstellung in die Strafkompanie versetzt wurde, er, sonst einer der Widerstandsfähigsten von uns, röchelt: Kann nicht mehr. Mühsam stoße ich hervor: Reiß dich zusammen. Wird nicht mehr lang dauern. Aber der Halunke von einem Offizier hat noch immer nicht genug. Hinlegen! Wir liegen keuchend im Staub. Da springt er neben mir auf, sein taumelnder Körper wirft ihn vorwärts, er läuft, das Gewehr mit dem Kolben nach oben und schreit: Du Faschistenschwein! Bevor er sich auf ihn stürzen kann, bricht er kraftlos vor dem Offizier zusammen.

258

Unteroffiziere schleppen ihn vom Platz. Ein paar Minuten
später kommandiert der Offizier: Halt! Es ist vorbei. Wir
müssen uns aufstellen. Appell! Strammstehen! Dreißig
Minuten. Dann wird unser Kamerad in Handschellen an
uns vorbeigeführt.

Das Taxi fuhr auf ein großes Portal zu und bog ein in den
Hauptfriedhof der Stadt.

Welche Kapelle, fragte der Chauffeur.

Sie sah ihre Mutter an. Er will wissen, welche Kapelle.
Alma schlug die Augen auf und nannte eine Nummer.
Langsam, fast tragisch langsam schlich der Wagen die gro-
ße Allee entlang.

Wo fahren Sie denn hin? Alma beugte sich vor und
tippte mit den Fingerspitzen ihrer schwarzen Wildlederhand auf die Schulter des Taxichauffeurs. Sie fahren ja
völlig falsch.

Er kenne sich aus, entgegnete der Chauffeur pikiert.

Laß ihn doch, flüsterte sie ihrer Mutter zu.

Was für ein Unsinn! Wir müssen mehr nach links. Sie
machen einen riesigen Umweg.

Er bremste, rollte langsam zurück, fuhr nach links.
Und Alma hatte recht behalten. Dort war die Kapelle, in
der die Trauerfeier stattfinden sollte. Viele schwarzgeklei-
dete Menschen standen davor. Man sprach miteinander.
Ihre Mutter sah irritiert auf die Ansammlung.

Es war die Trauerfeier davor, sie war soeben beendet
worden. Der Taxichauffeur nannte den Fahrpreis. Sie
wollte bezahlen.

Nein, laß mich machen. Alma zog einen Geldschein

aus der Manteltasche, den sie dafür bereitgehalten hatte. Ihre Mutter gab dem Chauffeur das Geld und ließ sich nichts herausgeben. Der Mann bedankte sich, stieg aus, hielt ihrer Mutter die Tür offen und hob danach aus dem Kofferraum einen großen Kranz tiefroter Rosen. Auf dem weißen Band, neben dem Namen ihrer Mutter, sah in lackschwarzen Buchstaben ihr eigener Vorname sie an.

Ich habe Blumen-Breuer mit dem Kranz beauftragt, sagte Alma, haben die doch schön gemacht, findest du nicht auch? Und die Schleife, ich dachte, alles so schlicht wie möglich.

Sie nickte stumm. Unterdessen hatte sich die Halle geleert, haufenweise Kränze wurden durch einen Seitenausgang weggebracht. Ein Mann in Berufsschwarz kam auf sie zugeeilt, ein Wägelchen hinter sich herziehend, darauf wurde der Kranz gelegt und in die Halle geschoben.

Wir müssen den Redner finden, sagte ihre Mutter, und da sie nichts erwiderte, zog Alma ihre Tochter am Arm. Hörst du mir überhaupt zu?

Sie hatte an etwas völlig anderes gedacht. Nämlich an ihr Bügeleisen, mit dem sie heute morgen den engen, hellgrauen, wadenlangen Rock gebügelt hatte, den sie jetzt trug, und der hinten einen Gehschlitz hatte, vielleicht zu hoch geschlitzt für eine Beerdigung. Sie hatte den Stecker nicht herausgezogen. Aber abgeschaltet hatte sie das Bügeleisen. Oder? In ihrem Rücken sprach eine fremde Frau. Schöner, blauer Himmel. Auf Vatis Beerdigung, was hat es geregnet. Die Kinder hatten so blöde Gestecke dabei. Erinnerungen zu einem völlig anderen Familiengeflecht. Sie wandte sich um. Die Frau war ihr unbekannt.

Aus dem Innenraum der Kapelle kam ein Mann, durcheilte die Vorhalle und trat nach draußen. Er war füllig, trug einen schlichten schwarzen Anzug, dessen Hosenbeine etwas zu kurz waren. Besonders auffällig wurde es, da er beim Gehen große Schritte machte, und mit diesen Schritten ging er direkt auf ihre Mutter und sie zu, unterm Arm eine schmale Aktenmappe.

Man machte sich miteinander bekannt. Das herzliche Beileid trat ihr diesmal baritonal entgegen, verhalten und dabei kraftvoll, begleitet von einem kurzen Senken des Kopfes. Der Mann hatte ein grobes, rotes Gesicht, besonders seine Nase war von vielen roten Äderchen durchzogen. Eine Rotweinnase, dachte sie. Sein spärliches Haar hatte er sorgfältig über sein Haupt von hinten nach vorn verteilt. Er hatte sich ihnen als der Redner vom Gewerkschaftsbund vorgestellt und bat jetzt Mutter und Tochter in einen kleinen Nebenraum.

Hier sah es aus wie in einer Künstlergarderobe. An einer Wand ein Waschbecken und darüber ein kleiner Spiegel, der beleuchtet war. Auf einem Tisch ein Aschenbecher, teerverschmiert und randvoll mit Kippen, Brandflecke auf der Resopalplatte, vor dem Tisch ein Holzstuhl mit Sitzkissen. Zwei große Instrumentenkoffer standen vor einem kleinen Wandregal, in dem Gebetbücher und Gesangbücher, schwarz eingebunden, sich stapelten. An Wandhaken hingen zwei Lederjacken, darüber eine Baskenmütze und neben einer ausgebeulten Jeans eine tragbare Anzughülle. Über der Stuhllehne lag ein Mantel. Alles sah sie, alles nahm sie in sich auf, als müsse sie später darüber Auskunft geben.

Sie werden entschuldigen, sagte der Mann, er machte eine vage Geste durch den Raum.

Musik habe sie nicht bestellt, bemerkte Alma.

Nein, nein, ist für die Feier nach Ihnen, erwiderte er. Wollen Sie sich setzen?

Er nahm den Mantel vom Stuhl. Da Alma nicht sitzen wollte, legte er den Mantel wieder zurück und zog einen kleinen Notizblock samt Drehbleistift aus seiner Aktentasche. Die Augenbrauen erwartungsvoll hochgezogen sah er auf Alma.

Einige Stichworte zu Ihrem verstorbenen Gatten, wenn ich bitten darf.

Ihre Mutter nannte Pauls Geburtstag und das Jahr, in dem er in Hamburg zur Welt gekommen war. Der Redner senkte zum Notieren die Augenbrauen und hob sie dann, erwartungsvoll den Blick auf Alma gerichtet. Aber Alma blieb stumm.

Geschwister?

Alma schwieg, und Tränen rollten über ihr tief unglückliches Gesicht. Wieder nahm der Mann seinen Mantel vom Stuhl, und diesmal setzte ihre Mutter sich.

Mein Vater, übernahm jetzt sie die Aufgabe, Auskunft zu geben, mein Vater war der jüngere von zwei Söhnen. Er hat seine Mutter sehr geliebt.

Verstehe, sagte der Mann und notierte. Beruf? Diesmal waren die Augenbrauen vor ihr hochgezogen.

Ihr Vater, hatte sie sagen wollen, sei Handelsvertreter gewesen, jedoch hatte Alma sich inzwischen gefangen und kam ihr zuvor.

Mein Mann war Kaufmann, selbständiger Kaufmann.

Mein Vater, ergänzte sie die Auskunft ihrer Mutter, hatte in seinem Leben kaum eine Chance, einen Beruf zu erlernen, während des Krieges nicht und nicht nach dem Krieg. Sie sagte Krieg. Sie vermied es aus Rücksicht auf ihre Mutter, Nazizeit zu sagen. Das Wort Nazizeit schleppte das Wort Jude mit sich.

Das ist doch überhaupt nicht wichtig, fiel Alma ihr ins Wort. Und der Redner, der mitgeschrieben hatte, strich auf seinem Notizblock ein paar Wörter aus. Er sah auf. Er wisse schon, dem Vaterlande gedient, Soldat gewesen, an der Seite der Kameraden Dienst fürs Vaterland.

Alma nickte stumm.

Mein Vater war kein Soldat, sagte sie.

Natürlich war dein Vater Soldat. Ihre Mutter fuhr vom Stuhl auf. Was redest du denn da. Meine Tochter weiß überhaupt nichts. Mein Mann war Soldat.

Dein Mann, sagte sie zu ihrer Mutter, ist niemals an irgendeiner Front gewesen.

Aber er war in der Kaserne, sagte Alma zum Redner. Das können Sie so aufschreiben. Mein Mann war ganz normal Soldat.

Mein Vater, sagte sie und zog damit die erhobenen Augenbrauen wieder auf sich, mein Vater war Soldat in einer Strafkompanie.

Wo immer wir standen, versuchte der Mann einzulenken, haben wir eine schwere Zeit erlebt.

Ja, genau, sagte ihre Mutter, so etwas in der Art können Sie gern sagen.

Der Mann nickte und notierte. Es war still in dem kleinen stickigen Raum.

Sie wandte alle Kraft darauf, ihre Mutter jetzt nicht anzusehen. Und als der Mann seinen Kopf hob, diesmal ohne dabei die Augenbrauen zu heben, er meinte seiner Erfahrung nach genug zu wissen, da sagte er sozusagen abschließend: Wir haben alle viel mitgemacht.

Mein Vater hat überhaupt nicht mitgemacht. Mein Vater war Deserteur.

Was war dein Vater? Ihre Mutter sah sie entgeistert an. Vielleicht, weil das Wort Deserteur nie zuvor zwischen ihnen ausgesprochen worden war. Es existierte im allgemeinen Sprachgebrauch nur als Schimpfwort, es trug den Makel des Verrats, Deserteur war in sich Makel, war Schande. Nichts davon paßte auf Almas Paul, der treu zu ihr gehalten hatte.

Noch mehr war der Redner über das Wort erschrokken. Mißbilligend schüttelte er den Kopf.

Hören Sie nicht auf meine Tochter, sagte Alma, sie weiß überhaupt nichts und bringt alles durcheinander.

Der Mann sah auf seine Armbanduhr.

Dein Paul, sagte sie zu ihrer Mutter, hat am 8. August 1940 die verhaßte Uniform ausgezogen, um sie nie wieder anzuziehen. Sie hatte bewußt dieselben Worte gewählt, die ihre Mutter oft ausgesprochen hatte, wenn sie und Paul von damals erzählten, und wie vom selben Fahrwasser mitgerissen, ergänzte Alma, jetzt zum Redner gewandt, sie sei damals für ihren Mann in die Kaserne gegangen, obwohl sie doch, aber das sei jetzt nicht so wichtig, jedenfalls habe sie damals seine Entlassungspapiere geholt und zu dem Oberst oder General habe sie gesagt, da werde ihr Verlobter sehr traurig sein, denn nun könne er nicht am

264

Endsieg teilnehmen, und der Oberst, nein, General sei der gewesen, der habe zu ihr gesagt: nun aber raus, kleines Fräulein! Alma lachte auf und verlor sich in ein verzweifeltes Schluchzen.

Er habe verstanden, beteuerte der Redner.

Ihre Mutter trat vor den kleinen Wandspiegel, erkannte mit tränenblinden Augen nichts und fragte ihre Tochter, wie sie aussehe und ob ihr Lippenstift verschmiert sei. Sie ließ sich von ihrer Mutter die Puderdose geben, betupfte Almas Wangen und Nase, und dann geleitete der Mann beide Frauen aus dem Raum in die Trauerhalle.

Sie hatte den Arm ihrer Mutter genommen, Alma wankte, und sie begriff in diesem Augenblick erst, daß es mit ihrer beider Eintreten begonnen hatte. Dort stand der Sarg bedeckt mit roten Rosen. Er kam ihr viel kleiner vor, als ihr Vater groß gewesen war. Da standen hohe Kerzen und flackerten. Da waren Kränze mit Schleifen und Namen darauf. Da saßen Menschen. Die erste Reihe war für sie frei gelassen worden. Ihr fiel wieder das Bügeleisen ein. Möglicherweise brannte ihre Wohnung bereits. Den Stecker hatte sie nicht herausgezogen, dessen war sie sich völlig sicher. Aber ausgeschaltet, die Temperatur auf null gedreht? Das vielleicht doch. Hoffentlich. Sie hatte keine Hausratsversicherung. Womöglich brannte das Haus vollständig nieder. Und die Nachbarhäuser. Unbedingt mußte sie eine Hausratsversicherung abschließen. Sie schwor es sich. Wenn das Haus stehen und sie doch das Bügeleisen abgeschaltet haben sollte, wollte sie sofort eine Hausratsversicherung abschließen. Und da war noch etwas

265

gewesen, was sie hatte tun wollen. Was war das nur? Wußten die hier, daß sie den Sarg nicht absenken sollten, so lange Alma im Raum war? Das hätte sie dem Redner sagen müssen. Das war das einzig Wichtige, was sie zu sagen gehabt hatte. Oh, wie verfluchte sie sich. Sie hatte es ihrem Vater versprochen. Lieber das Haus abbrennen lassen, als das vergessen zu haben.

Auf einmal erhoben sich alle, und ihre Mutter ging mit ihr den Gang hinunter zur Tür. Sie wollte weiter, und Alma hielt sie leise zurück, murmelte, sie müßten stehen bleiben wegen der Leute. Irgendwelche Hände wurden ihr entgegengehalten und irgendwelche Gesichter. Jede Hand nahm ihre Hand und ließ ihre Hand wieder los. Das war bald getan. Sie erkannte niemanden.

Im Taxi dankte Alma ihr weinend, keine Rede gehalten zu haben.

Das hatte sie völlig vergessen. Wenigstens war der Sarg nicht abgesenkt worden.

Sie glaube, sagte sie zur ihrer Mutter, sie habe zu Hause ihr Bügeleisen nicht ausgeschaltet.

Alma nannte dem Taxichauffeur die Adresse ihrer Tochter. Fahren Sie uns zuerst dorthin. Ihre Mutter streichelte ihre Hand. Wird schon nichts passiert sein. Und aus der Geschichte deiner Eltern kannst du später mal einen Film machen.

Dann würden alle erfahren, daß ihre Mutter Jüdin sei und ihr Vater ein Deserteur.

Na ja, sagte Alma, wer soll das auch spielen. Dein Vater könnte von Danny Kaye gespielt werden. Aber ich? Wer sollte mich spielen?

Der Wagen hielt. Das Haus jedenfalls stand noch.

Ich laufe schnell hinauf.

Laß dir Zeit, rief Alma ihr nach, ich bleibe im Taxi sitzen und warte auf dich, laß dir Zeit.

Sie hastete die Treppen hinauf, im vierten Stock hielt sie an, bis zum Hals schlug ihr Herz, sie rang nach Luft. Langsam stieg sie unter ihrem großen schwarzen Hut zum fünften Stockwerk hoch. Vor ihrer Wohnungstür stand der Soldat, neben ihm saß ein großer Hund, eine Promenadenmischung.

Mensch, siehst du geil aus, sagte Henry Kalitsch. Ich dachte, ich komm mal vorbei.

Sie schloß auf, ging schnurstracks in die Küche, stürzte zum Bügeleisen, es war abgestellt, und sogar den Stecker hatte sie herausgezogen. Erleichtert seufzte sie auf. Dann nahm sie einen Zettel, schrieb in großen Buchstaben das Wort Nebelleuchte darauf, und dann erst wandte sie sich ihm zu.

Wirklich, Harry, das paßt mir jetzt überhaupt nicht.

Henry, ich heiße Henry.

Also gut, Henry, ich muß sofort wieder weg, und sowieso möchte ich nicht, daß du einfach zu mir kommst. Für mich ist das beendet, es hat eigentlich niemals etwas zwischen uns angefangen. Verstehst du?

Und Sonnabendnacht?

Das war einmalig, eine einmalige Angelegenheit.

Er grinste.

Sie nahm das Bügeleisen und befühlte es, um sicher zu sein, daß es kalt war.

Bist du eigentlich jüdisch, fragte er.

267

Sie setzte das Bügeleisen ab, sehr fest und nachdrücklich. Der große Hund fiepte.

Wie kommst du darauf? Sie hörte sich an, wie ihre Mutter, akkurat Almas Entrüstungston.

Wegen der Mesusa draußen. Ich war als Schüler im Kibbuz in Israel, ist schon etwas her, vor meiner Zeit beim Bund.

Das sei ja alles sehr interessant, sagte sie ungeduldig, aber sie müsse jetzt sofort gehen.

In seiner Familie sei da auch so ein bißchen.

Henry, bitte! Hör auf.

Nicht viel, beteuerte er, so wie Senta hier, meine Hündin, ihr Vater war Halbpudel.

Ja, das sieht man, sagte sie. Und dann schob sie ihn zur Tür. Der Hund beschnupperte ihre Pumps. Paß mal auf, sagte sie, da unten steht ein Taxi, da sitzt meine jüdische Mutter drin. Wir kommen soeben von der Beerdigung meines Vaters. Ich habe keine Rede gehalten, sondern an mein Bügeleisen gedacht, und jetzt fahre ich mit meiner Mutter zu ihr nach Hause. Verstehst du?

Sie standen beide im Treppenhaus. Sie schloß ab, und zusammen gingen sie die Stufen hinunter. Er nahm seinen großen Hund auf den Arm. Weil, sie mag keine Stufen, ist schlecht für ihr Rückgrat.

Gleich morgen kaufe ich mir eine Nebelleuchte für mein Auto, dachte sie.

Ich wollte dich wiedersehen, sagte Henry Kalitsch unten auf der Straße.

Aber nicht heute, erwiderte sie. Außerdem bist du viel zu jung für mich.

Nächste Woche bin ich schon etwas älter. Er wandte sich ab und ging die Straße hinunter, sein Hund umsprang ihn.

Sie lief über die Fahrbahn zum Taxi, und bevor sie einstieg, drehte sie sich nach ihm um. Er war stehengeblieben. Er winkte.

Er würde wiederkommen. Das sah sie voraus.